Sally Green

EL LADO OSCURO

OCEANO exprés

EL LADO OSCURO

Título original: *Half Bad*

© 2014, Half Bad Books Limited

Traducción: Sonia Verjovsky Paul

Diseño de portada: Tim Green, Faceout Studio
Imágenes de portada: © Tanya Constantine/Blend Images/
  Getty Images y ©WIN-Initiative/Getty Images
Adaptación de portada: Rodrigo Morlesin

Publicado originalmente en inglés en 2014
por Penguin Books Ltd., Londres

D.R. © 2017, Editorial Océano, S.L.
Milanesat 21-23, Edificio Océano
08017 Barcelona, España
www.oceano.com

D.R. © 2017, Editorial Océano de México, S.A. de C.V.
Eugenio Sue 55, Col. Polanco Chapultepec
C.P. 11560, Miguel Hidalgo, Ciudad de México
Tel. (55) 9178 5100 • info@oceano.com.mx

Primera edición en Océano exprés: julio, 2017

ISBN: 978-607-527-276-4

Impreso en México / Printed in Mexico

Para mi madre

No existe nada bueno ni malo,
es el pensamiento humano el que lo hace parecer así.

Hamlet, WILLIAM SHAKESPEARE

PRIMERA
PARTE

El truco

EL TRUCO

Hay dos niños, muchachos, sentados bien juntitos, apretujados por los grandes brazos de un viejo sillón. Tú eres el de la izquierda.

Sientes el calor del otro chico cuando te acercas a él, y él lleva su mirada de la tele hacia ti, en una especie de cámara lenta.

—¿Te está gustando? —pregunta.

Asientes con la cabeza. Te rodea con un brazo y vuelve a la pantalla.

Después, los dos quieren emular la escena que han visto en la película. A escondidas sacan la caja grande de cerillos del cajón de la cocina y salen corriendo hacia el bosque.

Te toca a ti primero. Enciendes el cerillo y lo sostienes entre tus dedos pulgar e índice, dejando que se queme hasta abajo y se apague solo. Te quemas los dedos pero sostienes el cerillo ennegrecido.

El truco funciona.

El otro niño también lo intenta. Pero no lo consigue y deja caer el cerillo.

Después despiertas y recuerdas dónde estás.

LA JAULA

El truco es que no te importe. Que no te importe que te duela, que no te importe nada.

El truco de que no te importe es clave; es el único truco posible. Aquí no hay nada, sólo una jaula junto a una cabaña, rodeada de un montón de montañas y árboles y cielo.

Es una jaula de un solo truco.

FLEXIONES

La rutina está bien.

Despertarse al aire libre está bien. Despertarse en la jaula y con los grilletes es lo que es. No puedes dejar que la jaula te afecte. Los grilletes te laceran pero sanarse es rápido y fácil, así que ¿qué tiene de malo?

La jaula ha mejorado mucho desde que pusieron los vellones. Incluso cuando están húmedos, están calientitos. El toldo del lado norte fue una gran mejora también. Tienes refugio contra el viento más recio y contra la lluvia. Y un poco de sombra si hace calor y sol. ¡Es una broma! También hay que conservar el sentido del humor.

Así que la rutina consiste en despertarse mientras el cielo se aclara antes del amanecer. No tienes que mover un solo músculo, ni siquiera tienes que abrir los ojos para saber que está amaneciendo; puedes quedarte ahí acostado y absorberlo todo.

Esta es la mejor parte del día.

No hay muchos pájaros alrededor, unos pocos, no demasiados. Estaría bien conocer todos sus nombres, sin embargo conoces sus distintos reclamos. No hay gaviotas, lo que te da qué pensar, y tampoco hay estelas de humo. Normalmente el viento es silencioso en la tranquilidad antes del alba, y de alguna manera el aire ya se siente más tibio cuando comienza a amanecer.

Ahora puedes abrir los ojos y disfrutar durante unos minutos de la aurora, que hoy es una delgada línea rosa que se extiende a lo largo de la cima de una estrecha franja de nubes situada sobre las borrosas colinas verdes. Y todavía tienes un minuto, quizá hasta dos, para poner en orden tus ideas antes de que ella aparezca.

Sin embargo, tienes un plan, y la mejor idea es dejarlo todo calculado la noche anterior para que lo puedas ejecutar sin pensarlo. Generalmente el plan es hacer lo que te digan, pero no todos los días, y desde luego hoy no.

Esperas hasta que ella aparece y te arroja las llaves. Atrapas las llaves, liberas tus tobillos, los frotas para enfatizar el dolor que ella te está infligiendo, abres el grillete izquierdo, abres el derecho, te pones de pie, abres la puerta de la jaula, le vuelves a arrojar las llaves, empujas la puerta de la jaula, sales —siempre con la cabeza agachada, nunca la mires a los ojos, a menos que sea parte de algún otro plan—, te masajeas la espalda y quizá gimes un poco, caminas hasta el lecho de hierbas, orinas.

A veces ella trata de confundirte, claro, cambiándote la rutina. A veces quiere que hagas las tareas antes de los ejercicios pero la mayoría de los días lo primero son las flexiones. Sabrás cuántas tienes que hacer mientras todavía te estés subiendo el cierre.

—Cincuenta.

Lo dice bajito. Sabe que la estás escuchando.

Te tomas tu tiempo como de costumbre. Es siempre parte del plan.

Hacerla esperar.

Te frotas el brazo derecho. La pulsera de metal te lo lastima cuando tienes puesto el grillete. Lo sanas y sientes un ligero zumbido. Ladeas la cabeza, los hombros, la cabeza otra vez y luego te paras ahí, sólo te paras ahí durante uno o dos segundos más, empujándola hasta el límite, antes de tirarte al suelo.

Una	El truco es
Dos	que no te importe.
Tres	El único
Cuatro	truco.
Cinco	Pero hay
Seis	un montón de
Siete	tácticas.
Ocho	Montones.
Nueve	Estar alerta
Diez	todo el tiempo.
Once	Todo el tiempo.
Doce	Y es
Trece	fácil.
Catorce	Porque no hay
Quince	nada más
Dieciséis	que hacer.
Diecisiete	¿Alerta de qué?
Dieciocho	De algo.
Diecinueve	Lo que sea.
Veinte	Lo
Veintiuna	que
Veintidós	sea.
Veintitrés	Un error.

Veinticuatro	Una oportunidad.
Veinticinco	Un desliz.
Veintiséis	El
Veintisiete	más diminuto
Veintiocho	error
Veintinueve	de la
Treinta	Bruja
Treinta y una	Blanca
Treinta y dos	del
Treinta y tres	infierno.
Treinta y cuatro	Porque ella comete
Treinta y cinco	errores.
Treinta y seis	Ya lo creo.
Treinta y siete	Y si ese error
Treinta y ocho	no llega
Treinta y nueve	a nada,
Cuarenta	esperas
Cuarenta y una	al siguiente,
Cuarenta y dos	y al siguiente,
Cuarenta y tres	y al siguiente.
Cuarenta y cuatro	Hasta
Cuarenta y cinco	que
Cuarenta y seis	lo logres.
Cuarenta y siete	Hasta
Cuarenta y ocho	que seas
Cuarenta y nueve	libre.

Te levantas. Habrá contado pero su otra táctica es no dejártelo notar.

No dice nada pero da un paso hacia ti y te golpea la cara con el dorso de la mano.

"Cincuenta".

Después de las flexiones sólo hay que ponerse de pie y esperar. Mejor mirar al suelo. Estás junto a la jaula en el sendero. El sendero está lodoso, pero no lo vas a barrer, hoy no, con este plan no. Ha llovido mucho durante los últimos días. El otoño está llegando rápidamente. Aun así, hoy no llueve; y eso es una buena noticia.

—Haz el circuito exterior —de nuevo habla bajito. No hay necesidad de alzar la voz.

Y te vas al trote... pero todavía no. Tienes que hacerle pensar que estás siendo el mismo difícil-pero-básicamente-dócil de siempre, de forma que golpeas tus botas para quitarles el lodo; el tacón de la bota izquierda sobre la punta derecha, seguido del tacón de la bota derecha sobre la punta izquierda. Alzas una mano, levantas la vista y miras a tu alrededor como si evaluaras la dirección del viento, escupes sobre las plantas de papa, miras a la izquierda y a la derecha como si esperaras un hueco entre los coches para cruzar la calle y... dejas que pase el autobús... y entonces arrancas.

Saltas sobre el muro de piedra seca hasta el otro lado, después cruzas el páramo, dirigiéndote hacia los árboles.

Libertad.

¡Cómo no!

Pero tienes un plan y has aprendido mucho en estos cuatro meses. La mayor velocidad con la que has completado el circuito exterior para ella son cuarenta y cinco minutos. Lo puedes hacer en menos de eso, en cuarenta quizá, porque te detienes junto al riachuelo en el extremo más apartado y descansas, y bebes, y escuchas, y miras, y una vez lograste llegar a la cresta y mirar por encima para ver otras colinas, otros árboles y un *loch*[1] —podría ser un lago pero algo tienen el brezo y la duración de los días de verano que te dicen que se trata de un *loch*—.

Hoy el plan es acelerar cuando no esté a la vista. Es fácil. Fácil. La dieta que te da es estupenda. Tienes que concederle algo de crédito, porque estás muy sano, en perfecta forma. Carne, verdura, más carne, más verdura y, no lo olvides, mucho aire fresco. ¡Ah, esto sí que es vida!

Lo estás haciendo bien. Mantienes un buen ritmo. Tu mejor ritmo.

Y estás zumbando, sanándote a ti mismo de su pequeña bofetada; te está provocando un ligero zumbido, zumbido, zumbido.

Ya estás en el extremo más lejano, desde donde podrías atajar de vuelta al circuito interior, que en realidad es la mitad del circuito exterior. Pero ella no quería que hicieras el circuito interior, y en cualquier caso tú ibas a hacer el exterior, da igual qué dijera.

Este debe ser el más rápido que has hecho hasta ahora.

Después hasta la cresta.

Y dejas que la gravedad te lleve hacia abajo dando zancadas largas hasta el arroyo que lleva al *loch*.

Pero ahora se complican las cosas. Estás justo fuera del área del circuito y pronto estarás lejos de él. Ella no sabrá que te has ido hasta que se te haga tarde. Eso te da veinticinco minutos desde que dejes el circuito —quizá treinta, o treinta y cinco, pero pongamos que habrán pasado veinticinco minutos antes de que vaya por ti—.

---

[1] Mientras que en inglés se utiliza *lake*, en escocés se emplea la palabra *loch* para denominar un lago.

Pero ella no es el problema; el problema es la pulsera. Se partirá cuando te hayas alejado demasiado. Si funciona con brujería o con ciencia, o con las dos cosas, no lo sabes, pero se partirá. Ella te lo dijo el Primer Día, y te dijo que la pulsera contiene un líquido, un ácido. El líquido brotará si te alejas demasiado y te quemará hasta atravesarte la muñeca.

"Te arrancará la mano", fue lo que dijo.

Ahora estás yendo hacia abajo. Se escucha un clic... y comienza a arder.

Pero tú tienes un plan.

Te detienes y sumerges la muñeca en el arroyo. El arroyo silba. El agua ayuda, aunque es una poción extraña, viscosa y pegajosa que no se quita fácilmente al lavarla. Y saldrá más. Pero tienes que seguir adelante.

Acolchas bien la pulsera con musgo mojado y turba. La vuelves a hundir. Le metes más relleno. Estás tardando demasiado. Sigue adelante.

Hacia abajo.

Sigue el arroyo.

El truco es que tu muñeca no importe. Tus piernas marchan bien. Estás cubriendo mucho terreno.

Y de todos modos perder una mano no es algo tan terrible. La puedes reemplazar por algo útil... por un gancho... o por una zarpa de cuatro garras como la del tipo de *Operación Dragón*... o quizá por algo que tenga navajas retráctiles que cuando luchas, salgan, *ker-ching*[2]... o incluso por llamas... pero de ninguna manera te vas a poner una mano ortopédica, eso lo tienes claro... de ninguna manera.

---

[2] Onomatopeya que reproduce el sonido de una caja registradora o de una máquina tragamonedas al pagar.

Sientes un mareo en la cabeza. Y también un zumbido. Tu cuerpo está tratando de sanar tu muñeca. Nunca se sabe, quizá logres salir de esta con las dos manos. Aun así, el truco es que no te importe. De cualquier manera, ya has salido.

Tienes que parar. Empápala en el arroyo otra vez, ponle un poco de turba fresca y sigue adelante.

Casi has llegado hasta el *loch*.

Casi.

¡Oh, sí! Maldito frío.

Eres demasiado lento. Caminar por el agua es lento pero es bueno mantener tu brazo en el agua.

Sólo tienes que seguir adelante.

Sigue adelante.

Es un *loch* endemoniadamente grande. Pero eso está bien. Cuanto más grande mejor. Significa que tu mano estará más tiempo en el agua.

Te sientes mal… ¡Ahhh!

Mierda, esa mano tiene muy mal aspecto. Pero el ácido ha dejado de brotar de la pulsera. Vas a lograrlo. Le has ganado. Podrás encontrar a Mercury. Recibirás tres regalos.

Pero tienes que seguir adelante.

En un momento llegarás al final del *loch*.

Vas bien. Vas bien.

No falta mucho.

Pronto podrás ver por encima hacia el valle, y…

PLANCHAR

—Casi pierdes la mano.

Está sobre la mesa de la cocina, unida todavía a tu brazo a través de hueso, músculo y tendón, visibles en la carne viva y abierta que rodea tu muñeca. La piel que solía estar ahí ha formado riachuelos como de lava, que bajan chorreando hasta tus dedos como si se hubieran derretido y vuelto a endurecer. Toda tu mano se está hinchando de lo lindo y duele como… bueno, como una quemadura de ácido. Tus dedos tiemblan pero tu pulgar no responde.

—Es posible que puedas volver a usar los dedos. O no.

Te quitó la pulsera de la muñeca en el *loch* y esparció un ungüento sobre la herida para atenuar el dolor.

Iba preparada. Siempre está preparada.

¿Y cómo llegó ahí tan rápido? ¿Corrió? ¿Voló en una maldita escoba?

No importa cómo llegara al *loch*, de todos modos tuviste que volver caminando con ella. Y fue una caminata dura.

—¿Por qué no me hablas?

La tienes delante de tus narices.

—Estoy aquí para enseñarte, Nathan. Pero tienes que dejar de tratar de escapar.

Es tan fea que tienes que apartar la cara.

Hay una tabla para planchar colocada al otro lado de la mesa de la cocina.

¿Estaba planchando? ¿Planchaba sus pantalones de camuflaje?

—Nathan. Mírame.

Mantienes los ojos fijos en la plancha.

—Te quiero ayudar, Nathan.

Arrancas un gargajo enorme, te das la vuelta y le escupes. Pero ella es veloz, y da un paso atrás para que caiga en su camisa y no en su cara.

No te golpea, lo cual te sorprende.

—Tienes que comer. Te calentaré un poco de estofado.

También eso te sorprende. Casi siempre tienes que cocinar, limpiar y barrer tú.

Pero nunca has tenido que planchar.

Ella va a la despensa. No hay refrigerador. No hay electricidad. Sólo hay una estufa para quemar leña. Acomodar la fogata y limpiarla también son tus tareas.

Mientras está en la despensa le echas un vistazo a la plancha. Sientes las piernas débiles, inestables, pero tienes la cabeza despejada. Lo suficientemente despejada. Un trago de agua podría ayudar, pero quieres echarle un vistazo a la plancha. Sólo es un viejo trozo de metal con forma de plancha y con una manija de metal. Está pesada y fría. Hay que calentarla en la estufa para que funcione. Debe tardar siglos. Ella se encuentra a kilómetros de cualquier lugar y cosa, ¡pero plancha sus pantalones y camisas!

Cuando regresa unos segundos después, ya has rodeado la puerta de la despensa y lanzas la plancha con la punta hacia abajo, fuertemente contra su cabeza.

Pero ella es malditamente alta y malditamente rápida. La plancha le roza el borde del cuero cabelludo y se hunde en su hombro.

Estás en el suelo tapándote los oídos, mirando sus botas antes de desmayarte.

EL TRUCO NO FUNCIONA

Ella está hablando pero no le encuentras sentido a lo que dice.

Estás sentado a la mesa de la cocina otra vez, sudando y temblando un poco, y por tu cuello cae un chorro de sangre de tu oído izquierdo. Ese oído no sana. No consigues oír nada por ese lado. Y tu nariz está hecha un desastre. Debes haber caído sobre ella cuando te desplomaste. Está rota, tapada y sangrienta, y tampoco se sana.

Tu mano descansa sobre la mesa y ahora está tan hinchada que los dedos no se mueven en absoluto.

Ella se encuentra sentada a tu lado en la silla y está esparciendo el ungüento otra vez sobre tu muñeca. Es refrescante. Adormecedor.

Y estaría tan bien estar adormecido así por todos lados, insensible a todo. Pero eso no va a pasar. Lo que pasará es que te volverá a encerrar con llave en la jaula, te encadenará, y así seguirá y seguirá y seguirá...

Y de esta forma el truco no funciona. No funciona y sí te importa; te importa mucho. No quieres volver a estar en esa jaula y tampoco quieres volver a usar el truco. Ya no quieres nada de eso.

La cortada en su cuero cabelludo ha sanado pero descubres la ancha rugosidad de una costra negra-rojiza bajo su pelo rubio, y hay sangre en su hombro. Ella todavía está hablando de algo, sus gordos labios babosos se mueven sin parar.

Miras alrededor del cuarto: el fregadero de la cocina, la ventana que da hacia el huerto y la jaula, la estufa, la tabla para planchar, la puerta de la despensa y de nuevo miras a la fea mujer con pantalones bien planchaditos. Y con sus botas limpias. Y en su bota está su pequeño cuchillo. A veces lo guarda ahí. Lo viste cuando estabas en el suelo.

Estás mareado así que es fácil desvanecerse y caer de rodillas. Te toma por las axilas pero tu mano izquierda no está herida, y encuentra el mango y desliza el cuchillo fuera de su bota mientras ella lidia con tu peso muerto, y mientras dejas que tu cuerpo se hunda más, llevas la navaja a tu yugular. Con fuerza y rapidez.

Pero es tan malditamente rápida, y pateas y peleas, y peleas y pateas, pero ella logra quitarte el cuchillo y ya no puedes ni patear ni pelear.

De nuevo en la jaula. Engrilletado. Te estuviste despertando a cada rato anoche… sudando… el oído todavía no responde… respiras por la boca porque tienes la nariz tapada. Incluso encadenó tu muñeca herida, y todo tu brazo está tan hinchado que el grillete te aprieta.

Es tarde por la mañana pero todavía no ha venido por ti. Está haciendo algo en la cabaña. Golpeteando. Sale humo de la chimenea.

Hoy hace calor y sopla una brisa del suroeste, las nubes atraviesan el firmamento en silencio, y los rayos del sol se cuelan a ratos, acariciando tu mejilla y arrojando las sombras de los barrotes sobre tus piernas. Pero ya lo has visto todo antes, así que cierras los ojos y recuerdas cosas. A veces está bien hacer eso.

SEGUNDA PARTE

Cómo terminé en una jaula

MI MADRE

Estoy parado de puntitas. La foto está en la mesa del pasillo pero no consigo alcanzarla. Me estiro y estiro y le doy un empujoncito al marco con las puntas de mis dedos. Está pesado y golpea el piso con estrépito.

Aguanto la respiración. No viene nadie.

Levanto el marco con cuidado. El vidrio no se ha roto. Me siento bajo la mesa con la espalda contra la pared.

Mi madre es hermosa. La fotografía la tomaron el día de su boda. Está entornando los ojos hacia el sol con la luz dándole en el pelo; lleva un vestido blanco y en la mano flores blancas. Su marido está junto a ella. Él está guapo y sonriente. Cubro su rostro con mi mano.

No sé cuánto tiempo llevo sentado ahí. Me gusta mirar a mi madre.

Jessica aparece de repente. Había olvidado estar atento a su llegada.

Trata de arrebatarme el marco.

No lo suelto. Me aferro a él. Con ganas.

Pero tengo las manos sudadas.

Y Jessica es mucho más grande que yo. Tira hacia arriba, levantándome hasta ponerme de pie, y el marco se me resbala de las manos. Ella lo sostiene en lo alto a su izquierda y lo baja rápidamente en diagonal, cortando mi pómulo con el borde del marco.

—No vuelvas a tocar esta foto jamás.

JESSICA Y LA PRIMERA NOTIFICACIÓN

E stoy sentado en mi cama. Jessica también está sentada en mi cama, contándome un cuento.

—*Mamá pregunta: "¿Vino para llevárselo?"*

La joven a la entrada dice: "No. De ningún modo. Nunca haríamos eso". La joven es sincera y está ansiosa por hacer un buen trabajo pero es verdaderamente ingenua.

—¿Qué quiere decir ingenua? —interrumpo.

—Sin luces. Tonta. Densa. Como tú. ¿Entiendes?

Asiento.

—Bien, ahora escucha. *La mujer ingenua dice: "Estamos visitando a todos los Brujos Blancos de Inglaterra para notificarles estas nuevas reglas y ayudarles a rellenar los formularios".*

La mujer sonríe. El Cazador que está de pie detrás de ella no tiene sonrisa alguna. Está vestido de negro como todos los demás. Es impresionante, alto, fuerte.

—¿Mamá sonríe?

—No. Después de que tú naces, mamá nunca vuelve a sonreír. *Cuando mamá no contesta, la mujer del Consejo parece preocupada. Dice: "Recibió la Notificación, ¿no es así? Es muy importante".*

La mujer hojea rápidamente su portapapeles y saca una carta.

Jessica despliega el pergamino que sostiene en sus manos. Es un trozo grueso, grande, y los dobleces forman una profunda cruz. Lo sostiene con delicadeza, como si fuera algo precioso. Lee a continuación:

Notificación de la Resolución del Consejo de Brujos Blancos de Inglaterra, Escocia y Gales.

Se ha acordado que para facilitar una mayor protección de todos los Brujos Blancos deberá hacerse y mantenerse un censo de todos los brujos de Gran Bretaña.

Se utilizará un sencillo sistema de códigos para todos los brujos y whets —brujos menores de diecisiete años— que no sean de linaje puro de Brujos Blancos, por medio de las siguientes referencias: Blanco (B); Negro (N); Fain/No Brujo (F). Así, los Códigos Medios serán registrados como (B 0.5/N 0.5) y los Mestizos se registrarán como (B 0.5/F 0.5) o (N 0.5/F 0.5). El primer código será el de la madre; el segundo el del padre. Los códigos 0.5 se mantendrán durante el menor tiempo posible —y no más allá de los dieciséis años— hasta que se le pueda designar a la persona un código absoluto (B, N o F).

—¿Sabes lo que quiere decir eso? —pregunta Jessica.

Niego con la cabeza.

—Significa que eres un Código Medio. Un Código Negro. No Blanco.

—Abuela dice que soy un Brujo Blanco.

—No, no dice eso.

—Dice que tengo un lado Blanco.

—Tienes un lado Oscuro.

—*Después de que la mujer termina de leer la Notificación en voz alta, mamá sigue sin decir nada pero vuelve a entrar a la casa, dejando abierta la puerta principal. La mujer y el Cazador la siguen adentro.*

Todos estamos en la sala. Mamá está sentada en el sillón junto a la fogata. Pero la fogata no está encendida. Deborah y Arran estaban jugando en el suelo pero ahora se sientan uno a cada lado de ella en los reposabrazos del sillón.

—¿Dónde estás tú?

—Parada junto a ella.

Me imagino a Jessica parada ahí con los brazos cruzados y las rodillas bien bloqueadas.

—*El Cazador se posiciona en la entrada.*

La mujer con el portapapeles se posa en el borde de la otra silla, mantiene su portapapeles sobre sus rodillas bien apretadas y la pluma en mano. Le dice a mamá: "Probablemente sea más rápido y fácil si yo relleno el formulario y usted únicamente lo firma".

—*La mujer pregunta: "¿Quién es el jefe de familia?"*

—*Mamá logra decir: "Soy yo".*

—*La mujer le pregunta su nombre a mamá.*

—*Mamá dice que es Cora Byrn. Bruja Blanca. Hija de Elsie Ashworth y David Ashworth. Brujos Blancos.*

—*La mujer le pregunta quiénes son sus hijos.*

—*Mamá dice: "Jessica de ocho años, Deborah de cinco y Arran de dos".*

—*La mujer pregunta: "¿Quién es su padre?"*

—*Mamá responde: "Dean Byrn. Brujo Blanco. Miembro del Consejo".*

—*La mujer pregunta: "¿Dónde está él?"*

—*Mamá responde: "Está muerto. Asesinado".*

—*La mujer dice: "Lo siento".*

—*Luego la mujer pregunta: "¿Y el bebé? ¿Dónde está el bebé?"*

—*Mamá dice: "Está ahí, en ese cajón".*

Jessica se gira hacia mí y me explica:

—Después de que naciera Arran, mamá y papá no querían tener más hijos. Se deshicieron de la cuna, la carriola y todas las cosas de bebé. Nadie quiere a este bebé y tiene que dormir sobre una almohada en un cajón, con un mameluco viejo y sucio que era de Arran. Nadie le compra juguetes ni regalos porque todos saben que es un bebé no deseado. Nadie le da regalos ni flores ni chocolates a mamá porque todos saben que ella no quería a ese bebé. Nadie quiere a un bebé como ese. Mamá sólo recibe una tarjeta pero no dice "Felicidades".

Silencio.

—¿Quieres saber lo que dice?

Niego con la cabeza.

—Dice: "Mátalo".

Me mordisqueo los nudillos pero no lloro.

—*La mujer se acerca al bebé del cajón y el Cazador la acompaña porque quiere ver a esa cosa extraña e indeseada.*

Incluso dormido el bebé es abominable, con su cuerpecito enclenque, su piel que parece mugrienta, y el pelo negro y erizado.

—*La mujer pregunta: "¿Ya tiene nombre?"*

—*"Nathan".*

Jessica ha hallado una manera de decir mi nombre como si fuera algo asqueroso.

—*La joven pregunta: "¿Y su padre…?"*

Mamá no contesta. No puede porque es demasiado horrible; no lo soporta. Pero con sólo mirar al bebé todos saben que su padre es un asesino.

—La mujer dice: "Quizá pueda escribir el nombre del padre".

Le da su portapapeles a mamá. Y ahora mamá está llorando y no puede ni escribir el nombre. Porque es el nombre del Brujo Negro más malvado que jamás haya existido.

Quiero decir "Marcus". Él es mi padre y quiero pronunciar su nombre, pero tengo demasiado miedo. Siempre tengo demasiado miedo de decir su nombre.

—La mujer regresa para mirar al bebé dormido y estira el brazo para tocarlo...

—"¡Cuidado!", advierte el Cazador, porque aunque los Cazadores nunca tienen miedo, siempre son cautelosos cuando están cerca de la brujería Negra.

—La mujer dice: "Sólo es un bebé". Y le acaricia el brazo desnudo con el dorso de sus dedos.

El bebé despierta y después abre los ojos.

—La mujer dice: "¡Ay, Dios mío!" y da un paso atrás.

Se da cuenta de que no debería haber tocado a una cosa tan repugnante y se apresura al baño para lavarse las manos.

Jessica estira el brazo como si me fuera a tocar pero después retira la mano, diciendo:

—Jamás podría tocar algo tan malo como tú.

MI PADRE

Estoy parado frente al espejo del baño, mirando mi rostro fijamente. No me parezco en nada a mi madre, no como Arran. Mi piel es ligeramente más oscura que la de ellos, más aceitunada, y mi pelo es color negro azabache, pero la gran diferencia está en la negrura de mis ojos.

Jamás conocí a mi padre, ni siquiera lo he llegado a ver. Pero sé que mis ojos son sus ojos.

EL SUICIDIO DE MI MADRE

Jessica sostiene la fotografía en lo alto a su izquierda y la baja rápidamente en diagonal, cortando mi pómulo con el borde del marco.

—No vuelvas a tocar esta foto jamás.

No me muevo.

—¿Me oyes?

Hay sangre en la esquina del marco.

—Por tu culpa está muerta.

Me reclino contra la pared.

Jessica me grita:

—¡Se mató por tu culpa!

LA SEGUNDA NOTIFICACIÓN

Recuerdo que no para de llover. Días y días, hasta que incluso yo mismo me harto de estar solo en el bosque. Así que aquí estoy, sentado a la mesa de la cocina, dibujando. Abu está en la cocina también. Abu siempre está en la cocina. Está vieja y huesuda, con esa piel diáfana que tienen los viejos, pero también es delgada y de espalda recta. Viste faldas de tartán plisado, y botas para caminar o para la lluvia. Siempre está en la cocina, y el piso de la cocina siempre está lleno de lodo. Incluso con la lluvia, la puerta de atrás está abierta. Una gallina entra en busca de refugio pero Abu no lo tolera, la echa afuera suavemente con el borde de su bota, y cierra la puerta.

La olla burbujea sobre la estufa, expulsando una columna de vapor que se levanta rápida y estrecha, y luego se ensancha para unirse a la nube de arriba. Los colores verde, gris, azul y rojo de las hierbas, flores, raíces y bulbos que cuelgan del techo con hilos, en redes y en canastas, se desdibujan en la bruma que los rodea. Sobre las repisas, ordenados en fila, hay tarros de vidrio rellenos de líquidos, hojas, granos, aceites, pociones e incluso algunas mermeladas. La retorcida superficie de trabajo de madera de roble está atestada de cucharas de todo tipo —metálicas, de madera, de hueso; tan largas como mi brazo, tan pequeñas como mi meñique—; así como de cuchillos colocados dentro de un cubilete, cuchillos sucios cubiertos de algo pastoso y tirados sobre la tabla para picar, un mortero de granito, dos cestos redondos y más tarros. En la parte de atrás de la puerta está colgado un sombrero de apicultor, una colección de delantales y un paraguas negro tan encorvado como un plátano.

Lo dibujo todo.

Estoy sentado con Arran, viendo una película antigua en la tele. A Arran le gusta ver películas antiguas, cuanto más viejas mejor, y me gusta sentarme con él, cuanto más cerca mejor. Los dos llevamos pantalones cortos y los dos tenemos las piernas flaquísimas, sólo que las suyas son más pálidas que las mías y cuelgan más abajo, sobre el borde del viejo y cómodo sillón. Tiene una pequeña cicatriz en su rodilla izquierda y una larga que sube por su espinilla derecha. Su pelo es color café claro y ondulado, pero por alguna razón siempre se queda bien peinado dejándole libre el rostro. Mi pelo es largo y lacio y negro, y cuelga sobre mis ojos.

Arran lleva puesto un suéter azul encima de una camiseta blanca. Yo llevo la camiseta roja que él me dio. Siento calorcito cuando me acerco a él, y cuando volteo hacia arriba para mirarlo, lleva su mirada de la tele hacia mí, como en cámara lenta. Sus ojos son claros, de un color azul grisáceo con destellos de plata, y hasta parpadea lentamente. Todo en él es dulzura. Sería estupendo ser como él.

—¿Te está gustando? —pregunta, sin prisa por recibir una respuesta.

Asiento.

Me rodea con su brazo y mira de nuevo a la pantalla.

Lawrence de Arabia hace el truco con el cerillo. Después quedamos en probarlo nosotros. Tomo la caja grande de cerillos del cajón de la cocina y salimos corriendo con ellos al bosque.

Me toca a mí primero.

Tomo el cerillo y lo sostengo entre mis dedos pulgar e índice, dejando que se queme hasta abajo y se apague. Mis dedos pequeños y delgados con las uñas completamente mordidas se queman, pero sostienen el cerillo ennegrecido.

Arran también intenta el truco. Pero no lo logra. Es como el otro hombre de la película. Deja caer el cerillo.

Después de que él regresa a casa intento hacer el truco otra vez. Es fácil.

Arran y yo entramos a hurtadillas en el cuarto de Abu. Huele extrañamente medicinal. Bajo la ventana hay un cofre de roble donde Abu guarda las Notificaciones del Consejo. Nos sentamos en la alfombra. Arran abre la tapa del cofre y saca la segunda Notificación. Está escrita en pergamino grueso y amarillo con caligrafía gris que se arremolina de un lado al otro de la página. Arran me la lee, lento y en voz baja como siempre.

Notificación de la Resolución del Consejo de Brujos Blancos de Inglaterra, Escocia y Gales.

Para garantizar la tranquilidad y seguridad de todos los Brujos Blancos, el Consejo seguirá con su política de Captura y Castigo para todos los Brujos Negros y Whets Negros.

Para garantizar la tranquilidad y seguridad de todos los Brujos Blancos, se hará una Evaluación anual de brujos y whets de linaje mixto: Brujo Blanco y Brujo Negro (B 0.5/N 0.5). La Evaluación contribuirá a la designación del brujo/whet como Blanco (B) o Negro/No-Blanco (N).

No le pregunto a Arran si cree que seré un B o un N. Sé que tratará de ser amable.

Cumplo ocho años. Tengo que ir a Londres a que me evalúen.

El edificio del Consejo tiene muchos pasillos fríos de piedra gris. Abu y yo esperamos en uno de ellos, sentados en una banca de madera. Ya estoy temblando cuando aparece un joven con bata de laboratorio que me indica que pase a un pequeño cuarto a la izquierda de la banca. A Abu no le permiten venir.

En el cuarto hay una mujer que también lleva una bata de laboratorio. Ella llama al joven Tom y él la llama Señorita Lloyd. A mí me llaman Código Medio.

Me dicen que me desnude.

—Quítate la ropa, Código Medio.

Y lo hago.

—Súbete a la báscula.

Y lo hago.

—Párate junto a la pared. Tenemos que medirte.

Lo hacen. Luego me toman fotos.

—Ponte de lado.

—Más.

—Y mira a la pared.

Me dejan ahí con la mirada puesta sobre los brochazos en la brillante pintura color crema de la pared mientras ellos hablan y guardan sus cosas.

Entonces me dicen que me ponga mi ropa y lo hago.

Me llevan al otro lado de la puerta y me indican una banca en el pasillo. Me vuelvo a sentar y no miro el rostro de Abu.

La puerta que hay frente a la banca tiene paneles de roble oscuro y finalmente la abre un hombre. Es enorme, un guardia. Me señala y luego señala la sala que hay detrás de él. Cuando Abu comienza a levantarse dice:

—Usted no.

La sala de Evaluaciones es larga y alta, con desnudos muros de piedra y ventanas arqueadas al nivel de la cabeza que recorren cada lado. El techo también está arqueado. Los muebles son de madera. Una enorme mesa de roble se extiende casi a todo lo ancho de la habitación, y sitúa a los tres Miembros del Consejo en su extremo más apartado. Se sientan en sillas grandes de madera tallada, como si pertenecieran a una realeza ancestral.

La mujer del centro es vieja, enjuta y de pelo y piel gris, como si le hubieran chupado toda la sangre. La mujer de la derecha es de mediana edad, regordeta, y tiene la piel profundamente negra y el pelo bien estirado hacia atrás. El hombre de la izquierda es un poco más joven, delgado, y tiene un tupido pelo rubio platino. Todos llevan sotanas blancas hechas de un material toscamente tejido, que tiene un extraño lustre cuando le caen los rayos de sol.

Hay un guardia parado a mi izquierda y el que abrió la puerta está detrás de mí.

La mujer del centro dice:

—Soy la Líder del Consejo. Te vamos a hacer unas preguntas sencillas.

Pero ella no las formula; es la otra mujer la que hace las preguntas.

La otra mujer es lenta y metódica. Tiene una lista, y comienza a leer hacia abajo. Algunas de las preguntas son fáciles: "¿Cómo te llamas?"; y otras más difíciles: "¿Conoces las hierbas que extraen el veneno de una herida?"

Pienso en cada pregunta, y decido no responder a ninguna de ellas. También yo soy metódico.

Después de que la mujer termina con sus preguntas, la Líder del Consejo hace un intento. Formula preguntas distintas, preguntas sobre mi padre, como: "¿Tu padre ha intentado ponerse en contacto contigo alguna vez?" y "¿Sabes dónde está tu padre?"

Prueba incluso con: "¿Consideras que tu padre es un gran brujo?" y con "¿Amas a tu padre?"

Sé las respuestas a sus preguntas, pero no le digo cuáles son.

Después de eso juntan sus cabezas y murmuran un rato. El hombre de pelo rubio platino le dice al guardia que traiga a Abu. La Líder del Consejo la llama con un gesto, como si estuviera enrollando un sedal para atraer a Abu con su mano enjuta y macilenta.

Abu se pone a mi lado. No hemos comido ni bebido nada desde la mañana temprano, así que quizá sea por eso por lo que se ve tan agotada. Su aspecto ahora es como el de la Líder del Consejo.

La Líder del Consejo le dice: "Hemos hecho nuestra Evaluación".

La mujer ha estado escribiendo en un trozo de pergamino y ahora lo empuja hacia nosotros, mientras dice: "Por favor firme para confirmar que está de acuerdo con ella".

Abu se dirige a la mesa, levanta el trozo de papel, y regresa para colocarse a mi lado. Lee la Evaluación en voz alta para que yo la escuche. Eso me gusta de Abu.

Sujeto:	Nathan Byrn
Código de nacimiento:	B 0.5/N 0.5
Sexo:	Masculino
Edad actual:	Ocho años
Don (si tiene más de 17 años):	No es relevante
Inteligencia general:	No determinada
Habilidades especiales:	No determinadas
Habilidad de sanación:	No determinada
Idiomas:	No determinados
Comentarios especiales:	El Sujeto no es cooperativo
Código designado:	No determinado

Luzco una amplia sonrisa por primera vez ese día.

Abu camina hacia la mesa otra vez, levanta la pluma estilográfica de la Consejera y rubrica el formulario.

La Líder del Consejo habla otra vez: "Ya que usted es el tutor del niño, señora Ashword, es su responsabilidad asegurarse de que coopere con la Evaluación".

Abu levanta la mirada.

"Regresen mañana y repetiremos la Evaluación".

Podría seguir todo el año por el camino *No determinado*, pero al día siguiente Abu dice que debería de contestar algunas preguntas, aunque jamás las que tengan que ver con mi padre. Así que contesto algunas preguntas.

Modifican el formulario para mostrar mi Inteligencia General como *Baja*, como Idioma ponen *Inglés* y en Comentarios Especiales que soy *Poco cooperativo* y *No parece poder leer*. Pero mi Código Designado sigue siendo *No determinado*. No obstante, Abu está complacida.

LA ENTREGA DE JESSICA

Jessica cumple diecisiete años. Es media mañana y parece todavía más llena de sí misma de lo habitual. No puede quedarse quieta ni un momento. Ansía recibir sus tres regalos y volverse una bruja adulta de verdad. Abu dirigirá la Ceremonia de Entrega a mediodía, así que mientras tanto tenemos que soportar a Jessica que se pasea de un lado al otro de la cocina, agarra cosas y luego las vuelve a poner en su sitio.

Levanta un cuchillo, se pasea con él y luego se detiene a mi lado, diciendo:

—Me pregunto qué pasará en el cumpleaños de Nathan.

Toca la punta de la navaja.

—Si le toca ir a una Evaluación quizá no pueda hacerse su Entrega.

Me está provocando. Sólo tengo que ignorarla. Recibiré mis tres regalos. Todo brujo los recibe.

Abu dice:

—Nathan recibirá los tres regalos en su cumpleaños. Así es para todos los brujos. Y así será para Nathan.

—Quiero decir que es duro para un whet Blanco cuando algo sale mal y no recibe sus tres regalos.

—Nada saldrá mal, Jessica —Abu la voltea a ver, mientras dice—: Le daré a Nathan sus tres regalos así como te los daré a ti, a Deborah y a Arran.

Arran se sienta a mi lado. Me pone la mano en el brazo y me dice en voz bajita sólo a mí:

—Cómo anhelo que tu Entrega sea ya. Tú vendrás a la mía y yo iré a la tuya.

—Kieran me contó de un whet de York que no recibió sus tres regalos —dice Jessica—. Al final se casó con una fain y ahora trabaja en un banco.

—¿Cómo se llama ese chico? —pregunta Deborah.

—No importa. Ya no es un brujo y nunca lo será.

—Pues yo nunca he oído hablar de ese chico —dice Abu.

—Es cierto, me lo dijo Kieran —dice Jessica—. Pero Kieran dijo que es distinto para los Brujos Negros. No sólo pierden sus habilidades. Si a los Negros no les dan sus tres regalos, se mueren.

Jessica coloca la punta del cuchillo en la mesa frente a mí y lo sostiene, balanceándolo sobre la punta con su dedo índice.

—No se mueren de inmediato. Se enferman, quizá duran un año o dos si tienen suerte, pero no sanan, sólo van volviéndose más débiles, y más y más enfermos, y más débiles, y entonces —deja caer el cuchillo—, un Brujo Negro menos.

Debería cerrar los ojos.

Arran envuelve sus dedos con suavidad alrededor del mango del cuchillo y lo hace a un lado mientras pregunta:

—¿De verdad se mueren, Abu?

—No conozco a ningún Brujo Negro, Arran, así que no te lo puedo decir. Pero Nathan es mitad Blanco y recibirá sus tres regalos de cumpleaños. Y, Jessica, ya puedes dejar esta conversación sobre Brujos Negros.

Jessica se inclina hacia Arran y murmura:

—De todos modos sería interesante ver qué pasa. Me imagino que moriría como un Brujo Negro.

Tengo que salir de ahí. Voy arriba. No rompo nada, sólo le doy unas cuantas patadas a la pared.

Sorprendentemente, Jessica no ha querido tener una gran Ceremonia de Entrega, sino una pequeña y privada. Menos sorprendente es que ha optado por hacerla tan pequeña y privada que aunque Deborah y Arran están invitados, yo no lo estoy. Oí a Abu algunas noches atrás tratando de convencer a Jessica de que me invitara, pero no funcionó y de todos modos, tampoco quería ir. No tengo amigos con quienes jugar así que me quedo solo en casa mientras Abu, Jessica, Deborah y un mustio Arran, encaminan su ardua marcha hacia el bosque.

Normalmente me iría al bosque, pero me tengo que quedar en casa si es que no quiero recibir una de las pócimas de Abu como castigo. No quiero pasar veinticuatro horas supurando pus amarilla a través de furúnculos del tamaño de una bola de caramelo gigante por culpa de Jessica.

Me siento a la mesa y dibujo. Mi bosquejo es de Abu presidiendo la ceremonia y entregándole los tres regalos a Jessica. Apenas le pasan los regalos a Jessica, se le caen de las manos, señal de mala suerte como ninguna. La sangre de la mano de Abu, la sangre de sus ancestros que Jessica debe tomar, cae en gotas rojo brillante sobre el suelo del bosque, sin ser tomada, y Jessica permanece en la imagen horrorizada, incapaz de acceder a su Don, su único poder mágico especial.

Me gusta el dibujo.

El grupo ceremonial vuelve a casa demasiado pronto y queda claro que a Jessica no se le ha caído nada. Entra caminando por la puerta trasera, diciendo:

—Ahora que ya no soy una whet, tengo que descubrir cuál es mi Don.

Se queda mirando el dibujo fijamente y después me mira a mí.

—Tendré que practicar con algo.

Lo único que puedo hacer es quedarme ahí sentado y esperar que nunca encuentre su Don. Y desear que si lo encuentra, sea algo corriente, como preparar pociones, que es el Don de Abu. O que tenga un Don débil como la mayoría de los hombres. Pero sé que no tiene sentido esperar algo así. Sé que tendrá un Don poderoso, como la mayoría de las mujeres, y que lo encontrará, lo pulirá y lo practicará. Y lo usará contra mí.

Estoy acostado en el césped del patio trasero mirando a las hormigas construir un hormiguero en el suelo. Las hormigas parecen grandes. Puedo ver los detalles de sus cuerpos, cómo se mueven sus patas, marchan y escalan.

Arran viene a sentarse junto a mí. Me pregunta cómo estoy y cómo me va con la escuela, ese tipo de cosas que le interesan a Arran. Le hablo de las hormigas, adónde van y qué están haciendo.

Me pregunta de improviso:

—¿Estás orgulloso de que Marcus sea tu padre, Nathan?

Las hormigas prosiguen con su trabajo, pero ya no me importa.

—¿Nathan?

Me vuelvo hacia Arran que sostiene mi mirada con esa manera tan abierta y honesta que tiene.

—Es un brujo tan poderoso, el más poderoso de todos. ¿Deberías estar orgulloso de eso?

Arran nunca me había preguntado sobre mi padre.

Nunca.

Y aunque confío en él más que en ninguna otra persona, aunque confío en él por completo, tengo miedo de contestar. Abu me ha dejado muy claro que nunca debo hablar sobre mi padre.

Nunca.

Nunca debo responder preguntas sobre él.

Cualquier pregunta puede ser usada o malinterpretada por el Consejo. Cualquier indicio de que un Brujo Blanco simpatice con un Brujo Negro se considera traición. Todos los Brujos Negros son rastreados por Cazadores bajo las indicaciones del Consejo. Si los capturan vivos sufren un Castigo. Cualquier Brujo Blanco que ayude a uno Negro es ejecutado. Tengo que demostrarles a todos, siempre, que soy un Brujo Blanco, que mis lealtades están con los Blancos y que mis pensamientos son de color Blanco puro.

Abu me ha dicho que si alguien me pregunta qué siento por Marcus debo decir que lo odio. Si no puedo afirmar eso, entonces la única respuesta segura es no decir nada.

Pero este es Arran.

Quiero ser honesto con él.

—¿Lo admiras? —insiste Arran.

Conozco a Arran mejor que nadie y hablamos de casi todo pero nunca hemos hablado sobre Marcus. Ni siquiera hemos hablado alguna vez sobre el padre de Arran. Mi padre mató a su padre. ¿Qué se puede decir al respecto?

Y aun así... Quiero confiar en alguien, y Arran es la única y la mejor persona a quien puedo confiarle mis sentimientos.

Y me está mirando con esa forma que tiene de hacerlo, con puro cariño y preocupación.

Pero qué pasaría si le dijera: "Sí, admiro al hombre que mató a tu padre" o "Sí, estoy orgulloso de que Marcus sea mi padre. Es el Brujo Negro más poderoso y su sangre corre por mis venas". ¿Qué pasaría?

—¿Es así? ¿Admiras a Marcus? —Arran continúa insistiendo.

Sus ojos son tan pálidos y tan sinceros, me ruegan que comparta mis sentimientos.

Tengo que esquivar su mirada. Las hormigas todavía están ocupadas, como refugiados que cargan enormes fardos a un nuevo hogar.

Le respondo a Arran lo más calladamente posible.

—¿Qué has dicho? —pregunta Arran.

Sigo sin levantar la cabeza, pero lo digo un poco más fuerte.

—Lo odio.

En ese momento aparecen un par de pies descalzos junto al hormiguero. Los pies de Arran.

Arran está de pie frente a mí y al mismo tiempo está sentado junto a mí. Dos Arrans. El que está sentado frunce el ceño y se transforma ante mis ojos en Jessica, que viste los pantalones cortos y la camiseta de Arran, los cuales le quedan visiblemente apretados.

Jessica se inclina hacia mí y sisea:

—Lo sabías. Supiste todo el tiempo que era yo, ¿no es así?

Arran y yo la vemos marcharse furiosa.

Él me pregunta:

—¿Cómo pudiste saber que no era yo?

—No lo sabía.

Por lo menos no al mirarla. Su Don es impresionante.

Tras ese primer intento de usar su Don para engañarme, Jessica no se da por vencida. Sus disfraces son impecables, y su determinación y persistencia los igualan. Pero su principal problema, que es incapaz de entender, es que Arran jamás trataría de hacerme hablar sobre mi padre.

Aun así, Jessica lo sigue intentando. Y cada vez que empiezo a sospechar que Arran es en realidad Jessica, estiro la mano para tocarlo, para acariciar el dorso de su mano o agarrar su brazo. Si es él, sonríe y toma mi mano entre las suyas. Si es Jessica, se echa para atrás. Nunca logra controlar eso.

Una tarde Deborah entra en nuestro cuarto, se sienta en la cama de Arran y lee su libro. Es justo lo que Deborah suele hacer; cruza las piernas como lo hace Deborah, ladea su cabeza como lo hace Deborah, pero aun así siento recelo. Nos escucha hablar a Arran y a mí durante uno o dos minutos. Parece estar leyendo el libro; le da la vuelta a la página.

Arran va a cepillarse los dientes.

Me siento junto a Deborah, no demasiado cerca. Pero el olor de su pelo no es el de siempre.

Me inclino hacia ella, diciendo:

—Déjame contarte un secreto.

Ella me sonríe.

Le digo:

—Tu olor es tan asqueroso, Jessica. Voy a vomitar si no te vas…

Me escupe en la cara y sale caminando antes de que Arran vuelva a entrar.

Pero sí que tengo un secreto. Un secreto tan oscuro, tan desesperanzado, tan absurdo que nunca lo podré compartir con nadie. Es una historia secreta que me cuento cuando por la noche estoy en la cama. Mi padre no es malvado en absoluto; es poderoso y fuerte. Y le importo... él me ama. Y me quiere criar como su hijo verdadero, para enseñarme brujería, para mostrarme el mundo. Pero los Brujos Blancos lo persiguen sin descanso, sin darle la menor oportunidad de explicarse. Lo acosan y lo cazan pero él sólo los ataca cuando no le queda otra opción, cuando lo amenazan. Es demasiado peligroso para él arriesgarse a que yo esté a su lado. Quiere que yo esté sano y salvo, por eso debo criarme lejos de él. Pero está esperando el momento adecuado para venir por mí y llevarme consigo. Cuando cumpla diecisiete años querrá darme mis tres regalos y entregarme su sangre, la sangre de nuestros ancestros. Y me acuesto en la cama e imagino que un día vendrá por mí y nos iremos juntos volando en mitad de la noche.

UN LARGO CAMINO HASTA LOS DIECISIETE

Estamos en el bosque cerca de la casa de Abu. El aire está quieto y húmedo; las hojas otoñales yacen espesas sobre el suelo suave y lodoso. El cielo es monótono y gris como una sábana vieja puesta a secar sobre las ramas negras de los árboles. Jessica sostiene una daga pequeña, con sus manos estiradas frente a ella. La hoja es filosa y brillante. Exhibe una sonrisita de superioridad y trata de atraer mi mirada.

Deborah se levanta ligeramente encorvada, pero está sonriente y calmada, tiene sus manos vacías y ahuecadas colocadas frente a ella. En las manos de Abu hay un broche que fue de su Abuela, el anillo de compromiso de mi madre y unas mancuernillas que pertenecieron al padre de Deborah. Abu coloca sus manos lentamente sobre las de Deborah. Sus manos se tocan. Abu le entrega los regalos con cuidado, diciendo: "Deborah, te entrego tres cosas para que puedas recibir tu Don". Después Abu toma el cuchillo, se corta la palma de la mano en la carnosa almohadilla que hay bajo su pulgar izquierdo. La sangre escurre por su muñeca, unas cuantas gotas caen al suelo. Extiende su mano y Deborah se inclina hacia delante, coloca su mano alrededor de la cortada, con sus labios bien apretados sobre la piel de Abu. Abu se inclina hacia ella y susurra las palabras secretas al oído de Deborah, y la garganta de Deborah se mueve mientras traga la sangre. Me esfuerzo por escuchar el hechizo, pero las palabras son como el sonido del viento que hace crujir las hojas.

Termina el hechizo. Deborah tiene los ojos cerrados y traga una última vez antes de soltar la mano de Abu e incorporarse.

Y eso es todo. Deborah ya no es una whet; es una verdadera Bruja Blanca.

Le echo un vistazo a Arran. Luce solemne pero me sonríe antes de darse la vuelta para abrazar a Deborah. Me espero para dirigirle mis felicitaciones.

Le digo: "Estoy contento por ti". Y lo estoy. Abrazo a Deborah, pero no hay nada más que pueda decirle, así que me voy caminando hacia el bosque.

Esa mañana, antes de la Entrega de Deborah, ha llegado otra Notificación.

Notificación de la Resolución del Consejo de Brujos Blancos de Inglaterra, Escocia y Gales.

Está prohibido celebrar una Ceremonia de Entrega para un whet de linaje mixto Brujo Blanco y Brujo Negro—Código Medio: B 0.5/N 0.5— o linaje mixto Brujo Blanco y Fain —Mestizo: B 0.5/F 0.5— sin el permiso del Consejo de Brujos Blancos. Se considerará que cualquier brujo que desobedezca esta Notificación está contra el Consejo. Se considerará que cualquier Código Medio que acepte regalos o sangre sin el permiso del Consejo está desafiando al Consejo y corrompiendo a los Brujos Blancos. La penalización para todos los involucrados será cadena perpetua.

Abu leyó la Notificación y entonces Jessica comenzó a hablar, pero para entonces yo ya estaba saliendo por la puerta trasera. Arran trató de agarrarme el brazo, mientras decía: "Conseguiremos permiso, Nathan. Lo haremos".

No quise discutir con él y lo hice a un lado. Había un hacha junto a la pila de madera del jardín y di hachazos y hachazos y hachazos hasta que ya no pude levantar más el hacha.

Deborah vino a sentarse conmigo entre todos los pedacitos rotos de madera. Recostó su cabeza en mi hombro, descansando su mejilla sobre él. Siempre me ha gustado que lo hiciera.

—Encontrarás una manera, Nathan. Abu te ayudará, y yo también, y Arran también— me dijo ella.

Empecé a arrancarme las ampollas de la mano.

—¿Cómo?

—Aún no lo sé.

—No deberías ayudarme. Estarías trabajando contra el Consejo. Te encerrarán...

—Pero...

Sacudí mi hombro para apartarla y me levanté.

—No quiero tu ayuda, Deborah. ¿No lo entiendes? Eres tan malditamente inteligente, pero aun así no lo entiendes, ¿verdad?

Y la dejé ahí.

Ahora Deborah ha recibido sus tres regalos y la sangre de Abu, y dentro de tres años Arran pasará por la misma ceremonia, pero para mí... Sé que el Consejo no lo permitirá. Tienen miedo de lo que seré. Pero si no me convierto en brujo, moriré. Lo sé.

Tienen que entregarme mis tres regalos y debo beber la sangre de mis ancestros, la sangre de mis padres o abuelos.

Pero aparte de Abu sólo hay una persona que me puede dar los tres regalos, sólo una persona que puede desafiar al Consejo, la única persona cuya sangre me transformaría de whet en brujo.

El bosque está en silencio. Siento como si esperara y observara. Y de repente sé que mi padre me quiere ayudar. Conozco tan bien la verdad de todo ello. Mi padre me quiere entregar los tres regalos y dejarme tomar su sangre. Lo sé como sé cómo respirar.

Sé que vendrá a mí.

Espero y espero.

El silencio del bosque sigue y sigue.

No viene.

Pero me doy cuenta de que es demasiado peligroso para él venir por mí y llevarme. Soy yo quien debe ir a su encuentro.

Debo hallar a mi padre.

Tengo once años. Once está muy lejos de diecisiete. No tengo la menor idea de cómo encontrar a Marcus. No tengo idea de cómo empezar a buscarlo. Pero por lo menos, ahora sé qué es lo que tengo que hacer.

INSTITUTO THOMAS DAWES

Notificación de la Resolución del Consejo de Brujos Blancos de Inglaterra, Escocia y Gales.

Cualquier contacto entre Códigos Medios (B 0.5/N 0.5) y Whets Blancos y Brujos Blancos, deberá ser reportado al Consejo por parte de todos los implicados. El hecho de que el Código Medio no notifique este contacto al Consejo se penará por medio de la remoción definitiva de todo contacto.

Se considerará que ha habido contacto si el Código Medio está en la misma habitación que un Whet Blanco o Brujo Blanco o a distancia tal que se puedan dirigir la palabra.

—¿Me encierro de una vez en el sótano? —pregunto.

Deborah toma el pergamino y lo vuelve a leer.

—¿Remoción de todo contacto? ¿Qué quiere decir eso?

Abu no parece estar segura.

—No pueden estar hablando de la remoción de contacto entre *nosotros* —la mirada de Deborah pasa de Abu a Arran—. ¿Verdad?

Me maravilla Deborah; todavía no lo entiende. Esta Notificación puede significar cualquier cosa que el Consejo quiera que signifique.

—Únicamente me aseguraré de que tengamos una lista de brujos con los que Nathan tiene contacto. No es tan difícil. Nathan no conoce casi a nadie nuevo y definitivamente no conoce a muchos Brujos Blancos.

—Cuando él comience el curso, los O'Brien estarán en la prepa —le recuerda Arran.

—Sí, pero eso es todo. Será una lista breve. Sólo tenemos que cerciorarnos de seguir las reglas.

Abu tiene razón; la lista es breve. Los únicos brujos con los que tengo contacto son mi familia directa y aquellos que conozco de las Oficinas del Consejo cuando voy a la Evaluación. Jamás asisto a festivales, fiestas ni bodas, ya que mi nombre nunca aparece en las invitaciones que caen sobre el tapete de la entrada. Abu se queda conmigo en casa y manda a Jessica, y cuando tienen la edad suficiente, también a Deborah y a Arran. Los demás me cuentan los detalles de la celebración pero yo nunca voy.

Los Brujos Blancos de cualquier parte del mundo son bienvenidos en los hogares de los demás Brujos Blancos, pero escasean los que visitan nuestra casa. Cuando alguien se queda con nosotros para pasar una noche o dos, me tratan como una curiosidad o como un leproso, y rápidamente aprendo a ponerme fuera de su vista.

Cuando Abu y yo viajamos a Londres para mi primera Evaluación, llegamos muy tarde a casa de una familia cerca de Wimbledon. Me dejaron con la mirada puesta fijamente en la pintura roja de la puerta de entrada mientras llevaban a Abu adentro. Cuando Abu reapareció un minuto después, con el rostro blanco y temblando del enojo, me agarró de la mano y me llevó a rastras, mientras decía: "Nos quedaremos en un hotel". Sentí más alivio que enojo.

Antes de ir a la preparatoria Thomas Dawes asisto a la pequeña escuela del pueblo. Soy el niño lento y tonto que se sienta en la parte de atrás, el que no tiene amigos. Como la mayoría de los fains de todo el mundo, los niños y maestros de ahí no creen en los brujos; no entienden que vivimos entre ellos. No me ven como alguien especial; sólo como un niño especialmente lento. Apenas puedo leer o escribir, y no soy lo suficientemente rápido para engañar a Abu cuando me voy de pinta. Lo único que aprendo es que es mejor sentarse en clase, aburrido como una ostra, que sentarse en cualquier otro lado bajo los efectos de las pociones que Abu me da como castigo. Desde el comienzo de cada día, lo único que hago es esperar a que termine. Sospecho que la prepa no será mucho mejor.

Tengo razón. En mi primer día en el Thomas Dawes, llevo puestos los viejos pantalones grises de Arran, que me quedan demasiado largos, una camisa blanca con el cuello raído, una corbata percudida de rayas azules y doradas, y un *blazer* azul marino que me queda absurdamente grande, aunque Abu le acortó las mangas. La única cosa que me dieron que no es de segunda mano, es un teléfono barato. Lo tengo "por si las moscas". A Arran apenas le permitieron tener uno, así que sé que Abu se imagina que habrá una situación de esas "por si las moscas".

Me pongo el teléfono al oído y la cabeza se me llena de electricidad estática. Tan sólo llevarlo conmigo me vuelve irritable. Antes de salir para la escuela dejo el teléfono en la sala, detrás de la tele. Me parece un buen lugar ya que desde hace poco también esta comenzó a desatar un leve zumbido en mi cabeza.

Arran y Deborah hacen que el viaje de ida y vuelta a la escuela sea soportable. Por suerte, Jessica se ha ido de casa para entrenarse como Cazadora. Los Cazadores son el grupo de élite de Brujos Blancos empleado por el Consejo para cazar a los Brujos Negros de Gran Bretaña. Abu dice que otros Consejos de Europa lo emplean cada vez más, ya que hay muy pocos Brujos Negros en Gran Bretaña. Los Cazadores son principalmente mujeres, pero también hay algunos hombres talentosos. Son despiadados y eficientes, por lo que Jessica seguramente encajará a la perfección.

La partida de Jessica significa que por primera vez en mi vida puedo relajarme en casa, pero ahora tengo que preocuparme por la prepa. Le ruego a Abu que no me obligue a ir, que sin duda será un desastre. Ella dice que los brujos deben "integrarse" en la sociedad fain y "aprender cómo adaptarse", y que es importante que yo haga lo mismo, y me dice que estaré "bien". Ninguna de esas frases parece describir mi vida.

Las frases que me vienen a la mente, las frases que estoy esperando escuchar para describirme son "repugnante e inmundo", "inútil" y la preferida por todos "tonto del culo". Estoy preparado para que me molesten por ser estúpido, sucio o pobre y sin duda, algún idiota me acosará porque soy pequeño, pero no me importa mucho. Sólo lo harán una vez.

Estoy preparado para todo eso, pero para lo que no estoy preparado es para el ruido. El autobús es un caldero de gritos y burlas, que hierve con el siseo de los teléfonos móviles. La clase no es mucho mejor ya que tiene filas de computadoras que emiten un silbido de alta frecuencia que me penetra el cráneo, y que no disminuye lo más mínimo cuando me meto los dedos en los oídos.

El otro problema, y con diferencia el peor de todos, es que Annalise está en mi clase.

Annalise es una Bruja Blanca y una O'Brien. Los hermanos O'Brien también van a mi escuela, excepto Kieran, que tiene la edad de Jessica y que ya terminó. Niall está en la clase de Deborah y Connor en la de Arran.

Annalise tiene un largo cabello rubio que brilla sobre sus hombros como si fuera chocolate blanco derretido. Sus ojos son azules y sus pestañas, largas y pálidas. Sonríe mucho, dejando ver sus dientes blancos y rectos. Sus manos están imposiblemente limpias, su piel es del color de la miel y sus uñas relucen. La camisa del uniforme no tiene ni una sola arruga, como si la hubieran planchado apenas un minuto antes. Hasta el *blazer* del uniforme le queda bien. Annalise viene de una familia de Brujos Blancos cuya sangre no ha sido contaminada por fains desde que se tiene memoria y su única relación con Brujos Negros es la de sus ancestros, a quienes asesinaron o fueron asesinados por ellos.

Sé que debería de mantenerme alejado de Annalise.

La primera tarde, la maestra nos pide que escribamos algo sobre nosotros. Se supone que debemos completar una página o más de texto. Me quedo mirando fijamente la hoja y esta me devuelve una mirada en blanco. No sé qué escribir, y aunque lo supiera, tampoco podría expresarlo. Logro apuntar mi nombre en la parte superior de la página, pero detesto incluso hacer eso. Mi apellido, Byrn, es del marido muerto de mi madre. No tiene nada que ver conmigo. Lo tacho, raspándolo para que desaparezca. Me sudan las palmas de las manos sobre el lápiz. Miro alrededor de la clase y veo a los otros chicos ocupados garabateando, y la maestra dando vueltas y viendo lo que escriben. Cuando llega hasta mi sitio me pregunta si hay algún problema.

—No se me ocurre qué escribir.

—Bueno, ¿quizá puedas contarme lo que hiciste este verano? ¿O hablarme sobre tu familia? —esa es la voz que usa para los lentos.

—Sí, está bien.

—Entonces, ¿todo tuyo?

Asiento, sin apartar la vista de la hoja de papel.

Una vez que se aleja lo suficiente y se asoma sobre el trabajo de algún otro chico, escribo algo.

teng n ermano Y ermana ni ermano s Arran es vueno Y Debses lsta

Sé que está mal, pero eso no quiere decir que pueda mejorarlo.

Tenemos que entregar nuestras redacciones y la chica que recoge la mía se me queda mirando cuando ve mi hoja de papel.

—¿Qué? —le digo.

Empieza a reírse y dice:

—Mi hermano tiene siete años y puede hacerlo mejor.

—¿Qué?

Entonces para de reírse y dice:

—Nada… —y casi se tropieza en su prisa por llegar a la parte delantera de la clase para entregar los papeles.

Me doy la vuelta para ver quién más está soltando risillas. Los otros dos que comparten mi mesa parecen estar fascinados por los lápices que tienen agarrados. Los de la mesa de mi izquierda sonríen entre dientes un segundo y al siguiente se quedan mirando fijamente sus escritorios. Lo mismo pasa con los chicos de la mesa de mi derecha, excepto Annalise. Ella no mira a la mesa sino que me sonríe a mí. No sé si se está riendo de mí o qué, pero me obliga a esquivar su mirada.

Al día siguiente en matemáticas no logro resolver nada. La maestra, por suerte, se dio cuenta rápidamente que si me ignora me quedaré callado y no causaré problemas. Annalise es difícil de ignorar. Ella contesta una pregunta y lo hace bien. Contesta otra y es correcta otra vez. Cuando contesta una tercera, me giro ligeramente sobre mi asiento para echarle un vistazo y ella me vuelve a atrapar, mirándome y sonriendo.

El tercer día, en arte, alguien me toca el brazo ligeramente. Una mano limpia y del color de la miel se estira pasando sobre mí, y toma un carboncillo. Mientras la mano se desliza hacia atrás el puño de su *blazer* roza el dorso de mi mano.

—Qué buen dibujo.

¿Qué?

Me quedo mirando mi esbozo de un mirlo picoteando migajas en el patio desierto de la escuela.

Pero ahora ya no pienso en el mirlo ni en el esbozo. Ahora en lo único que puedo pensar es: *¡Me ha hablado! ¡Me ha hablado amablemente!*

Luego pienso: *¡Di algo!* Pero lo único que sucede es que ese *¡Di algo! ¡Di algo!* retumba en mi cabeza vacía.

Mi corazón está golpeando contra mi pecho, la sangre en mis venas palpita con las palabras.

¡Di algo!

En mi estado de pánico, lo único que se me ocurre es: "Me gusta dibujar, ¿y a ti?" y "Eres buena para las matemáticas". Por suerte Annalise se va antes de que diga nada.

Es la primera Bruja Blanca fuera de mi familia que me sonríe. La primera y la única. Nunca pensé que sucedería y podría no volver a suceder jamás.

Sé que debería mantenerme alejado de ella. Pero ha sido amable conmigo. Y Abu dijo que deberíamos "integrarnos" y "adaptarnos" y todas esas cosas, y ser amable también es parte de esas cosas. Así que al final de la clase logro darle suficiente dirección a mi cuerpo como para caminar hacia ella.

Le tiendo mi dibujo.

—¿Qué opinas? Ya lo he terminado.

Estoy preparado para que diga algo horrible, se ría de él o de mí. Aunque no creo que vaya a hacerlo.

Ella sonríe y dice:

—Es realmente bueno.

—¿De verdad te lo parece?

Ya no vuelve a mirar el dibujo, pero sí que me mira a mí y me dice:

—Tienes que saber que es genial.

—Está más o menos… el asfalto no me sale del todo bien.

Ella se ríe, pero se detiene abruptamente cuando la miro de reojo.

—No me estoy riendo de ti. Es estupendo.

Vuelvo a mirar el dibujo. El pájaro no está mal.

—¿Me lo regalas? —pregunta.

¿Qué?

¿Para qué podría quererlo?

—Está bien. Era una idea tonta. Eso sí, es un dibujo estupendo —y recoge su propio dibujo y se aleja caminando.

Desde entonces, Annalise se las ingenia para sentarse junto a mí en arte y estar en el mismo equipo que yo en Educación Física. El resto de la jornada escolar nos dividen en grupos por calificación. Estoy en todos los grupos más bajos y ella en todos los más altos, así que no nos vemos mucho.

La siguiente semana en clase de arte me pregunta:

—¿Por qué no me miras durante más de un segundo?

No sé qué decir. Para mí parece más de un segundo.

Meto mi pincel en el frasco de agua, me giro hacia ella y la miro. Veo una sonrisa y ojos y piel de miel y…

—Dos segundos y medio máximo —dice.

Pero a mí me parece mucho más.

—Nunca pensé que fueras tímido.

No soy tímido.

Se acerca a mí, diciendo:

—Mis padres dicen que no debería hablar contigo.

Entonces sí la miro. Sus ojos están destellando.

—¿Por qué? ¿Qué han dicho de mí?

Se sonroja un poquito y sus ojos pierden un poco de su brillo. No contesta a mi pregunta pero lo que hayan dicho no parece ser tan malo como para desalentar a Annalise.

De vuelta a casa esa tarde me miro en el espejo del baño. Sé que soy más pequeño que la mayoría de los chicos de mi edad, pero no mucho más pequeño. La gente siempre dice que estoy mugroso, pero paso mucho tiempo en el bosque y allí es difícil mantenerse limpio, además no sé qué tiene de malo la suciedad. Aunque sí me gusta que Annalise esté tan limpia. No sé cómo lo hace.

Arran entra al baño para cepillarse los dientes. Es más alto que yo pero también es dos años mayor que yo. Es el tipo de chico que me imagino que podría gustarle a Annalise. Guapo, dulce e inteligente.

Debs entra también. Ahora el baño está un poco abarrotado. Ella es limpia también, pero no como Annalise.

—¿Qué haces? —pregunta.

—¿Qué crees que estoy haciendo?

—Parece que Arran se está cepillando los dientes y que tú estás admirando tu hermosa cara en el espejo.

Arran me da un codazo y despliega una sonrisa espumosa.

Mi reflejo trata de devolverme la sonrisa y le pone pasta de dientes a su cepillo. Me miro a los ojos mientras me cepillo. Tengo ojos de brujo. Los ojos fain son planos. Todos los brujos que he visto tienen destellos en los ojos. Los ojos de Arran son gris pálido con destellos plateados, los de Debs son de un color verde grisáceo más oscuro, con destellos color verde pálido y plateado. Annalise tiene ojos azules con esquirlas plateadas grisáceas que giran y dan volteretas, especialmente si está bromeando conmigo. Deborah y Arran no pueden ver los destellos, ni tampoco Abu; ella dice que es una habilidad que pocos brujos tienen. No le he dicho que cuando yo me miro en el espejo no veo destellos plateados sino que mis ojos negros tienen destellos oscuros triangulares que rotan lentamente, y que en realidad no destellan. Mis ojos no son de un color negro brillante, sino más bien de una especie de negro hueco y vacío.

Los hermanos de Annalise, Niall y Connor, tienen ojos azules con destellos plateados. También son reconocibles al instante como hermanos O'Brien por su pelo rubio, sus largas extremidades y sus rostros apuestos. Evito a Annalise en los recreos y a la hora del almuerzo porque sé que si sus hermanos nos ven juntos, ella se meterá en problemas. Odio que puedan pensar que les tengo miedo, pero de verdad que no quiero causarle problemas a Annalise, y en esta escuela enorme es fácil evitar a la gente si uno quiere.

Al final del primer mes está cayendo esa lluvia fina y brumosa que rápidamente te cubre la piel hasta lavarte y quedar limpio. Estoy en la parte de atrás del salón de deportes, recargado contra la pared y considerando las alternativas a una tarde de geografía, cuando Niall y Connor doblan la esquina. Por sus sonrisas parece que han encontrado lo que buscaban. No me muevo de la pared pero les devuelvo sus sonrisas. Esto será más interesante que navegar por el delta del Misisipi.

Niall comienza con:

—Te hemos visto hablando con nuestra hermana.

No entiendo cuándo ni dónde pero no voy a molestarme en preguntar, así que le lanzo una de mis miradas de "y a mí qué".

—Aléjate de ella —dice Connor.

Los dos dan un paso atrás, sin saber qué hacer a continuación.

Casi me río de ellos, pero son tan ineptos que no digo nada, y me pregunto si eso es todo.

Bien podría haberlo sido, pero entonces Arran aparece detrás de ellos y llega bramando con un:

—¿Qué está pasando aquí?

Cambian de actitud al girarse hacia él. No le tienen miedo a Arran y no tienen la intención de dejarle ver que han sido poco cautelosos conmigo.

—Vete al diablo —dicen al unísono.

Cuando no lo hace, Niall avanza sobre Arran.

Arran no cede terreno y dice:

—Me quedo con mi hermano.

La campana que marca el final de la hora del almuerzo comienza a sonar, y Niall empuja el hombro de Arran mientras le dice:

—Lárgate de vuelta a clase.

Arran se ve obligado a dar un paso atrás pero después avanza diciéndole:

—No voy a regresar sin mi hermano.

Connor está mirando a Arran medio girado, y resulta demasiado tentador contemplar el lateral de su rostro así. Lo golpeo fuertemente con mi gancho izquierdo especial. Antes de que el cuerpo de Connor toque el pavimento, me tiro al suelo detrás de Niall y con el codo le lanzo un duro golpe en la corva. Cae también, y tan dramáticamente que apenas logro apartarme. Todavía estoy abajo, así que golpeo a Niall dos veces en el rostro, pero sé que tengo que ser veloz para cubrirme de Connor. Me levanto, pateo a Niall en el costado mientras gira para alejarse de mí, pero alcanzo a Connor con una patada en el hombro cuando se está levantando. Niall es más peligroso, ya que es el más grande y mucho más rudo de los dos, y sabe lo suficiente como para alejarse rodando de nuevo cuando comienzo a correr hacia él. Sin embargo no conecto mi patada, pues Arran me tiene agarrado de los hombros con sorprendente fuerza y me lleva a rastras. No me resisto mucho. Ya he hecho suficiente.

El brazo de Arran me rodea mientras caminamos de vuelta al edificio de la escuela. Me agarra con fuerza, jalándome hacia él, pero al acercarnos a la entrada me empuja para alejarme. Es un empujón de enojo.

—¿Qué pasa? —pregunto.

—¿Por qué te ríes?

¿Me estaba riendo? No me había dado cuenta.

Arran sigue caminando y entra en la escuela con los brazos abiertos como si necesitara ahuyentarme. La puerta se cierra con fuerza detrás de él.

MÁS PELEAS Y ALGUNOS CIGARRILLOS

No vuelvo a la escuela esa tarde. Me voy al bosque y de ahí a mi casa, calculando mi llegada para que coincida con la de Arran y Deborah. Espero que Arran diga algo pero no me dirige la palabra. Dura toda la tarde. Pienso que cederá cuando vayamos a la cama, pero ya se ha puesto la piyama y va a apagar la luz cuando entro al cuarto. Vuelvo a encender la luz y me paro con la espalda contra la puerta.

—Mañana le contaré a Abu lo de la pelea.

El bulto que está escondido debajo de las cobijas no contesta.

—Sabes que es normal pelearse, ¿no? Casi todos los chicos lo hacen. Sería extraño si no lo hiciera.

Tampoco dice nada.

—Me reí porque les habíamos ganado. Sentí alivio. Enfrentémoslo, aunque te tenía de mi lado, estábamos en desventaja.

No se oye ninguna respuesta.

—Esto no significa que yo sea el Diablo.

Finalmente se mueve y se incorpora para mirarme de frente.

—Sabes que van a decir que tú empezaste.

Claro que lo sé. Sé que aun no habiendo peleado, aun evitando a Annalise, incluso poniéndome de rodillas y lamiendo las botas de Niall y Connor, no habría supuesto la menor diferencia; harán lo que quieran y dirán lo que quieran, y cualquier cosa que ellos digan, lo creerán. Arran todavía no ha aceptado que no haya esperanza para mí. Pero su aspecto es de abatimiento.

Me siento en la cama y le pregunto:

—¿Te molestan mucho por ser mi hermanastro?

—Soy tu hermano —y me lanza esa mirada que tiene, la mirada de la persona más dulce del mundo.

—Entonces, ¿te molestan por ser mi hermano?

—No mucho.

Es bastante malo para mentir, pero lo amo más que nunca por intentarlo.

—De todos modos —dice— he convivido con Jessica toda mi vida. A su lado, estos payasos son diletantes.

Me pregunto cuándo Niall y Connor se vengarán de mí. Lo que más me preocupa es que vayan por Arran, pero no lo hacen. Quizá se han dado cuenta de que eso es más estúpido que vengarse de mí.

Después de la pelea salgo de la escuela a la hora del almuerzo y me quedo en las calles cercanas, evitando a los O'Brien y a todos los que pueda, pero esto significa llevar una existencia miserable, y después de dos semanas me harto de esconderme.

Estoy apoyado contra la pared, en el mismo lugar que en la primera pelea, cuando Niall y Connor dan la vuelta en la esquina. Sé que esta vez estarán más preparados, pero creo que si derribo a Niall primero, tendré una actuación decorosa contra ellos.

Corren hacia mí y compruebo que efectivamente están más preparados; Niall sostiene un ladrillo.

La mejor defensa es el ataque. Eso lo escuché en algún lado. Así que corro hacia ellos, gritando tan fuerte como puedo cosas malas y groserías.

Niall se queda lo suficientemente sorprendido como para trastabillar, lo empujo a un lado, lo esquivo y le lanzo un mal golpe a Connor que está un paso atrás. Pero de alguna manera, Niall se estira hacia atrás y me agarra el *blazer*. Me alejo de él pero Connor me rodea con los brazos, sujetando mi brazo izquierdo contra mi cuerpo. Trato de golpearlo con mi derecha pero ahí termina todo.

Niall me golpea la cabeza con el ladrillo mientras Connor me sujeta.

Después me golpean con fuerza en la espalda, probablemente otra vez con el ladrillo. Pero todavía estoy bien.

Entonces:

B

U

M

Baja reverberando por mi espina dorsal y me detiene en seco.

Me han incrustado en el pavimento como un martillo a un clavo.

Las manos de Connor lo alejan de mí.

Me está mirando fijamente. Se queda pálido y con la boca abierta. Aterrado.

Y luego desaparece.

Y lentamente, lentamente el pavimento se levanta hacia mi cara y tengo tiempo de pensar que nunca he visto a un pavimento hacer eso, y me pregunto cómo...

Mi cuerpo está frío… y yace sobre algo duro. Mi mejilla está aplastada contra algo duro. Puedo saborear la sangre.

Pero me siento bien. Raro pero bien.

Al abrir los ojos todo está gris y difuso.

Enfoco. Ah, es cierto, el área de juegos… lo recuerdo…

No me muevo. El ladrillo sigue ahí, tirado en el pavimento. Tampoco se mueve. Parece como si el ladrillo también hubiera tenido un mal día.

Vuelvo a cerrar los ojos.

Me encuentro en el bosque cerca de casa. Recuerdo vagamente haber caminado hasta aquí. Estoy acostado sobre mi espalda mirando el cielo y adolorido por todas partes. No me incorporo pero palpo mi rostro con los dedos, milímetro a milímetro, lentamente, atreviéndome a subir y llegar a las zonas que sé que están mal.

Tengo un labio hinchado y adormecido, un diente suelto, por alguna razón me duele la lengua, me sangra la nariz, mi ojo derecho está hinchado, y una cortada encima de mi oreja izquierda está rezumando sangre y una especie de moco pegajoso. Es como si una cúpula hubiera crecido en mi cabeza.

Abu me lava el rostro y me aplica un ungüento en los moretones que tengo en la espalda y en los brazos. Mi cuero cabelludo comienza a sangrar otra vez, y Abu rasura el pelo alrededor de la cortada y también aplica parte de su ungüento en ella. Lo hace todo en silencio después de decirle con quién he estado peleando.

Me miro al espejo y no me queda más remedio que sonreír a pesar de mi labio hinchado. Tengo los dos ojos amoratados, aunque también les están saliendo otros colores: violeta, verde y amarillo. Mi ojo derecho está tan hinchado que no puedo abrirlo. Mi nariz está inflamada y sensible pero no rota. Tengo el pelo rapado sobre la oreja izquierda, y la piel cubierta de un espeso ungüento amarillo.

Abu me da permiso de faltar a la escuela hasta que mi ojo sane. Por suerte, mi trozo de calva ha comenzado a cubrirse.

En mi primer día de regreso, Annalise se sienta junto a mí mientras pinto.

—Me contaron lo que te hicieron —susurra.

He pensado mucho en Annalise y sus hermanos durante los días que he pasado en casa. Sé que lo sensato sería ignorarla y estoy bastante seguro de que si le pido que lo haga, ella me evitará. Incluso he esbozado un pequeño discurso, algo así como: "Por favor no hables conmigo y yo no lo haré contigo".

Pero Annalise dice:

—Lo siento. Fue mi culpa.

Y la manera en que lo dice —la manera en que su voz expresa que lo siente, que está sinceramente disgustada— me hace enojar. Sé que no es su culpa, y tampoco es mi culpa. Así que me olvido de mi discurso roñoso y de todas mis intenciones roñosas, y le toco la mano con las puntas de mis dedos.

Annalise y yo pasamos las clases de arte cuchicheando y mirándonos el uno al otro, y ya logro rebasar por mucho los dos segundos y medio. Pero quiero mirarla fijamente en privado, y ella también a mí. Comenzamos a darle vueltas para ver cómo podemos pasar tiempo juntos, solos.

Ideamos un plan para encontrarnos en Edge Hill, un lugar tranquilo en el camino a casa de Annalise desde la escuela. Pero cada vez que le pregunto si hoy es el día que podemos quedar, Annalise indica que no con la cabeza. Sus hermanos la están vigilando, pegándose a ella cuando sale de clases y cuando acaba la escuela.

Annalise no es la única a la que están vigilando. Después de mi vuelta a la escuela, Arran y Deborah se aseguran de acompañarme desde el autobús hasta la clase. Arran me acompaña a casa y se pierde el almuerzo para estar conmigo.

La escuela se está volviendo insoportable a pesar de Annalise. Los ruidos todavía resuenan en mi cabeza, y aunque hago mi mayor esfuerzo por ignorarlos, a veces quiero arrancarlos de mi mente y gritar de frustración.

Unas cuantas semanas después de mi golpiza, la cabeza me silba. Estamos en clase de tecnología de la computación y no sé qué se supone que estamos haciendo pero tampoco me interesa. Doy como excusa que tengo que ir al baño y al maestro no parece importarle cuando salgo caminando del salón.

La tranquilidad del pasillo es un alivio y con nada mejor que hacer, paseo sin prisa hasta el baño.

Entro justo en el momento en el que Connor sale de un compartimento.

Me toma menos de un segundo saber que es mi oportunidad y me lanzo contra él descargando una ráfaga de golpes, y cuando se cae al suelo le pego unas cuantas patadas.

Connor no hace otra cosa que intentar protegerse. Ni siquiera trata de pegarme, pero mi ataque no lo detiene él sino el señor Taylor, un maestro de historia que pasa por ahí. Me aleja de Connor a rastras y el sudoroso pecho del señor Taylor me abruma, apretándome con ganas mientras Connor se retuerce en el suelo, gimoteando a más no poder.

El señor Taylor le dice a Connor:

—Si tienes algo seriamente lastimado quédate quieto. Si no, levántate para que podamos echarte un ojo.

Connor se queda quieto unos cuantos segundos antes de levantarse.

Yo no lo veo tan mal.

—Vengan conmigo los dos —no es una petición y ni siquiera una orden, más bien un comentario resignado.

El señor Taylor me sujeta la muñeca con tanta fuerza que la sangre no me llega a la mano. Caminamos velozmente por muchos pasillos vacíos y rechinantes, y dejamos a Connor en una sala médica cuya existencia desconocía. Entonces el señor Taylor me lleva hacia la oficina del director y hacemos un alto en el alfombrado, frente al escritorio de la secretaria.

El señor Taylor le explica la situación a la secretaria, que asiente, llama a la puerta del director y desaparece adentro. Únicamente tenemos que esperar un minuto antes de que reaparezca y nos diga que podemos entrar.

Sólo cuando estoy de pie frente al escritorio del señor Brown, solamente entonces, el señor Taylor me suelta la muñeca y se sienta pesadamente en la silla que hay junto a mí. La silla cruje.

El señor Brown pulsa su teclado y no levanta la vista.

El señor Taylor explica que me encontró peleando.

El señor Brown sigue pulsando el teclado mientras escucha la historia de mi pelea y después continúa un rato más. Parece estar leyendo lo que está en la pantalla. Después suspira profundamente, mira al señor Taylor y le agradece su ayuda.

El señor Brown inhala hondo de nuevo y me mira por primera vez. Me da instrucciones sobre un comportamiento admisible, instrucciones sobre mi castigo e instrucciones para volver a mi clase. Es obvio que ha hecho esto antes y recita todo el procedimiento de un tirón en menos de cinco minutos.

Tengo que volver a clase. Todavía no habrá terminado tecnología de la computación.

—No —la palabra sale de mi boca antes de que pueda siquiera pensarla.

—¿Qué? —pregunta el señor Brown.

—No. No voy a volver a esa clase.

—El señor Taylor te acompañará de vuelta —el señor Brown lo dice rotundamente y se gira hacia su computadora.

El señor Taylor comienza a gruñir mientras se levanta de la silla.

Lo empujo de nuevo hacia abajo.

—No.

Me doy la vuelta y agarro el teclado que el señor Brown tiene debajo de sus manos, las cuales quedan posadas sobre el escritorio vacío. Rompo el teclado contra la computadora y lo tiro todo al suelo.

—He dicho que no.

El señor Taylor todavía está sentado pero me agarra la muñeca de nuevo y me jala hacia él. No me resisto sino que uso su impulso para girarme y chocar contra él, y ambos caemos hacia atrás. El señor Taylor agita sus brazos en un intento por enderezarnos. Pero no ocurre así porque yo me libero y, a diferencia del señor Taylor, aterrizo con suavidad.

Me pongo de pie y salgo caminando de la oficina.

No estoy seguro de haber hecho lo suficiente todavía para que me expulsen, así que agarro la silla de la secretaria y la lanzo por la ventana. Después me dirijo hacia la salida delantera, activando la alarma contra incendios mientras salgo. Sólo para asegurarme, destrozo el parabrisas del coche del director con la silla de la secretaria que casualmente aterrizó ahí cerca.

La policía me está esperando cuando llego a casa.

Tengo que volver a la escuela, pero sólo una vez, ya que debo pedir una disculpa formal al señor Brown y al señor Taylor. Por alguna razón, no tengo que disculparme con Connor. Abu se queja del papeleo y de las visitas del Oficial de Enlace con la Comunidad. Tengo que hacer cincuenta horas de servicio a la comunidad.

Somos cuatro los que estamos obligados a hacerlo, limpiando el centro deportivo. Creo que los días pasarían más rápidamente si hiciéramos algo —incluso limpiar— pero Liam, el mayor y con más experiencia en términos de retribución a la comunidad, no lo permite en absoluto. Pasamos la primera hora fingiendo que estamos buscando los trapeadores y los cepillos; por lo menos yo finjo, pero Liam sólo se pasea por ahí. Luego salimos a tomar un descanso y a fumar un cigarro. Nunca antes había fumado pero Joe es un experto, y sabe exhalar anillos, y anillos de humo que pasan entre otros anillos. Me enseña todo lo que sabe.

En ocasiones, el joven musculoso que trabaja en la recepción del centro deportivo sale y nos dice que volvamos adentro y limpiemos. Lo ignoramos y se va.

Paso la mayor parte del tiempo sentado atrás, fumando y escuchando a los otros hablar.

A Liam lo han atrapado muchas veces robando. Se lleva lo que sea, con valor o sin valor, útil o no. El chiste es robar, no lo que se roba. A Joe lo atraparon robando en una tienda, y Bryan chocó conduciendo un coche robado y todavía lleva el collarín ortopédico.

Cuando no estamos fumando, paseamos por el centro deportivo. A veces llevo un trapeador. Los sábados por la mañana son los más ajetreados. A Joe y a mí nos gusta ver la clase de karate. Es para niños, desde principiantes hasta cinta negra. Después salimos atrás para seguir fumando.

Un sábado, después de la clase de karate, vemos que Bryan lleva puestos unos tenis Nike que parecen caros.

—Quizá decida ponerme en forma ahora que me han quitado el collarín —dice.

—Tienes toda la razón, amigo. *Just do it*, ese es mi lema —agrega Liam.

Joe y yo nos acostamos de espaldas sobre el muro bajo y sacamos nuestros Marlboro Light. Estoy practicando con una serie de tres anillos en el que uno pequeño pasa entre todos ellos. Casi logro hacerlo cuando alguien sale por la puerta de emergencia y grita:

—¿Quién de ustedes, desgraciados de mierda, se llevó mis tenis?

Termino de exhalar el humo y miro hacia el chico. Es uno de los que tienen cinta negra pero ahora lleva pantalones de mezclilla, aunque sigue descalzo.

Liam y Bryan han desaparecido.

—Los quiero de vuelta. ¡Ahora! —el chico cinta negra avanza sobre Joe y sobre mí.

No me incorporo pero levanto mis pies con mis botas desaliñadas, diciendo:

—Yo no los tengo.

Joe se sienta y golpea los talones de sus viejos tenis grises contra la pared, pero no dice nada. Exhala un anillo de humo y después un hermoso misil en forma de puro de humo que navega por el centro del anillo hacia la cara del chico.

Me incorporo y le digo:

—Te hemos visto, practicando kung-fu.

—Karate.

—Eso… karate. Eres cinta negra, ¿verdad?

—Sí.

—Si consigues tumbarme haré que te devuelvan tus tenis.

—Ah, sí, un desafío —se ríe Joe.

—Pero si yo te tumbo a ti, dejarás que quien los tenga se los quede.

El chico cinta negra no necesita pensárselo más de un segundo. Me saca una cabeza y por lo menos diez kilos, y supongo que está bastante seguro de que no soy ningún cinta negra. Adopta de inmediato su posición de pelea y dice:

—Vamos, entonces.

Me saco el cigarro de la boca y extiendo mi brazo, como si se lo fuera a pasar a Joe, pero al mismo tiempo levanto mis piernas para colocar mis pies sobre el borde de la pared y me lanzo sobre el chico, saltando sobre sus hombros con mis rodillas. En un segundo él está en el suelo y yo logro caer de pie.

Guardo mi distancia. Parece que está bastante enojado.

Me doy cuenta de que se me ha caído el cigarro y me agacho para recogerlo pero entonces, como en una película de kung-fu, el maestro de karate aparece de la nada. Este tipo es bajito, probablemente de cincuenta y tantos años, pero de cuidado. A diferencia de los alumnos de su clase, da la impresión de que ha golpeado unas cuantas cosas que también le han devuelto el golpe.

Sin embargo, le dice al chico cinta negra:

—Un trato es un trato, Tom. Ha ganado él. Deberías haber sido más rápido.

Joe ríe disimuladamente.

Míster Karate ayuda a ponerse de pie al chico cinta negra y lo aleja de nosotros.

Lo más indiferentemente posible recojo mi cigarro y le doy un jalón.

Míster Karate me lanza un grito:

—Esas cosas te matarán.

Joe exhala un anillo de humo enorme, pero tiene una forma extraña porque casi no puede parar de sonreír.

Cuando la pareja karateca desaparece, Joe me pregunta:

—¿Planeas vivir lo suficiente como para morir de cáncer de pulmón?

LA QUINTA NOTIFICACIÓN

Alrededor de una semana después de mi expulsión Abu dice que me dará clases en casa. Suena estupendo. Nada de escuela. Nada de "adaptarse", nada de "integrarse".

—Es como la escuela, pero en casa —me dice.

Trae los viejos libros de Arran, lápices y papeles y nos sentamos a la mesa de la cocina. Trabajamos con algunos ejercicios, muy lentamente. Me cuesta trabajo leer las preguntas y Abu camina de un lado a otro de la cocina mientras le escribo el alfabeto completo. Después de mirar lo que he escrito, guarda todos los libros de Arran.

Por la tarde vamos a pasear al bosque y hablamos sobre los árboles y las plantas, y le echamos un ojo a un trozo de liquen con una lupa.

Cuando Arran llega a casa, Abu le pide que se siente conmigo mientras leo. Arran siempre es paciente y nunca me avergüenzo cuando estoy con él, pero resulta lento y agotador. Abu se queda de pie y observa.

—Los libros nunca serán lo tuyo, Nathan —dice después de un rato. Y yo ciertamente no tengo ni la paciencia ni la habilidad para enseñarte a leer. Si quieres aprender, tendrá que ser Arran quien te enseñe.

—No vale la pena —aunque sé que Arran insistirá para que no me dé por vencido.

—Por mí está bien, pero tienes muchas otras cosas que aprender.

Al día siguiente, Abu y yo hacemos nuestra primera excursión a Gales. Es un viaje de dos horas en tren. Hace frío y viento, aunque no llueve. Caminamos por las colinas y me encanta ver dónde viven las plantas silvestres y los animales salvajes, cómo crecen, cuáles son sus madrigueras.

Cuando llega el primer día templado de abril nos quedamos a pasar la noche, durmiendo afuera. A partir de entonces ya no quiero volver a dormir adentro. Abu me enseña acerca de las estrellas y me dice cómo afecta el ciclo lunar a las plantas que ella recolecta.

De vuelta a casa, Abu me instruye sobre las pociones, pero comparado con ella soy torpe y no tengo su intuición acerca de cómo actúa una planta con otra o se contrarrestan entre sí. Aun así aprendo lo básico sobre cómo ella prepara sus pociones, cómo les agrega magia con su tacto e incluso con su aliento. Y aprendo a hacer cremas sanadoras sencillas para cortadas, una pasta que extrae el veneno y un brebaje para dormir, pero sé que nunca podré preparar algo mágico.

Tengo mapas de Gales y llego a conocerlos bien. Puedo leer los mapas con facilidad, son imágenes y consigo ver el terreno en mi cabeza. Memorizo dónde están todos los ríos, valles y montañas con respecto a su posición, las formas de atravesarlos, los lugares en los que puedo hallar refugio o agua, dónde nadar, pescar y poner trampas.

Pronto, viajo solo a Gales; paso a menudo dos o tres días lejos de casa, duermo afuera y vivo de la tierra.

La primera vez que estoy lejos solo me acuesto en la tierra. Acostarse en una montaña galesa es especial. Trato de entender la sensación: me siento feliz cuando estoy con Arran, sólo estando con él, observando su naturaleza lenta y pacífica, eso es algo especial; también me siento feliz con Annalise, realmente feliz, disfrutando de su hermosura y olvidándome de quién soy durante el tiempo que está conmigo; eso es también bastante especial. Pero acostarse en una montaña galesa es distinto. Mejor. Ese es mi verdadero yo. Mi verdadero yo y la verdadera montaña, vivos y respirando como si fuéramos uno.

Al cumplir doce años llega otra Evaluación. Las odio pero me controlo, me obligo a soportarlo —el Consejo, los Consejeros, que me pesen y me midan— para poder estar libre de nuevo. Al final de esta Evaluación interrogan a Abu sobre mi educación, aunque es bastante obvio que saben que me expulsaron de la escuela. Abu les dice poco y no menciona las excursiones al campo. La Evaluación parece salir bien. Mi código de designación es *No determinado*.

Una semana después llega otra Notificación. Estamos sentados alrededor de la mesa de la cocina y Abu la lee en voz alta.

Notificación de la Resolución del Consejo de Brujos Blancos de Inglaterra, Escocia y Gales.

Para garantizar la seguridad de todos los Brujos Blancos se ha acordado que cualquier movimiento de los Códigos Medios (B 0.5/N 0.5) de su lugar registrado de residencia, deberá ser aprobado por el Consejo antes de que se lleve a cabo viaje alguno. Se restringirán todos los movimientos de cualquier Código Medio que se encuentre en lugares no permitidos.

—Esto es demasiado. Va a terminar bajo arresto domiciliario —dice Deborah.

—¿Crees que es que posible que sepan que Nathan está yendo a Gales? —Arran parece preocupado.

—No lo sé. Pero sí, tenemos que suponer que lo saben. Pensé que lo permitían porque... —la voz de Abu mengua hasta apagarse.

Sé lo que está pensando. El Consejo podría estar utilizándome para lanzarle un anzuelo a Marcus, para tentarlo a que me vea, y si aparece, se abalanzarán y lo matarán... nos matarán. Pero ahora parece que me quieren confinar.

Es obvio que Deborah ha estado pensando en Marcus también. Dice:

—Podría tener algo que ver con la familia a la que atacó Marcus en el noreste.

Todos la miramos.

—¿No se han enterado? Los mataron a todos.

—¿Cómo lo sabes? —pregunta Abu.

—Intento estar con los oídos alerta. Todos tenemos que hacerlo, ¿no? Por el bien de Nathan... y también por el nuestro.

—¿Exactamente cómo has mantenido los oídos alerta? —pregunta Arran.

Deborah vacila pero después levanta la barbilla y dice:

—Me he hecho amiga de Niall.

Arran sacude la cabeza.

—Sólo tengo que quedarme escuchando cada una de sus palabras y decirle lo guapo y listo que es y... y entonces él me dice cosas.

Arran se acerca a Deborah para prevenirla, creo, pero antes de que pueda hacerlo, ella insiste:

—No he hecho nada malo. Hablo con él y lo escucho. ¿Qué tiene eso de malo?

—¿Y cuando dice cosas malas de Nathan? ¿Entonces qué contestas?

Deborah me mira.

—Nunca le doy la razón.

—¿Pero difieres? —Arran la mira con el mayor desprecio del que es capaz.

—¡Arran! Me parece una gran idea —interrumpo—. El Consejo utiliza espías continuamente, según Abu. Es justo usar en su contra sus propias tácticas. Además, Deborah tiene razón, no está haciendo nada malo.

—No está haciendo nada bueno.

Me acerco a Deborah, le beso el hombro y le digo:

—Gracias Deborah —ella me abraza.

—Entonces, Deborah, ¿qué has descubierto? —pregunta Abu.

Deborah toma un respiro.

—Niall dijo que Marcus mató a una familia la semana pasada, a un hombre, una mujer y su hijo adolescente. El padre de Niall fue llamado a una reunión de emergencia del Consejo para tratar el tema.

—No puedo creer que te dijera todo eso —Arran niega con la cabeza otra vez.

—A Niall le encanta presumir de su familia. Debe haberme dicho diez veces que Kieran está entrenándose para convertirse en Cazador y que siempre queda en primer lugar en los entrenamientos que realizan —a menos que Jessica le esté ganando, claro—. Parece ser que Kieran está desesperado porque lo envíen a efectuar esta investigación como su primer encargo.

—¿Cuál era el nombre de esa familia? —pregunta Abu.

—Niall dijo que se apellidaban Grey. Ella era Cazadora y él trabajaba para el Consejo. ¿Los conoces?

—He oído mencionar su nombre —dice Abu.

—Niall dijo que los Grey eran custodios de algo llamado el Fairborn, y que el Fairborn es lo que Marcus estaba buscando. No sé lo que es el Fairborn; ni siquiera estoy segura de que Niall lo sepa. Cuando se lo pregunté creo que se dio cuenta de que había hablado demasiado y casi no me ha comentado nada desde entonces.

No digo nada. Por la razón que sea, mi padre acaba de matar a tres personas más, incluido un niño apenas unos años mayor que yo. ¿Fue un malentendido? Él trataba de explicarles que en realidad no era un ser maligno, que no quería hacerles daño… Sólo quería el Fairborn. Sea lo que sea el Fairborn, quizá lo necesitaba pero no se lo quisieron dar, no lo escucharon… Lo atacaron y se estaba defendiendo y…

—Le escribiré al Consejo y pediré permiso para que viajes a Gales —dice Abu.

—¿Qué? —pregunto, en realidad no había estado prestando atención.

—La Notificación dice que necesitarás su consentimiento para viajar. Le escribiré al Consejo y obtendré el permiso.

—No. No quiero que estén al tanto de adónde voy. No quiero su permiso.

—¿Tienes la intención de ir sin que yo los informe?

—Por favor, Abu. Pide permiso sólo para que vaya a los bosques, tiendas y cosas así. Cosas que en realidad no me importan.

—Pero, Nathan —Abu mira el pergamino—, la Notificación dice: "Se restringirán todos los movimientos de cualquier Código Medio que se encuentre en lugares no permitidos".

—Sé lo que dice. Y sé lo que quiero hacer.

—Tienes doce años, Nathan. No entiendes que ellos...

—Abu, lo entiendo. Lo entiendo todo.

Más tarde esa noche, cuando me estoy desvistiendo, Arran trata de hablar conmigo. Supongo que Abu le ha pedido que lo intente. Dice que debería "reconsiderarlo", "quizá pedir permiso para ir a algún lugar de Gales", y otras cosas así. Cosas de adultos. Cosas de Abu.

—¿Me permites ir al baño, por favor? —es lo único que le digo.

No me contesta, así que tiro mis *jeans* al suelo, me arrodillo y pregunto:

—¿Me permites ir al baño, por favor? ¿Por favor?

No me contesta pero se pone de rodillas conmigo y me abraza. Nos quedamos así. Él me abraza y yo, todavía agarrotado por mi enojo con él, tengo ganas de que también a él le duela.

Después de un largo rato le devuelvo el abrazo, aunque sólo un poquito.

MI PRIMER BESO

El Consejo me concede el permiso para ir a lugares a escasos kilómetros a la redonda de nuestra casa, lo que incluye poco más que algunos comercios de la zona y nuestro bosque.

Pasa un año y luego otro. Mis cumpleaños trece y catorce son las únicas manchas en el paisaje, pero paso por las Evaluaciones y todavía tengo el Código de Designación *No determinado*. Abu me sigue enseñando sobre pociones y plantas. Y sigo viajando solo a Gales. Aprendo cómo sobrevivir al aire libre durante el invierno, a predecir el clima y a lidiar con la lluvia. Nunca permanezco lejos de casa más de tres días y tengo cuidado de moverme con discreción. Salgo y vuelvo por distintas rutas, siempre alerta a los posibles espías que hayan enviado para observarme.

Pienso mucho en mi padre, pero mis planes para dar con él siguen siendo indefinidos. También pienso cada vez más en Annalise. En realidad, nunca he parado de pensar en ella: su pelo, su piel y su sonrisa; pero después de cumplir catorce años, estos pensamientos se vuelven más persistentes. Quiero buscarla en serio otra vez, y mis planes de verla rápidamente se vuelven menos vagos.

No soy tan tonto como para ir cerca de su casa o de la escuela, pero me acuerdo de Edge Hill, el lugar donde habíamos dicho que nos encontraríamos algún día.

Voy allí.

La colina tiene la forma de un cuenco boca arriba, plano en la cúspide, con lados profundos y un sendero alrededor de la base. En el lado sur hay un afloramiento del terreno, desde cuya cima hay una vista de toda la planicie, una gran extensión de terrenos agrícolas separados por una red de caminos rurales bordeados de setos y salpicado con unas cuantas casas. La colina es boscosa, y los árboles están rectos y altos, pero en las empinadas laderas hay poca vegetación. El afloramiento es de arenisca gruesa cortada por profundas hendiduras horizontales y verticales. En la base del risco hay un área plana de tierra desnuda. Es arenosa y de color rojo ladrillo, y empolva mis zapatos cuando la atravieso caminando.

Subir el afloramiento es sencillo pues los asideros y puntos de apoyo son grandes y abiertos. Cuando me siento sobre una losa plana de arenisca que hay en la cima, no diviso el sendero que hay al fondo por la curvatura de la colina, pero ocasionalmente se oyen voces de quienes sacan a pasear a su perro y los gritos de los niños que llegan a casa lentamente de la escuela. Cualquier otra persona que no fuera Annalise que se acercara al afloramiento, tendría mucho tiempo para desaparecer en la parte alta de la colina.

Espero en el afloramiento todos los días que hay escuela. Un día creo oír su voz hablando con uno de sus hermanos, así que remonto la colina y emprendo mi camino de regreso a casa.

Es a finales de otoño cuando el brillo del cabello rubio de Annalise aparece sobre la curva de la pendiente.

Me concentro en hacer que mis piernas se columpien con naturalidad sobre el borde del afloramiento.

Annalise no mira hacia arriba hasta que recorre la parte más empinada de la colina. Reduce el paso cuando me ve y voltea a su alrededor, pero sigue caminando hasta que se sitúa casi completamente debajo de mí. Mira hacia arriba, sonríe y se sonroja.

Llevo tanto tiempo esperando verla que sé lo que quiero decirle, pero todo lo que había pensado, ahora me suena mal. Me doy cuenta de que mis piernas han parado de columpiarse y me concentro en ellas de nuevo. Mi respiración también se ha alterado.

Annalise sube por la pared de la roca. Hasta eso lo hace de forma elegante, y en unos pocos segundos está sentada junto a mí, columpiando sus piernas al unísono con las mías.

Un minuto después soy capaz de hablar.

—Tendrás que informarle al Consejo que has tenido contacto conmigo.

Sus piernas dejan de columpiarse.

—Según la Resolución del Consejo de Brujos Blancos cualquier contacto entre Códigos Medios y Whets Blancos debe ser notificado al Consejo por todos los involucrados —le recuerdo.

Las piernas de Annalise comienzan a columpiarse de nuevo.

—No he tenido ningún contacto.

Siento los golpeteos de mi corazón; parece como si cada latido fuera a abrirme el pecho.

—Además tengo una memoria terrible. Mi madre siempre me regaña por olvidar las cosas. Trataré de acordarme de decirle que te he visto pero tengo la impresión de que se me va a pasar.

—Me gusta ser tan fácil de olvidar —mascullo mientras miro sus zapatos de la escuela, cubiertos de polvo rojo, columpiándose dentro y fuera de mi campo de visión.

—No te he olvidado nunca. Recuerdo todos los dibujos que hiciste, todas las veces que te volviste a mirarme desde el otro lado de la clase.

Casi me caigo de la escarpadura. *¿Todas las veces?*

—Entonces, ¿cuántas veces te miré desde el otro lado de la clase?

—Dos veces el primer día.

—¿Dos? —sé que fue una vez y aunque siento sus ojos sobre mí, sigo mirando sus zapatos.

—Parecías tan… abatido.

Genial.

—Como si estuvieras en un estado de sufrimiento.

Suelto una carcajada.

—Sí, bueno, eso es bastante preciso, pero parece como si hubiera pasado mucho tiempo desde entonces.

—Diez veces el segundo día —dice.

Fue una y ahora sé que está bromeando conmigo.

—Aunque sólo dos el tercer día, que fue cuando me senté junto a ti en arte e incluso entonces en lugar de mirarme, seguiste mirando ese gorrión.

—Era un mirlo y lo estaba dibujando.

—Después de eso pensé que habíamos superado tu timidez, pero todavía ahora sigues sin dirigirme la mirada —deja de columpiar sus pies y los detiene arriba, golpea sus zapatos uno contra otro y los deja caer.

—No soy tímido y sí que te he mirado.

—Este pedacito de mí, quiero decir.

Percibo que está señalando su rostro, pero todavía sigo mirando fijamente el espacio en el que sus pies se han estado columpiando. Volteo y trago. Está tan hermosa como siempre. Con su cabello de chocolate blanco y su piel de miel transpa-

102

rente, ligeramente bronceada y ligeramente sonrosada. Pero ya no está sonriendo.

—¿Sabes lo increíbles que son tus ojos? —pregunta.

No.

Me da un empujón con su hombro.

—No seas tan mustio cuando te digo cosas bonitas.

Se acerca más, asomándose a mis ojos, y yo miro los suyos, observando los destellos plateados caer sobre los azules, algunos moviéndose rápidamente, otros con más lentitud, otros como si se acercaran a mí.

Annalise parpadea y se inclina hacia atrás, diciendo:

—Quizá no seas tan tímido —se impulsa para bajar de la escarpadura y cae con suavidad en el suelo. Es una caída larga.

La sigo hasta abajo y mientras aterrizo se va corriendo como una gacela, y nos perseguimos por la colina durante un momento demasiado breve antes de que me diga que se tiene que ir.

Me acuesto solo en la losa de arenisca y lo revivo todo, y trato de planear qué decirle la próxima vez. Un cumplido, como el que me hizo sobre mis ojos: "Tus ojos son como el cielo de la mañana", "Tu piel parece de terciopelo", "Me encanta la luz del sol cuando cae sobre tu pelo". Todos suenan tan patéticos que sé que nunca podría decirlos.

Nos encontramos una semana después y ahora es Annalise a quien le toca estar mustia y quedarse mirando sus propios zapatos.

Adivino cuál es el problema.

—¿Dicen muchas cosas malas sobre mí?

No contesta de inmediato, posiblemente espera a hacer el recuento de todas esas cosas.

—Dicen que eres un Brujo Negro.

—Me matarían si eso fuera cierto.

—Pues dicen que eres más parecido a tu padre que a tu madre.

Y es entonces cuando me doy cuenta de lo peligroso que es esto.

—Deberías irte. No deberías volver a verme.

Pero entonces me atrapa, me mira directamente a los ojos y dice:

—No me importa lo que digan. Ni siquiera me importa lo de tu padre. Me importas tú.

No sé qué decir. ¿Qué se puede responder a algo así? Entonces hago lo que he querido hacer desde siempre: tomo su mano y se la beso.

A partir de entonces nos encontramos cada semana, nos sentamos en el afloramiento y hablamos. Le hablo sobre mi vida, pero sólo en parte, los pedacitos sobre Abu, Arran y Deborah. Nunca le hablo de Gales y de los viajes que hago hasta allí, aunque quiero hacerlo. Pero tengo miedo. Y odio eso. Odio no poder ser honesto debido a mi enfermizo y terrible temor de que cuanto menos sepa, más seguro será para ella.

Ella también me habla de su vida. Las descripciones de su padre y sus hermanos parecen versiones masculinas de Jessica, mientras que su madre es una Bruja Blanca atípicamente sin poderes. La vida de Annalise me suena miserable y hace que la vida en mi hogar parezca libre y relajada. Nunca había oído hablar de las Evaluaciones y no me cree hasta que le describo al miembro del Consejo que se sienta a la izquierda del Líder. Annalise dice que por la descripción le recuerda a Soul O'Brien, su tío.

Le hago una pregunta que siempre me ha intrigado. ¿Cuántos Códigos Medios hay? Ella no lo sabe, pero tratará de investigarlo con su padre, que trabaja para el Consejo.

La siguiente semana dice que su respuesta fue: "Sólo ese".

—¿Ha encontrado Deborah ya su Don? —me pregunta una vez.

—No. Le está costando. Es demasiado racional.

—Niall también se siente frustrado. Está desesperado por tener la capacidad de volverse invisible, como Kieran y mi tío, pero yo no creo que sea para nada el suyo. No quería que mamá hiciera la ceremonia de Entrega, dijo que tendría más oportunidad de obtener la invisibilidad si la hacía papá. Pero yo creo que no afectaría lo más mínimo. Kieran bebió la sangre de mamá, no la de papá. Por mi parte, creo que el Don se relaciona con la persona: está en ti desde que naces y la magia de la Entrega permite que salga. Niall es simplemente demasiado abierto como para tener invisibilidad.

—Sí, yo también creo que funciona así. Jessica puede cambiar su apariencia. Para ella siempre ha sido natural mentir. Su Don le queda como anillo al dedo. Pero ella bebió la sangre de Abu y no hay nadie por parte de la familia de Abu que tenga ese Don.

—Creo que yo tendré el de preparar pociones, el mismo Don que mi madre.

—Mi Abu también lo tiene. Es lista y al mismo tiempo instintiva. Creo que por eso se le da tan bien. Eres como ella. Ella tiene un Don fuerte.

—No creo que mi Don vaya a ser muy fuerte. Creo que seré como mi madre.

Annalise no suele equivocarse mucho, pero en esto está muy equivocada. Levanto su mano y se la beso.

—No, tendrás un Don fuerte.

Annalise se sonroja un poco.

—Me intrigas. A veces pareces salvaje y loco, y pienso que tendrás el mismo Don que tu padre. Pero otras eres tan dulce que no estoy segura... quizá serás como tu madre. Pero estoy segura de que tendrás otro Don, no el de preparar pociones.

Nos seguimos encontrando una vez por semana durante el semestre escolar, en invierno, primavera e inicios del verano. Tenemos cuidado de vernos sólo ratos breves, y variamos los días. No quedamos en las vacaciones.

Estoy acariciando el pelo de Annalise y miro cómo cae entre mis dedos. Ella estudia la palma de mi mano y pasa las puntas de sus dedos sobre mi piel. Dice que puede interpretar mi futuro leyendo las líneas.

—Serás un brujo poderoso —me dice.

—¿Sí? ¿Cuán poderoso?

—Excepcional —vuelve a acariciarme la mano—. Sí, está muy claro. Lo veo en esta línea de aquí. Tendrás un Don inusual. Pocos lo tienen. Podrás convertirte en animal.

—Suena bien —muevo su pelo hacia atrás y lo veo caer.

—Pero sólo en insecto.

—¿En insecto? —suelto su pelo.

—Sólo podrás convertirte en insecto. Serás especialmente bueno como escarabajo estercolero.

Suelto una risa.

Ella sigue acariciándome la palma de la mano.

—Te enamorarás profundamente de alguien.

—¿Humano o escarabajo estercolero?

—Humano. Y esa persona te amará para siempre, incluso cuando seas un escarabajo estercolero.

—¿Y cómo es esa persona?

—Eso no lo puedo ver... hay un pedazo de lodo en ese trocito.

Le acaricio la mejilla con el dorso de mis dedos. Se queda quieta, dejando que la toque. Mis dedos se mueven sobre sus mejillas y alrededor de su boca, sobre su barbilla, y comienzan a bajar por su cuello, y después vuelven a subir hasta su mejilla y hasta su frente, bajando lentamente por el centro de su nariz, sobre la punta y hasta sus labios, y allí detengo mi dedo. Ella lo besa una vez. Y lo vuelve a besar. Y me inclino hacia delante y sólo me atrevo a quitar mi dedo cuando mis labios ocupan su lugar.

Y nos apretamos el uno contra el otro: mis labios, mis brazos, mi pecho y mis caderas, todo mi cuerpo está desesperado por acercarme más a ella.

No soporto apartar mi boca de su piel.

Parece que han pasado sólo unos minutos pero ya está atardeciendo, casi oscureciendo, cuando finalmente logramos separarnos.

Al despedirnos, ella toma mi mano y besa el lado de mi dedo índice, sus labios, su lengua y sus dientes sobre mi piel.

Acordamos encontrarnos una semana más tarde. El día siguiente parece que no acaba nunca. El día después de ese es peor. No sé cómo controlarme; lo único que puedo hacer es esperar. Tengo tantas ganas de verla que me duele. Mis tripas se estremecen.

Finalmente, amanece el día de nuestra cita y luego parece transcurrir un año hasta que llega la tarde.

Espero en la losa de arenisca, acostado boca arriba, mirando el cielo y esperando escuchar los pasos de Annalise.

Me tenso con cada sonido y cuando la escucho trepando para subir la pendiente, me deslizo a un lado y me incorporo. Su pelo rubio aparece sobre la curva de la colina y doy un salto para bajar del afloramiento, cayendo y acuclillándome con las piernas dobladas, con las puntas de los dedos de mi mano izquierda en el suelo y mi mano derecha estirada a un lado, luciéndome un poco. Me enderezo y doy un paso adelante.

Pero noto que algo va mal.

El rostro de Annalise está distorsionado… aterrado.

Titubeo. ¿Voy hacia ella? ¿Corro? ¿Qué hago?

Miro a mi alrededor.

Tienen que ser sus hermanos, pero no los veo ni escucho. No puede ser el Consejo… ¿o sí?

Doy un paso adelante y al momento aparece la figura de un hombre, de pie junto a Annalise. Ha estado ahí todo el tiempo, con su mano apoyada en el hombro de Annalise, dirigiéndola para subir la pendiente y agarrándola para que estuviera quieta. Pero estaba invisible.

Kieran.

El hermano mayor de Annalise es alto como el resto de su familia pero tiene unos hombros enormes y su pelo más que blanco es rubio rojizo, más fino, y prácticamente rapado. Sus ojos no se apartan de mí mientras se inclina ligeramente hacia delante y le dice a Annalise algo al oído que no soy capaz de escuchar.

El cuerpo de Annalise está rígido. Asiente nerviosamente con la cabeza en respuesta a Kieran. Sus ojos miran fijamente al frente, sin verme, sin ver nada. Kieran quita la mano de su hombro y ella se va corriendo, bajando a tropezones por la pendiente.

NB

Kieran tiene cubiertas las rutas de escape hacia abajo. Y ahora Connor se me acerca desde lo alto, por mi izquierda; a la derecha está Niall. Podría tomar velocidad si bajara corriendo por la ladera, pero Annalise me dijo que Kieran es veloz. O podría escurrirme rápidamente hacia abajo por la izquierda o por la derecha, pero está bastante más abajo que yo, y si es veloz...

Kieran esboza una sonrisa sardónica y hace un gesto para que me acerque.

No, hacia delante no parece una buena opción.

Doy la vuelta y subo corriendo por la cuesta de arenisca. Ya la he escalado muchas veces, y conozco cada asidero y cada cornisa. Lo puedo hacer con los ojos vendados. No hay manera de que Kieran me pueda atrapar desde su posición en la pendiente. Pero esos pocos segundos de retraso le dan la ventaja a Niall y Connor, y cuando paso la cima, Connor corre hacia mí sin parar, estira los brazos y pone sus manos en mi pecho para empujarme de nuevo hasta el borde.

Caigo hacia atrás, dando una vuelta en el aire para aterrizar de cuclillas en el suelo desierto de abajo, volviendo a la postura en la que estaba un momento antes. Caigo bien y ahora mi única opción es bajar disparado por la colina. Pero apenas levanto mi mano del suelo cuando una bota me golpea desde un flanco, y mi estómago se eleva en el aire y luego quedo tirado en el piso, sin aliento, boca abajo.

Las enormes botas negras de Kieran escarban el suelo, levantan polvo y me lanzan arena a la cara. Comienzo a arrastrarme. Otra patada me golpea las costillas. Y otra. Las botas me arañan el rostro, y una aplasta mi nuca y comprime mi cara contra el suelo.

—Siéntate —le ordena Kieran a Connor—. Agarra sus brazos, Niall.

Niall toma mis brazos, los sujeta con sus manos y pies, y se sienta sobre mi cabeza. Lucho por respirar bajo sus pantalones sudados. No hay nada que pueda hacer. No soy capaz de ver nada salvo lana gris, pero escucho los jadeos de Niall y la risita entrecortada y nerviosa de Connor. No puedo moverme.

—¿Sabes qué es esto, Connor? —pregunta Kieran.

Connor tiene que pensarlo, pero finalmente dice:

—Un cuchillo de caza.

Ahora me retuerzo y gruño y los maldigo.

—Que no se mueva, Niall. En concreto, es un cuchillo de caza francés. Los franceses forjan cuchillos excelentes. Mira la hoja. Se dobla a la perfección dentro del mango. Estupendo diseño. A los suizos les encanta ponerles accesorios sofisticados a los cuchillos, pero lo único que se necesita es una buena navaja.

Escucho cómo se desgarra mi camiseta y siento el aire fresco en mi espalda. Doy un respingo y los vuelvo a maldecir a gritos.

—Sujétalo bien y cállalo con esto.

Las piernas de Niall se mueven y me meten la camiseta en la boca. Trato de morderla pero entonces la navaja me roza la espalda, intento evitarla pero me persigue y la punta se aloja en medio de mi omóplato izquierdo.

—Me parece que voy a comenzar aquí. Yo diría que esta mitad es el lado Negro, el lado Oscuro.

Entonces la punta entra. Y el dolor baja lentamente mientras rebana mi espalda, y grito y maldigo dentro de mi camiseta con sonidos de agonía.

Kieran me sisea al oído:

—Niall te dijo que te alejaras de nuestra hermana, Brujo Negro de mierda.

Vuelve a meter la punta en mi omóplato izquierdo, y yo tenso la mandíbula y grito mientras hace otro corte.

Se vuelve a detener y dice:

—Tendrías que haberlo escuchado.

Hace otro corte lento.

Y yo me estoy volviendo loco, y grito y rezo que alguien lo detenga.

Pero hace otro corte y luego otro, y lo único que soy capaz de hacer es gritar y rezar.

—Hora de descansar.

Nadie hace ningún ruido. Pero en mi cabeza no hay silencio, está llena del ruido de mis súplicas. Súplicas y súplicas de que por favor, por favor, no le permitan continuar.

—Ha quedado bien, ¿no crees, Connor? Bonita vista —dice Kieran.

Dejo de rezar para escuchar.

Connor no contesta.

—Kieran, está sangrando mucho —dice Niall. Suena preocupado.

—Casi lo olvidaba. Gracias por recordármelo, Niall. Tengo un poco de polvo del campamento —su voz está más cerca de mí—. La utilizan en los Castigos.

Vuelvo a rezar otra vez, con más fuerza que nunca, que por favor no le permitan hacerlo, por favor.

—Haz que deje de sangrar. No podemos dejar que un Brujo Negro muera desangrado. Me han dicho que duele un poco, pero ya lo descubriremos, ¿verdad?

Y otra vez empiezo a rogar. Lo hago en silencio, pero ruego: *Por favor no, por favor no, no, no, no…*

—Oye. Despiértate.

Ahora respiro mejor. Niall ya no está sobre mi cabeza y tampoco tengo la camiseta en la boca.

—Despiértate.

Lo único que veo es una bota negra, lustrada pero salpicada de arena y unas cuantas gotas de sangre. Vuelvo a cerrar los ojos.

Siento la voz de Kieran en mi oído, lo suficientemente cerca como para percibir su aliento.

—¿Cómo estás? ¿Bien?

Estoy asustado.

El dolor de mi espalda se ha desvanecido. Pero ya no quiero más. Haría lo que fuera para impedirle que continuara. Suplicaría e imploraría, y en silencio digo: *Por favor no lo hagas más. Por favor.* No puedo pronunciar las palabras, no salen de mí pero ruego en mi cabeza: *Por favor, no lo hagas más.*

—¡Estás llorando! ¡Oye, Niall! ¡Connor! Está llorando.

Silencio.

—¿Crees que lo lamenta, Connor? ¿Que lamenta haberte dado una golpiza?

Connor balbucea algo.

—Quizá, pero no estoy seguro. ¿Tú qué piensas, Niall?

—Sí —apenas puedo escuchar a Niall. Suena enojado.

—De acuerdo... Está bien entonces —la boca de Kieran se acerca a mi oído mientras dice—: ¿Así que lamentas haber golpeado a mis patéticos hermanos?

Quiero decir que sí. Quiero decirlo. En mi cabeza estoy diciendo que lo siento. Pero las palabras no me salen de la boca.

—¿Y lamentas haber conocido a mi hermana?

Y tan pronto como lo dice, por la manera en que lo dice, sé que no ha terminado. Todavía no ha acabado. No tiene la menor intención de parar ahí. Y no hay nada que yo pueda decir que cambie eso. Lo único que puedo hacer es odiarlo.

—He dicho que si lamentas haber salido con mi hermana.

Lo odio con todas mis lágrimas, gritos y ruegos.

—¿Qué más has estado haciendo con ella?

Quiero que él sepa lo que hemos hecho, pero de ninguna manera le voy a contar nada.

—No creo que lo lamentes en absoluto... ¿o sí?

Y no lo lamento. No lo lamento. Estoy demasiado lleno de odio para lamentar nada.

—Intentémoslo otra vez, ¿te parece? Por este lado. Este debe ser el lado Blanco.

Me vuelven a embutir la camiseta en la boca y siento cómo la navaja cruza el lado derecho de mi espalda, cerca de mi columna. Todos los cortes que ha hecho hasta ahora están en mi lado izquierdo, y sé lo que viene ahora. Ese era el chiste de ponerse a hablar; sólo para que supiera lo que estaba por venir.

Las cortadas están feas, pero no paro de pensar en el polvo. Eso es lo que temo. Sin embargo, Kieran no tiene la menor prisa...

—Despierta, despierta —me da una bofetada—. Casi estamos acabando pero todavía nos falta mi parte favorita. Hay que dejar lo mejor para el final, al menos eso dicen, ¿no es así?

He dejado de pensar y de rezar hace mucho. Miro la arena. Los granitos anaranjados, naranja ladrillo, los rojos y unos negros diminutos.

—¿Le quieres echar el polvo, Niall?

—No.

—¿No? Entonces te toca a ti, Connor.

—Kieran —la voz de Connor suena muy apagada—. Yo...

—¡Cállate, Connor! Lo vas a hacer tú.

Kieran se arrodilla cerca de mi rostro y dice:

—Asegúrate de que no haya una próxima vez, Código Medio de mierda, porque si la hay, te cortaré las bolas antes de arrancarte las tripas.

Y lo odio y lo maldigo y le grito dentro de la camiseta.

Está oscuro. El suelo bajo mi cuerpo está frío. Y yo estoy frío por dentro, pero mi espalda arde. Casi no me puedo mover pero tengo que apagar el fuego. Me giro en el suelo. Alguien, en algún lugar lejano, grita.

Gritos...

La voz de Arran...

Los árboles son como centinelas, pero se mueven frente a mí.

Oscuridad.

—¿Nathan?—. Escucho la voz suave de Arran en mi oído.

Abro los ojos y su rostro está cerca del mío. Creo que estamos en la cocina.

Estoy sobre la mesa. Como un pollo servido para la cena. Abu está de espaldas, preparando la salsa. Deborah lleva un plato que exhala vapor. Quizá lleve las papas adentro.

—Vas a estar bien. Vas a estar bien —dice Arran. Pero lo dice de una manera extraña.

Deborah coloca el plato junto a mí y sé que no tiene papas adentro, y tengo miedo, mucho miedo. Me va a tocar la espalda. Y le ruego a Arran que no las deje tocarme.

—Tienen que limpiar las cortadas. Vas a estar bien. Vas a estar bien.

Y le ruego que no las deje tocarme. Pero creo que las palabras no salen.

Me sujeta con más fuerza.

Vuelvo a despertar. Todavía como si fuera un pollo encima de la mesa. La mano de Arran encierra la mía. Mi espalda está caliente por dentro pero fresca por fuera.

Arran pregunta en voz baja:

—¿Nathan?

—Quédate conmigo, Arran.

Noto el calor del sol sobre mi rostro, y siento mi espalda oprimida y que palpita rápidamente con mi pulso. No me atrevo a mover nada más que mis dedos. Arran todavía sujeta mi mano.

—¿Nathan?

—Agua.

—Mueve la cabeza muy despacito. Te pondré la pajilla en la boca.

Parpadeo para abrir los ojos. Estoy atravesado en mi cama con la cabeza en el borde del colchón. Debajo hay un vaso de agua con una pajilla larga.

Después de beber, dormito durante unos minutos y luego me despierto con el estómago revuelto. Vomito en un recipiente que ha reemplazado el vaso de agua, aterrado porque cada retortijón de mi estómago manda tensos espasmos por toda mi espalda.

La siguiente vez que despierto, Arran todavía sigue a mi lado.

—Abu te ha preparado una bebida. Dice que la tienes que tomar a sorbitos —me susurra.

La bebida es asquerosa. Le debe haber puesto una poción para dormir, ya que no recuerdo otra cosa hasta que vuelvo a despertar por la tarde.

Muevo los dedos, pero no encuentro a Arran a mi lado. El cuarto está oscuro pero logro ver su cuerpo en la cama, dormido. La casa está en silencio, pero entonces escucho voces tenues y muevo la cabeza un poco para mirar por la abertura en la puerta. Abu está en el descansillo con Deborah. Están hablando y me esfuerzo por escuchar lo que dicen, y luego me doy cuenta de que no están hablando; están llorando.

La mañana siguiente me despierto otra vez con sed. Hay un vaso de agua debajo de mí; por lo menos no tengo que tomar más pociones. Chupo con fuerza y hago un sorbido ruidoso mientras vacío el vaso.

—Se supone que sólo debes dar sorbitos.

Levanto la cabeza para ver a Arran sentado de lado en su cama, recargado contra la pared. Está pálido y tiene unas ojeras pronunciadas.

—¿Cómo te sientes?

Lo pienso y muevo la cabeza. La opresión en mi espalda es intensa.

—Mejor. ¿Y tú?

Se frota el rostro y dice:

—Un poco cansado.

—Por lo menos no estás llorando —digo—. Nunca antes había visto llorar a Abu.

Vuelvo a chupar la pajilla, aunque ya no queda nada y lo miro mientras pregunto:

—¿Tan mal está la cosa?

Su mirada se cruza con la mía.

—Sí.

Permanecemos en silencio un rato.

—¿Fuiste a buscarme?

—Cuando se hizo tarde te fui a buscar al bosque; eran como las diez de la noche. No estabas ahí así que revisé todos los callejones. Debs me llamó a medianoche. Alguien llamó a casa para decirnos dónde estabas. Debs cree que fue Niall.

Le cuento a Arran lo que sucedió y mis encuentros con Annalise.

No dice nada, así que le pregunto:

—¿Crees que soy un imbécil por verla?

—No.

—¿En serio?

—Se gustan. Ella es buena contigo y es... ya sabes... es hermosa.

Dejamos de hablar otra vez.

—Prométeme que no la volverás a ver.

Clavo mi mirada en el suelo, y pienso en Annalise y su sonrisa, sus ojos y la mirada en su rostro la última vez que la vi.

—Nathan. Prométemelo.

—No soy tan estúpido.

—Prométemelo.

—Te prometo que no soy tan estúpido —sigo con la mirada clavada en el suelo.

Arran se desliza por el piso hasta sentarse a mi lado. Me acaricia el pelo, me lo quita del rostro y me besa la frente mientras murmura:

—Por favor, Nathan. No podría soportarlo.

Me curo rápidamente, incluso para un whet, pero aun así pasan cinco días antes de que me quiten las vendas. Me coloco de espaldas frente al espejo grande del baño, con un espejo pequeño de Abu en las manos. El segundo día, Arran me preguntó si Kieran me había dicho lo que hizo. Entonces supe que eran más que cortadas.

Las cicatrices van desde mis omóplatos hasta la parte baja de la espalda: una "N" en la izquierda y una "B" en la derecha.

SÍNDROME POSTRAUMÁTICO

Sé que debo alejarme de Annalise. No soy estúpido; no trataré de volver a verla, por lo menos no por ahora, pero quiero saber si está bien.

Desde que Deborah terminó la escuela, no ha tenido contacto con Niall, salvo la llamada telefónica para decirle dónde encontrarme. Pero aunque estuvieran en contacto, de todos modos no confiaría en lo que Niall dijo sobre Annalise. Le pregunto a Arran si puede darle un mensaje. Me dice que Niall le advirtió: "Te daremos lo que a tu hermano si te acercas a ella". Sospecho que Niall no dijo "tu hermano", pero el mensaje es claro y le digo a Arran que lo olvide.

—No te culpes —dice Arran.

No lo hago. Son Kieran y sus estúpidos hermanos los que tienen la culpa.

Y sé que Annalise piensa lo mismo, y que sabe que nunca he querido causarle problemas... pero metí la pata. Pequé de ingenuo. Sabía que los dos tendríamos serios problemas si nos atrapaban y lo ignoré. Pero ella también.

Abu se sienta junto a mi cama y me limpia sus cremas de la espalda. Recorre mis cicatrices con los dedos y me estiro hacia atrás para tocarlas también. Son marcas disparejas y poco profundas.

Abu dice:

—Han sanado bien. Parece como si llevaran años ahí.

Arqueo la espalda, me doblo hacia delante y encojo los hombros. Ya no siento dolor ahí; la opresión ha desaparecido.

—Las cremas han hecho parte del trabajo, pero tú también. Ya han comenzado tus habilidades de sanación.

Todos los brujos pueden autosanarse más rápidamente que los fains. Algunos mucho más rápidamente. Algunos al instante. Y sé que Abu tiene razón. Me siento tan bien. Zumbo, como si estuviera extasiado...

Pero la curación ya ha terminado. La primera noche después de que me quitan las cremas me hago un ovillo en la cama, al fin soy capaz de acostarme en la posición que quiera. Me siento bien, pero no por mucho tiempo. Comienzo a sudar, y el dolor de cabeza que había estado ignorando, crece hasta que siento que mi cráneo se va a partir en dos. Voy a la cocina por un trago de agua pero me hace sentir náuseas, así que me siento en el escalón de atrás y el alivio es instantáneo. Me quedo ahí con la puerta abierta de par en par, recargado contra la pared. El cielo está despejado y la luna llena se ve pesada y enorme. Todo está en silencio y quieto y no me siento cansado. Miro a mi alrededor y veo que mi sombra se extiende larga y oscura por el piso de la cocina. Tomo un cuchillo pequeño del cajón; me tomo mi tiempo, y siento cómo las náuseas vuelven a crecer mientras estoy en la cocina, pero tan pronto como regreso al escalón trasero, desaparece.

Balanceo el cuchillo en mi mano, y me pregunto dónde probar primero.

Hago un corte pequeño con la punta del cuchillo en la almohadilla de mi dedo índice. Chupo la sangre, miro la cortada y separo bien la piel. Más sangre, otra chupada y luego clavo la mirada en la cortada y trato de sanarla.

Pienso: *¡Sánate!*

Aparece más sangre.

Me relajo, miro la luna, siento la cortada, el palpitar de mi dedo. Lo siento. Mantengo mi conciencia sobre ella y sobre la luna. No sé cuánto tiempo pasa. Un rato. Pero sé que algo sucede porque estoy sonriendo, no lo puedo evitar. El zumbido está ahí. Qué divertido. Vuelvo a meter la punta del cuchillo bajo la punta de mi dedo.

La noche siguiente trato de dormir en mi cama pero sudo y tengo náuseas poco después de que oscurece, así que salgo y me siento mejor al instante. Duermo en el jardín y regreso al cuarto antes de que Arran se despierte.

Hago lo mismo la tercera noche, sólo que esta vez vuelvo a entrar cuando Arran se está vistiendo.

—¿Adónde fuiste anoche?

Me encojo de hombros.

—¿Estás viendo a Annalise?

—No.

—Si lo estás haciendo…

—No lo estoy haciendo.

—Sé que te gusta, pero…

—¡No lo estoy haciendo! Sólo me estaba costando trabajo dormir. Hacía demasiado calor. Salí a dormir afuera.

Arran no está convencido. Salgo y Debs está en el descansillo, cepillándose el pelo, fingiendo que no estaba escuchando.

Cuando estamos en la cocina desayunando, Deborah se inclina hacia mí, al tiempo que dice:

—Anoche no hacía calor. Creo que deberías de decirle a Abu que no puedes dormir.

Niego con la cabeza.

Así que Deborah nos anuncia a todos:

—He estado leyendo acerca del trastorno de estrés postraumático.

Arran pone los ojos en blanco. Yo apuñalo mi cereal con la cuchara.

—La reacción a una conmoción puede demorarse. Son típicas las pesadillas y los recuerdos recurrentes. Enojo, frustración...

La fulmino con la mirada y me embuto un montón de cereales en la boca.

Abu pregunta:

—¿De qué estás hablando, Deborah?

—Nathan ha sufrido un trauma terrible. No consigue dormir. Está sudando.

—Ah, ya veo —dice Abu—. ¿Estás teniendo pesadillas, Nathan?

—No —insisto entre trozos de cereales.

—Si está teniendo pesadillas y, sin duda, si está sufriendo de estrés, no creo que sea muy considerado mencionarlo en la mesa de desayuno —dice Arran.

—Sólo pienso que podría ser bueno que Abu le diera una poción para dormir.

—¿Necesitas una poción para dormir, Nathan? —pregunta Arran.

—No, gracias —respondo, rellenándome la boca con más comida.

—¿Dormiste bien anoche, Nathan? —dice Arran con un tono burlón de extrema preocupación.

—Sí, gracias —contesto entre trozos de cereales.

—Sí, pero ¿por qué no te dormiste en tu cama, Nathan? —la mirada de Deborah pasa de mí a Arran mientras pregunta.

Apuñalo la plasta en mi plato. Arran le lanza una mirada asesina a Deborah.

—¿No estás yendo a ver a Annalise a escondidas? —pregunta Abu.

—¡No! —salen volando trocitos de cereal sobre la mesa.

Abu me clava la mirada.

¿Por qué nadie me cree?

—Todavía no has dicho por qué no dormiste en tu cama anoche —dice Deborah.

—Todos sabemos que le gusta dormir afuera, Deborah —contesta Arran.

Golpeo mi cuchara con fuerza contra la mesa.

—¡No dormí en mi cama porque me sentía mal! ¿Está bien? Eso es todo.

—Pero eso... —comienza Deborah.

—Por favor, cállense. Todos —interrumpe Abu. Se masajea la frente con los dedos—. Tengo que contarles algo —Abu extiende su mano para tomar mi brazo y dice—: Hay muchos rumores sobre los Brujos Negros y su afinidad por la noche.

Le clavo la mirada, y sus ojos se ven preocupados y viejos y serios, y se clavan en los míos. *¿Brujos Negros y su afinidad?* ¿Me está tratando de decir que soy algún tipo de Brujo Negro porque he dormido afuera un par de noches?

Tiro de mi brazo para liberarlo de su apretón y me levanto.

Arran dice:

—Pero Nathan no es un Brujo Negro...

—También hay historias sobre debilidad —dice Abu—. Algunos Brujos Negros no toleran estar bajo techo de noche.

Son historias. Pero eso no quiere decir que no sean ciertas —Abu se masajea la frente otra vez—. Les enloquece quedarse encerrados de noche.

Arran me mira y niega con la cabeza:

—Eso no te está pasando a ti.

—Debería de contarles una de esas historias. Es importante para Nathan —continúa Abu.

Para entonces ya estoy arrinconado en la esquina de la cocina. Deborah viene a colocarse junto a mí. Me rodea con el brazo y apoya la cabeza en mi hombro mientras susurra:

—Lo siento, Nathan. No lo sabía. No lo sabía.

LA HISTORIA DE LA MUERTE DE SABA

Saba era una Bruja Negra. Había matado a un Cazador y estaba prófuga. Virginia, la líder de los cazadores, y un grupo de élite estaban tras la pista de Saba. La habían rastreado por todo Inglaterra, a través del campo, de las ciudades y los pueblos, y le pisaban los talones.

Saba estaba exhausta, y a causa de la desesperación se escondió en el sótano de una casa grande a las afueras de un pueblo. Debió de haber estado muy desesperada o no habría intentado esconderse. No sirve de nada esconderse de los Cazadores. Seguramente sabía que la rastrearían hasta allí. Y eso hicieron. Los Cazadores encontraron la casa y la rodearon rápidamente. No había escapatoria para Saba. Algunos de los Cazadores querían irrumpir en el sótano pero Virginia no quería perder a nadie más. Sólo había una manera de entrar al sótano, por una trampilla, y Virginia ordenó que bloquearan la entrada un mes, periodo en el cual Saba acabaría muerta o tan débil que podrían capturarla sin que los Cazadores sufrieran bajas.

Virginia sabía que la mayoría de sus Cazadores no estaba de acuerdo con la idea. Querían venganza, gloria y un final rápido para Saba y esa cacería. Virginia puso a un guardia en la entrada del sótano para evitar que Saba escapara, pero también para asegurarse de que ninguno de los Cazadores desobedeciera sus órdenes.

Cayó la noche, y los Cazadores encontraron lugares en la casa y en sus jardines para dormir. Pero nadie pudo descansar porque, poco después de oscurecer, se escucharon gritos terribles provenientes del sótano.

Los Cazadores corrieron a la trampilla, creyendo que alguno de ellos había desobedecido las órdenes de Virginia, había entrado al sótano y estaba siendo torturado por Saba. Pero no era así, el guardia seguía en pie frente a la puerta bloqueada. Los gritos venían del sótano y continuaron hasta el amanecer. Los Cazadores trataron de dormir y se cubrieron los oídos o los taparon con trozos de tela de su ropa, pero nada evitaba que esos sonidos les perforaran la cabeza. Era como si cada uno de ellos estuviera gritando también.

Al día siguiente los Cazadores estaban fatigados. Todos eran hombres y mujeres rudos, los más rudos de todos, pero llevaban semanas persiguiendo a Saba y ya estaban agotados.

La segunda noche regresaron los gritos y de nuevo nadie durmió.

Esto se repitió todas las noches, hasta que a finales de la primera semana los Cazadores comenzaron a discutir y pelear entre ellos. Un Cazador acuchilló a otro, y una desertó. La propia Virginia estaba desesperada: no había dormido y comprobaba que su grupo de élite se hundía en la anarquía. Durante la octava noche, cuando comenzaron de nuevo los gritos, corrió al sótano en un arrebato de furia y comenzó a derribar la barricada de la trampilla. Los Cazadores se reunieron a su alrededor pero no estaban seguros de qué pensar. Todos querían entrar y ponerle fin a esa tortura, pero al ver a su líder, que solía ser el paradigma del control, arrancar la trampilla, se preguntaban si habría enloquecido.

Un Cazador dio un paso adelante y se atrevió a recordarle a Virginia que ella misma había ordenado que Saba fuera encerrada durante un mes y que sólo había pasado una semana. Virginia le dio un empujón al Cazador, diciendo que estaba dispuesta a arriesgar su vida y la de ellos para ponerle fin a ese tormento.

Virginia abrió la puerta de la trampilla y bajó al sótano con sus Cazadores agrupados detrás de ella.

El sótano estaba oscuro. Virginia usó su antorcha para arrojar luz en el suelo y abrirse paso entre los cajones, cajas, una silla vieja, botellas de vino y sacos de papas. Una puerta conducía a otra habitación. Los gritos venían de allí. Virginia se abrió paso hasta la puerta y los Cazadores la siguieron.

El segundo cuarto parecía estar vacío. Pero en el rincón más lejano, apenas discernible, había un montoncito de harapos.

Virginia avanzó con un par de zancadas, hizo para atrás los harapos y vio que estaba el cuerpo de Saba. Se hallaba medio muerta, totalmente fuera de sí y todavía gritaba. Se había desgarrado el rostro, que era una masa de cicatrices. No podía hablar, como si se hubiera arrancado la propia lengua a mordidas. Pero todavía gritaba.

Virginia podría haberla matado ahí mismo pero dijo que había que llevar a Saba al Consejo para que la interrogaran. Saba estaba apenas viva pero era una Bruja Negra poderosa, así que Virginia dio órdenes de amarrarla antes de que la llevaran afuera.

Ya era plena noche, pero la luz de la luna hacía que pareciera casi de día. Mientras los Cazadores cargaban el cuerpo fuera de la casa, Saba comenzó a canturrear, y entonces comenzó a retorcerse. Virginia se dio cuenta demasiado tarde de que Saba recobraba la fuerza afuera, en el aire de la noche. Saba lanzó llamas de su boca, prendiéndole fuego a dos de los Cazadores que la cargaban. Cayó al suelo y usó sus llamas para quemar sus ataduras. Virginia sacó su pistola y le disparó en el pecho, pero Saba tenía suficiente vida dentro de sí para agarrar a Virginia y prenderle fuego a ella también. Las dos estaban en llamas cuando el hijo de Virginia, Clay, le disparó a Saba en el cuello. Ella cayó, finalmente en silencio, sobre el césped de la casa.

Virginia murió a causa de sus quemaduras y Clay se convirtió en el líder de los Cazadores. Hoy día sigue siendo su líder.

Abu se frota el rostro con las manos y dice:

—Una Cazadora me contó esa historia hace mucho. Estábamos en el velorio de su compañera, otra Cazadora. Estaba descompuesta y muy borracha. La llevé afuera y le di una poción para calmarla. Nos sentamos en el césped y hablamos.

—Me contó que su compañera era la Cazadora que había desertado. Clay la rastreó y la mandó ejecutar. Obligó a esta chica, a la borracha, a jalar el gatillo contra su compañera.

Debs sacude la cabeza:

—Todos son unos monstruos. Los Cazadores son tan malos como…

—¡Deborah! ¡No! No digas nunca eso —la interrumpe Arran.

—¿Quién era Saba? —pregunto.

Abu inhala profundamente y dice:

—Era la madre de Marcus.

De alguna manera no me sorprende. Con un empujón me alejo de Deborah y me siento en el escalón de atrás.

Arran viene y se sienta junto a mí. Se acerca para decirme:

—No significa nada.

—Saba era mi Abuela.

—Nada de esto significa que seas así.

Sacudo la cabeza.

—Me está pasando, Arran. Puedo sentirlo. Soy un Brujo Negro.

—No, no lo eres. Esto es tu cuerpo, no tú. El verdadero tú no tiene nada que ver con ser un Brujo Negro. Hay algunos de los genes de Marcus en ti, y algunos de los de Saba. Eso es físico. Y las cosas físicas, los genes, tu Don, no son las que hacen a un Brujo Negro. Tienes que creerlo. Lo que muestra quién eres es cómo piensas y cómo te comportas. No eres un ser maligno, Nathan. Nada en ti es maligno. Tendrás un Don poderoso, todos somos capaces de ver eso, pero la manera en que lo uses es lo que te enseñará a ser bueno o malo.

Casi le creo. No me siento malvado pero tengo miedo. Mi cuerpo está haciendo cosas que no entiendo y no sé qué más hará. Siento como si tuviera voluntad propia y me llevara por un camino que tengo que seguir. Los temblores nocturnos me están llevando afuera, me obligan a que me aleje de mi vida anterior. Los ruidos que oigo en mi cabeza también parecen estar alejándome de la gente.

Cada vez que Jessica decía que yo tenía un lado Oscuro, Abu decía: "Y un lado Blanco también". Siempre pensé en cómo se mezclaban los genes de mi madre y de mi padre en mi cuerpo, pero ahora creo que mi cuerpo es de mi padre y mi espíritu de mi madre. Quizá Arran tenga razón, mi espíritu no es malvado pero tengo que convivir con un cuerpo que hace cosas extrañas.

Esa mañana me voy a Gales, con la intención de quedarme uno o dos días. Me sienta bien dormir afuera y vivir de la tierra, y después de mi charla con Arran me siento más positivo, más como si supiera quién y qué soy. Es una manera distinta de ver las cosas, sólo eso, pero me permite examinar mi cuerpo y saber de qué es capaz. Lo observo de una manera más distante, pruebo sus capacidades de sanación y trato de entender cómo me afecta la noche.

Me quedo en Gales un día más, y luego otro, y luego otro más. Encuentro un granero abandonado, trato de dormir en él y descubro que la luna tiene un efecto sobre mi sentir. La luna llena es lo peor para quedarme bajo techo de noche, tiemblo y vomito después de una hora. La luna nueva dentro del granero es más tolerable, tan sólo me provoca unas ligeras náuseas. Con la luna llena se potencia mi habilidad de sanación. Esto lo pruebo haciéndome una cortada en el brazo. Una cortada de día durante la luna nueva tarda el doble de tiempo en sanar que una cortada similar hecha de noche bajo la luna llena.

Pasan los días y aprendo mucho, pero sé que no puedo compartir lo que estoy aprendiendo, ni siquiera con Arran. Todo lo que sea Oscuro deberá permanecer en secreto, y sé que mi cuerpo es el de un Brujo Negro.

MARY

Paso más de un mes en Gales. Me siento bien al conocer mi cuerpo pero también me siento cohibido. Tengo la idea de que de alguna manera mi padre me observa. Él ve todo lo que hago. Asiente sabiamente con la cabeza por los descubrimientos que hago sobre mi cuerpo, sonríe con aprobación cuando atrapo un conejo, lo despellejo y lo cocino, pero sacude la cabeza por las malas decisiones que tomo, cuando acabo con frío en un refugio inadecuado o cruzo un arroyo por un mal lugar. Todo lo hago con la conciencia de que él me juzga, y todos los días pienso que quizá aparezca.

Por supuesto que mi padre nunca llega. A veces me pregunto si por culpa de mi parte Blanca, mi parte Oscura no es lo suficientemente fuerte. Pero entonces pienso que no tengo pruebas fehacientes; la verdadera prueba será poder encontrar el camino hasta llegar a él, y ya estoy listo para hacerlo.

Faltan tres semanas para que cumpla quince años; no me puedo quedar más tiempo en Gales y no quiero arriesgarme a ir a otra Evaluación. Estoy seguro de que el Consejo verá lo que le está ocurriendo a mi cuerpo, que estoy cambiando, y entonces mi Código de Designación ya no será *Indeterminado*. Nadie me ha dicho qué ocurrirá si me designan como Brujo

Negro, pero ya que a todos los Brujos Negros de Gran Bretaña se les captura o asesina a primera vista, tengo una idea bastante clara de lo que podría suceder.

Debo irme. Pero primero tengo que ver a Arran. Cumple diecisiete años dentro de una semana y quiero estar con él para su Entrega. Después de eso iré en busca de mi padre.

La primera mañana que vuelvo a casa, Deborah me da un sobre que llegó un par de semanas atrás. Está dirigido a mí. Nunca antes había recibido algo por correo. Las Notificaciones siempre se las envían a Abu. Me imagino que es un nuevo decreto del Consejo, pero adentro hay una tarjeta blanca y gruesa escrita con una hermosa caligrafía.

Se la paso a Arran.

—¿Quién es Mary Walker? —pregunta.

Me encojo de hombros.

Cumple noventa años. Estás invitado a su fiesta.

—Nunca había oído hablar de ella —digo.

—¿La conoces, Abu? —pregunta Arran.

Abu frunce el ceño pero asiente con cautela.

—¿Y?

—Es una vieja bruja.

—Bueno, creo que eso ya lo habíamos deducido —dice Arran.

—Ella es… yo… hace años que no la veo ni sé de ella.

—¿Desde?

—Desde mi juventud. Ella trabajaba para el Consejo pero se volvió un poco… rara.

—¿Rara?

—Diferente.

—O sea que está loca.

—Pues… se volvió un poco extraña, y acusaba a todos a diestra y siniestra. Al principio sólo era peligrosa para ella misma, pero luego quedó claro que estaba loca. Parece ser que se ponía a bailotear durante las juntas del Consejo, o le cantaba canciones de amor al Líder del Consejo. Cayó en desgracia y dejó el Consejo. No tenían mucha simpatía por ella.

—¿Por qué razón habrá invitado a Nathan a su fiesta de cumpleaños?

Abu no contesta. Lee la invitación y después se atarea preparando más té.

—¿Entonces vas a ir? —pregunta Arran.

Abu sostiene la tetera, lista para llenarla. Digo:

—Es una vieja bruja loca. No ha invitado a nadie más de la familia. No la conozco y se supone que no debo ir a ningún lugar sin el permiso del Consejo —exhibo una amplia sonrisa cómplice a Arran—, así que por supuesto que voy a ir.

Abu baja la tetera y no la llena.

Sólo faltan cuatro días para la fiesta de cumpleaños. En esos cuatro días Abu no me cuenta nada más sobre Mary, cuya sola preocupación cuando menciono el tema es que memorice las instrucciones para ir a casa de Mary escritas en el reverso de la invitación. Hay un minúsculo mapa con instrucciones que especifican los tiempos en que debo llegar a ciertos lugares. Abu recalca que debo seguir el mapa y los horarios con precisión.

Salgo por la mañana temprano a la fiesta y me dirijo a la estación de tren del pueblo. Tomo el tren, seguido de otro tren, luego un autobús, seguido de otro autobús. El viaje es lento; de hecho podría tomar dos autobuses que salen antes, pero las instrucciones son claras y las sigo al pie de la letra.

Después doy un largo paseo. Camino hacia los puntos del bosquecillo que aparecen en el mapa y espero a que pasen los tiempos asignados antes de acudir al siguiente lugar. El bosquecillo es más bosque que bosquecillo, y cuanto más avanzo más silencioso está. Mientras espero para hacer el último trecho del viaje me doy cuenta de que ya no hay ruidos en mi cabeza y que todo a mi alrededor está divinamente en silencio. Casi se me pasa la hora para salir tratando de saber qué ruidos son los que ya no están ahí. Pero sigo el horario y finalmente llego a una cabaña en ruinas situada en un pequeño claro.

Hay un huerto en el lado izquierdo de la cabaña, un riachuelo a su derecha y unas gallinas picoteando alrededor de la parte delantera. Doy un rodeo por la derecha y recojo agua con la mano para beber. Está dulce y limpia. No tengo que modificar el paso para dar una zancada sobre el agua corriente y transparente. Hago un circuito alrededor de la cabaña, que está tan destartalada que en efecto parece que se está derrumbando la parte de atrás, y dentro de una habitación hay una gallina picoteando. Sigo dando la vuelta hasta la pequeña puerta delantera de color verde, y golpeo suavemente para que no se desplome la madera podrida.

—Sería un desperdicio estar dentro de casa en un día como este.

Doy la vuelta.

La voz alta y clara no parece encajar con la vieja bruja encorvada que lleva puesto un suave sombrero de ala ancha, un holgado suéter de lana raído, *jeans* holgados y agujereados, y botas de plástico lodosas.

—¿Mary? —no estoy seguro; la persona que tengo frente a mí, con un bigote blanco ralo, bien podría ser un hombre.

—No es necesario preguntarte quién eres —la voz, definitivamente es de mujer.

—Ejem. ¡Feliz cumpleaños! —acerco la canasta con los regalos hacia ella pero no hace ningún gesto para tomarla—. Regalos. Son para ti.

Sigue sin decir nada.

Bajo la canasta.

Suelta un ruido como una carcajada o quizá una tos, que hace que se le escurra la saliva por la barbilla, y tiene que limpiarse con la manga.

—¿Nunca antes habías conocido a una bruja anciana como yo?

—No muchas... pues, no...

Mis murmullos se van apagando a medida que se acerca a mí y me mira más fijamente.

Está casi completamente encorvada y tiene que echarse hacia atrás y girarse para mirarme.

—Quizá no te parezcas tanto a tu padre como creía. Pero sin duda te pareces a él.

—¿Lo conoces... digo... has estado con él?

Ignora mi pregunta y recoge la canasta, diciendo:

—¿Para mí? ¿Regalos?

Es como si estuviera un poco sorda, pero me parece que oye perfectamente bien.

Camina hacia el riachuelo y se sienta sobre un área de hierba fina. Me siento junto a ella mientras saca un tarro de mermelada de la cesta.

—¿Es de ciruela?

—Manzana y zarzamora. De nuestra huerta. La hizo mi Abuela.

—Esa perra vieja.

Me quedo boquiabierto.

—¿Y esto? —levanta un tarro grande de barro, sellado con cera y atado con un cordel.

—Eh… una poción para aliviar el dolor de las articulaciones.

—¡Ja! —coloca el tarro en la hierba mientras dice—: Siempre fue buena para las pociones, eso sí. ¿Supongo que todavía tiene un Don poderoso?

—Sí.

—Bonita cesta, además. Me parece que nunca se tienen demasiadas canastillas —estudia la cesta, dándole la vuelta—. Si no aprendes otra cosa hoy, por lo menos recuerda eso.

Asiento estúpidamente y vuelvo a espetar mi pregunta:

—¿Conoces a Marcus?

Me ignora y saca el último regalo, un trozo de papel enrollado y atado con una delgada tira de cuero, la cual desliza para quitarla y colocarla en la cesta mientras dice:

—Y una cinta de cuero también. Me está yendo muy bien, ¿no? No he festejado un cumpleaños así en… en, ah, tanto, tanto tiempo.

Mary desenrolla el papel, es un dibujo que hice a pluma de árboles y ardillas. Lo estudia un rato antes de decir:

—Me parece que a tu padre le gusta dibujar. Tiene talento para ello, como tú.

¿Lo tiene? ¿Cómo lo sabe?

—Es de buena educación decir "gracias" cuando alguien te hace un cumplido.

—Gracias —farfullo.

Mary sonríe.

—Buen chico. Ahora, vamos a tomar el té y un poco de pastel… será interesante ponerle noventa velas.

Mucho después estamos sentados en silencio sobre la hierba, disfrutando de un *picnic* compuesto de té y pastel. Las velas, noventa, contadas lentamente por Mary, las puso en el pequeño pastel de cerezas, aunque no sé cómo cupieron todas. Las encendió con el chasquido de sus dedos tras un mascullado hechizo. Su soplido repleto de saliva no fue lo suficientemente potente como para apagar las velas, así que sofoqué las llamas con un paño de cocina. Durante todo eso no aprendí nada de Mary más allá de los ingredientes del pastel, dónde guardaba sus velas y cómo desearía que alguien inventara un hechizo que alejara a las babosas de su huerto.

Ahora le pregunto por qué me ha invitado a su fiesta de cumpleaños.

—Pues porque no quería pasarlo sola —dice.

—¿Entonces por qué no invitaste a mi Abuela?

Mary sorbe un poco de té frío de su taza y expulsa un resonante eructo.

—Te he invitado a ti porque quería hablar contigo y no he invitado a tu Abuela porque no quería hablar con ella —vuelve a eructar—. Ah, qué bueno estaba el pastel.

—¿De qué quieres hablar?

—Del Consejo y de tu padre. Aunque no sé mucho sobre tu padre, conozco bien el Consejo. Solía trabajar para ellos.

—Me lo contó Abu.

Silencio.

—¿Qué sabes sobre el Consejo, Nathan?

Me encojo de hombros:

—Tengo que ir a que me hagan Evaluaciones y a cumplir con sus Notificaciones.

—Cuéntame sobre ellas.

Me apego a los hechos.

Mary no hace preguntas mientras hablo, pero asiente y de vez en cuando babea.

—Creo que si asisto a la próxima Evaluación me matarán.

—Puede ser… pero no lo creo. Has llegado tan lejos por una razón. Y no porque ellos sean amables y generosos, eso tenlo por seguro.

—¿Conoces la razón?

—Tengo una ligera idea de cuál podría ser —se limpia la mano con la manga y después me da una palmadita en el brazo, diciendo—: Tendrás que irte pronto.

El sol ya está detrás de los árboles.

—Sí. Es tarde.

Me aprieta el brazo entre sus fuertes garras.

—No, no irte de aquí. Debes dejar tu hogar pronto. Encuentra a Mercury. Ella te ayudará. Te dará tus tres regalos.

—Pero mi padre…

—No debes tratar de encontrar a tu padre. Mercury te ayudará. Ella ayuda a muchos brujos que están en problemas. Por supuesto que esperará algo a cambio. Pero te ayudará.

—¿Quién es Mercury?

—Una Bruja Negra. Una vieja Bruja Negra. ¡Ja! Y piensas que *yo* estoy vieja. *Ella* sí que está vieja. Pero su Don es poderoso, muy poderoso. Puede controlar el clima.

—¿Pero cómo puede darme la sangre? No es mi madre ni mi Abuela.

—No, pero es una empresaria muy astuta. Es irónico, pero el Consejo es la fuente del éxito de Mercury en los negocios. Verás, hace años decidieron crear un banco de sangre de todos los Brujos Blancos, para que si algún niño quedaba huérfano, el Consejo pudiera intervenir y organizar la ceremonia de Entrega.

—¿Y funcionó?

—Sí, a la perfección. Modificaron el hechizo, me parece, pero la sangre es de los padres o de los Abuelos y sirve para entregar los tres regalos.

—Entonces déjame adivinar… Mercury robó parte de la sangre.

Así que debe tener un poco de la de mi madre.

—Bueno, no es difícil adivinarlo. Cualquier tonto podría haberle dicho al Consejo que eso sucedería, y muchos lo hicieron. Y mientras advertían al Consejo, y el Consejo les aseguraba a todos que la sangre estaba segura, Mercury robó parte de las reservas. Jamás se apoderó de botellas enteras, apenas lo suficiente para asegurarse de que si algún whet quedaba en la lista negra, sus padres o el Consejo pudieran acudir a Mercury para pedirle ayuda.

—Hay muchas pociones que requieren la sangre de los brujos. Los Brujos Blancos recurren a Mercury cuando no logran conseguir ayuda en sus propias comunidades. Los Brujos Negros acuden a ella cuando necesitan la sangre de algún Brujo Blanco para una poción. Mercury no ayuda a la gente gratuitamente, pero a ella no se le paga en efectivo; sino en especie. Intercambia la sangre por pociones, hechizos, ingredientes únicos, artículos mágicos… ¿Captas la idea? Aprendió a hacer pociones y a hechizar, aunque ese no es su Don. Tiene acceso a magia fuerte y se ha convertido en una bruja muy poderosa.

—¿Y cómo puedo encontrarla?

—Ah, no sé dónde está. No lo sabe mucha gente. Pero hay unos cuantos Brujos Blancos que no están de acuerdo con los métodos del Consejo o que por una razón u otra se han enemistado con ellos. Mercury utiliza a gente así. Y a uno de ellos lo conozco.

—¿Y puedo confiar en esa persona?

—Sí, puedes confiar en Bob. Tiene sus propias razones para despreciar al Consejo. Es un buen amigo.

Nos quedamos en silencio. Creo que puedo confiar en Mary, pero Mercury no me parece que sea la mejor solución para mis problemas, y quiero ver a mi padre.

—Pero creo que mi padre... —digo.

Mary me interrumpe:

—Sí, hablemos de tu padre. Claro, no sé mucho de él y tu Abuela lo conoce mejor que yo.

No estoy seguro de haber escuchado correctamente.

—Deduzco por la expresión en tu cara que nunca te lo ha mencionado.

—¡No! ¿Cómo conoce Abu a Marcus?

—Dentro de poco llegaremos a eso. Primero cuéntame qué sabes sobre tu padre.

La cabeza me da vueltas. *Abu conoce a Marcus.* Eso significa...

Mary me pellizca el brazo.

—Dime lo que sabes de Marcus. Regresaremos a tu Abuela muy pronto.

Titubeo. Abu me dijo que no hablara nunca de Marcus, y ella jamás habla de él. Pero me ha ocultado este secreto todo este tiempo...

Lo digo alto y claro:

—Marcus es mi padre. Uno de los pocos Brujos Negros que quedan en Inglaterra.

Siempre me daba miedo hablar de él porque el Consejo podría estar escuchando, pero ahora siento como si fuera *él* quien escuchara.

Y entonces me enojo con él, y me enojo con Abu, y digo:

—Es poderoso y despiadado. Asesina a los Brujos Blancos y les arrebata sus Dones. Asesina principalmente a los miembros del Consejo, y también a los Cazadores, y a sus familias. Su Don, el que no le ha robado a otros brujos, es que se puede convertir, transformar, en distintos animales. Eso significa que se puede comer el corazón de los brujos cuyos Dones anhela. Se convierte en león, o en algo así, se come sus corazones palpitantes y roba sus Dones.

Estoy respirando fuerte.

—Su madre fue Saba; ella fue asesinada por Clay. Saba mató a la madre de Clay, Virginia. A Saba le resultaba difícil quedarse bajo techo por la noche. A mí también. Y me imagino que Marcus es igual.

—Soy bueno para dibujar y Marcus también lo es. Soy pésimo para leer y supongo que esa es una de las pocas cosas para las que Marcus es malo. Oigo sonidos extraños en mi cabeza y apuesto a que también eso viene de familia.

—Marcus odia a los Brujos Blancos. Tampoco yo le tengo mucho cariño a la mayoría de ellos. ¡Sin embargo no me paseo por ahí asesinándolos! —le grito esa última parte a las copas de los árboles.

—No deja supervivientes. Asesina a mujeres, a niños, a todos los que se encuentra, pero no asesinó a mi madre. Probablemente habría asesinado a Jessica, Deborah y Arran, pero estaban con mi Abuela la noche en que atacó a mi madre. Él asesinó al padre de todos ellos.

Silencio.

Miro a Mary y ahora hablo en voz baja.

—No asesinó a mi madre. Tampoco asesinó a mi Abuela, aunque dices que se conocieron. Dices que Abu lo conoció mejor que tú, así que supongo que se vieron más de una vez…

Mary asiente.

—Así que Marcus conocía a mi madre. ¿Y mamá no lo odiaba... ni le temía, o lo despreciaba?

—No lo creo.

—Pero, no podían ser... amigos... o amantes... Eso hubiera sido... —titubeo.

—Inaceptable —dice Mary.

—Si lo fueron, tuvieron que haberlo guardado en secreto... ¿Aunque mi Abuela lo descubrió?

—O lo supo desde el principio.

—Pero de cualquier manera no pudo haber marcado una diferencia; Abu no podría hacer nada salvo tratar de guardar el secreto también.

—Esa era la mejor manera, la única manera, en que podía proteger a tu madre. Admito que lo hizo bien, teniéndolo todo en consideración. Creo que tu madre y tu padre se veían una vez al año.

—Así que, Marcus y mi madre... querían verse... quedaron en verse, enviaron a los niños con la Abuela... pero el marido llegó sorpresivamente... y Marcus lo mató.

Mary asiente al escuchar cada una de mis declaraciones.

—Pero mi madre se mató por la culpa... —percibo que Mary está negando con la cabeza—. ¿Porque no podía estar con Marcus?

Mary sigue negando con la cabeza.

Clavo mi mirada lejos de ella, y digo finalmente lo que siempre he sabido:

—¿Por mí?

La mano de Mary se posa en mi brazo y me vuelvo a mirar sus ojos pálidos, llorosos por la edad.

—No de la manera que piensas.

—¿Cuántas maneras puede haber?

—Sospecho que ella esperaba que te parecieras a ella, como sus otros hijos. Pero no fue así. Estuvo claro una vez que naciste que tu padre era Marcus.

Así que fue por mí.

Mary me presiona para que prosiga.

—¿Qué querría el Consejo que hiciera tu madre?

Recuerdo la historia de Jessica y la tarjeta que dijo que le habían enviado a mamá. Le digo:

—Matarme.

—No. No creo que el Consejo haya querido eso jamás. Pero tu madre era una Bruja Blanca; amaba a un Brujo Negro y tuvo un hijo con él. Y, a causa de esta relación, su esposo, un Brujo Blanco miembro del Consejo, fue asesinado.

La verdad me deja sin palabras. Querían que ella se matara. La obligaron a hacerlo.

DOS ARMAS

A la mañana siguiente, Mary prepara avena. Sorbe la suya despacio, haciendo ruidos asquerosos. No he dormido y los sorbidos me ponen los nervios de punta.

Entre cucharadas, dice:

—Tu Abuela lo hizo lo mejor que pudo contigo.

La miro frunciendo el entrecejo.

—Mi Abuela me mintió.

—¿Cuándo?

—Al no decirme que conocía a Marcus. Al no negar que mi madre fue atacada por él. Al no confesar que el Consejo fue el responsable de la muerte de mi madre.

Mary me golpea con su cuchara.

—Si el Consejo llegara a descubrir alguna vez dónde estoy y lo que te he ayudado a desvelar, ¿qué crees que me haría?

Desvío la mirada.

—¿Entonces?

—¿Me estás tratando de decir que habrían matado a mi Abuela?

—Y lo harán.

Sé que tiene razón, claro, pero eso no me hace sentir en absoluto mejor.

Mary me da una retahíla de tareas para "ayudarme a superar mis malas pulgas matutinas".

Mientras supervisa cómo restriego el gallinero, le digo:

—Abu me habló de que caíste en desgracia y dejaste el Consejo.

—Bueno, supongo que es una manera de describirlo.

—¿Cómo lo describirías tú?

—Una fuga afortunada. Termina eso y ciérralo todo bien. Después prepara el té y te lo contaré.

Pongo el agua a hervir en la estufa de la cabaña y Mary se sienta afuera en el sol. Cuando le llevo el té, le da unas palmaditas al suelo junto a ella. Recargamos la espalda contra la pared de la cabaña.

—Recuerda, Nathan, el Consejo es peligroso. No permitirán que nadie muestre la menor debilidad hacia los Brujos Negros. Fui lo suficientemente tonta una vez para expresar una preocupación que tenía. Trabajaba como secretaria para el Consejo. Mi función era llevar los registros. Tienen muchos archivos y yo los gestionaba bien. Pero un día que los estaba poniendo en orden tuve unos minutos de tiempo libre y decidí leer uno. Describía el Castigo que se le había infligido a un Brujo Negro. Era aterrador.

—Por tonta, le conté a uno de los miembros del Consejo que el Castigo era terrible. Ese no fue el problema. El Castigo era terrible, así se supone que debe ser, y si me hubiera detenido ahí no habría sucedido nada. Pero no lo hice. Me inquietaba mucho. No podía dormir. Siempre supe del Castigo, pero de alguna manera no me había dado cuenta de cuánto sufrimiento se infligía con él. Pasó un mes de tortura antes de que dejaran morir al brujo. Yo trabajaba para el Consejo porque creía que los Brujos Blancos eran buenos, superiores, y ahora enfrentaba el hecho de que eran tan malos como los Brujos Negros, tan malos como los fains, tan malos como todos ellos.

—Había un Brujo Negro en las celdas y sabía lo que le iban a hacer.

—Hasta tratar de ayudarlo era una estupidez. Nunca podría escaparse. Pero yo estaba repleta de ira justiciera. Así que hice lo que pude.

—Fingí estar loca de odio por el Brujo Negro. Había asesinado a la familia de uno de los Miembros del Consejo, así que no fue difícil, aunque en realidad se trataba de un clan arrogante y engreído que siempre me trató como basura.

Sorbe su té.

—Inventé una excusa para entrar en las celdas. En realidad no tenía ningún plan, tampoco tenía un arma, pero junto a la puerta había una mesa y en ella había cuchillos y… otras cosas. Supongo que eran eso que llamarías instrumentos de tortura. Agarré un cuchillo y comencé a gritar y chillar y a fingir que atacaba al prisionero. Fue un ataque bastante inútil, ya que no había la menor posibilidad de que pudiera matarlo. Pero en la lucha con el guardia me aseguré de que el cuchillo cayera al alcance del brujo que estaba encadenado en su celda. Se apuñaló en el corazón un segundo después.

Mary baja su taza de té.

—Fingí estar demente. No hubo sanción. Pero quedaron ciertas dudas. Algunos pensaron que estaba fingiendo. Así que ahora trato de… ay, ¿cómo dice esa expresión? Mantenerme al margen.

—Guau.

—Sí, a menudo me sorprendo de lo que hice. Pero no me arrepiento. Salvé a ese hombre de varias semanas de tortura.

—¿Quién era?

—Ah, una buena pregunta al fin.

Coloca su mano suavemente sobre mi brazo.

—Era Massimo, el Abuelo de Marcus.

Esa mañana, más tarde, Mary me obliga a memorizar las instrucciones para mi partida. Son parecidas a las de mi llegada.

—¿Es un hechizo para asegurarte de que no me sigan?

—Una de mis especialidades y, aunque yo lo diga, tiene su chiste hacerlo bien. La mayoría de los brujos no tiene la paciencia para lograrlo. Hay que tomarse su tiempo en cada paso. Y, si lo haces, ni los Cazadores pueden rastrearte.

—Los Cazadores me seguirían hasta aquí, supongo.

—Los Cazadores te siguen a todas partes, Nathan, y siempre lo han hecho. Con excepción de tu viaje hasta aquí y tu regreso, si es que sigues las instrucciones...

—¿Me siguen siempre?

—Son Cazadores, Nathan. La clave está en su nombre. Y son muy buenos.

—Sí, lo sé —asiento.

—No, no creo que lo sepas. Jamás subestimes al enemigo, Nathan. Jamás. Los Cazadores te siguen a todos lados y podrían matarte en cualquier momento. Quieren hacerlo, Nathan. Pero trabajan para el Consejo y el Consejo logra mantenerlos bajo control, a duras penas.

—¿Así que debería sentirme agradecido con ellos?

Mary niega con la cabeza.

—El Consejo es más peligroso que los Cazadores, recuerda eso también. Utiliza a los Cazadores. Usa todo lo que tiene a su alcance.

No estoy seguro de a qué se refiere con "todo". Añado:

—Abu me ha dicho que utilizan espías.

—Sí, espiar es uno de sus métodos favoritos. No confíes en nadie, Nathan. Ni en tus amigos, ni siquiera en tu familia. Si son Blancos entonces el Consejo los usará como espías, si pueden. Y normalmente pueden.

—El Consejo y los Cazadores están unidos en un propósito: quieren a Marcus muerto. Y a toda su estirpe también.

—Ayer dijiste que pensabas que el Consejo nunca ha querido matarme.

—Todavía no. Por ahora creen que les eres más útil con vida.

—¿Así que me quieren usar para atrapar a Marcus?

—Estoy segura de que lo han considerado y probablemente intentado. Pero hay más. No asistas a ninguna Evaluación más. Encuentra a Mercury. Ella te esconderá hasta tu Entrega. Ve tan pronto como puedas.

Asiento una vez más, pero noto que Mary está reuniendo fuerzas para decirme una última cosa. No obstante, vuelve a quedarse callada.

—Hay otra cosa que he recordado sobre Marcus —le digo. Hace algunos años hubo un ataque contra una familia de Brujos Blancos, los Grey. Marcus los mató. Pero creo que trataba de conseguir algo que ellos tenían. Algo llamado Fairborn. ¿Sabes qué es?

—Sí, lo sé. Es un cuchillo.

—¿Para qué lo querría Marcus?

—Es un cuchillo especial. Algo terrible. Fairborn es el nombre de la persona que lo hizo, hace más de cien años, me parece. Grabó su nombre en la hoja. Llegué a conocer el cuchillo muy bien durante la investigación que hizo el Consejo sobre mi ataque en las celdas: es el mismo cuchillo que le lancé a Massimo. Era el cuchillo de Massimo.

—Entiendo por qué Marcus lo quiere de vuelta.

—No. No creo que lo entiendas, Nathan.

Mary se frota la frente con el dorso de la mano y suspira.

—Marcus me visitó hace unas cuantas semanas. Vino a pedirme un favor. Él tiene la capacidad de ver destellos del futuro... posibles futuros. Creo que es un lastre más que un Don. Me contó una de sus visiones, una que tuvo por primera vez hace muchos años y que todavía hoy ve. Quería que yo te la contara. Pensaba que, al conocerla, podrías entenderlo mejor.

—¡Te dio un mensaje para mí! ¿Y has esperado hasta ahora para contármelo?

—Si por mí fuera no te diría nada. Debes entender, Nathan, que es una visión. Un futuro *posible*. Sólo eso. Pero cuanto más valor se le da a las visiones, más posibilidades tienen de volverse realidad.

—¿Tienes la menor idea de lo mucho que quiero saber de él? —me alejo de ella caminando y luego regreso, inclinándome cerca de su cara—. Dímelo.

—Nathan, hay muchos Brujos Blancos que tienen visiones del futuro. Si Marcus tuvo esta visión, puedes estar seguro de que el Consejo también la conoce. Marcus quiere que lo entiendas, pero que también los entiendas a ellos.

—¿Me lo vas a decir o no?

—Hay dos armas que juntas matarán a tu padre. Las dos están protegidas por el Consejo hasta que estén listas para ser usadas.

—¿Cuáles son?

—La primera es el Fairborn.

—¿Y?

—La otra arma es...

Pero entonces no lo quiero saber. Sé lo que ella va a decir y hay un ruido en mi cabeza como un trueno y un animal que gruñe, y quiero que se quede y que gruña más fuerte, porque este mensaje no es el que estaba esperando. Tiene que estar equivocada. Mary ya lo ha dicho pero quizá no lo he oído bien con este ruido que martillea mi cráneo. Y si el ruido continúa no tendré que...

—¡Nathan! ¿Estás escuchando?

Sacudo la cabeza.

—No lo mataré.

—Por eso debes irte. Si te quedas más tiempo con los Brujos Blancos, el Consejo te obligará a hacerlo. Tú eres la segunda arma.

LA SEXTA NOTIFICACIÓN

Sólo es un futuro posible.

Ese es el mantra que me repito. Hay millones, billones de futuros posibles.

Y yo no lo mataré. Lo sé. Es mi padre.

No lo mataré.

Quiero verlo. Quiero decírselo. Pero él cree en la visión. No va a querer verme. Nunca.

Si trato de verlo pensará que quiero matarlo. Y me matará él a mí.

Mary me dio la dirección de Bob, su amigo que me ayudará a encontrar a Mercury. Me dice que debo partir de inmediato y le confirmo que lo haré, aunque no sé qué es lo que haré.

Me dirijo a casa.

Quiero hablar con Abu. Le tengo que preguntar por Marcus. Ella tiene que contarme algo más. Y sólo falta un día para la Entrega de Arran. Quiero estar con él en ese momento y después me iré.

Llego al anochecer. Todavía hay luz. Abu está en la cocina preparando un pastel para la ceremonia de Entrega. No pregunta por la fiesta de Mary.

No digo "hola" ni "te extrañé" ni "¿cómo va el pastel?".
Sólo digo:

—¿Cuántas veces has estado con Marcus?

Detiene lo que está haciendo y mira rápidamente hacia la puerta de la cocina mientras dice:

—Jessica ha venido a casa para la Entrega de Arran.

Me acerco bien a Abu y le digo en voz baja:

—Es mi padre. Quiero que me cuentes lo que sabes de él.

Abu niega con la cabeza. Estoy tan enojado que comienzo a temblar. Abu trata de convencerme de que me lo contará mañana, pero amenazo con gritar para que Jessica baje también a escuchar la historia. Aunque Abu debe saber que nunca haría eso, se hunde en su silla y, en una voz que es apenas un murmullo, me cuenta todo lo que sabe sobre Marcus y mi madre.

Abro la ventana de nuestra habitación. Ya está oscuro y comienza a aparecer una delgada silueta lunar. Arran se levanta de su cama y me abraza. Le devuelvo el abrazo durante un buen rato. Luego nos sentamos en el suelo junto a la ventana.

—¿Cómo estuvo la fiesta de cumpleaños? —me pregunta Arran.

—No sé de qué me estás hablando.

—¿Me puedes contar algo?

—Háblame tú sobre mañana. ¿Cómo te sientes?

—Bien. Un poco nervioso. Espero no echarlo a perder.

—No lo harás.

—Jessica ha regresado para la ceremonia.

—Me lo ha contado Abu.

—¿Vas a venir?

No puedo ni sacudir la cabeza.

—Está bien —me dice.

—Me gustaría hacerlo.

—Prefiero que estés aquí ahora. Es mejor.

Arran y yo hablamos un rato, recordando las películas que hemos visto juntos, y finalmente hablamos más sobre su Entrega. Le digo que creo que su Don será el de la sanación, como el de nuestra madre. Ella tenía un Don fuerte y era excepcionalmente dulce y cariñosa; Abu me lo contó. Creo que Arran será como ella. Sin embargo él cree que recibirá un Don débil, sea el que sea, pero no le importa, y sé que lo dice honestamente.

Mucho más tarde se va a la cama y le hago un dibujo. Somos él y yo jugando en el bosque.

Me siento en el suelo casi toda la noche, con la cabeza cerca de la ventana abierta, viendo dormir a Arran. Sé que no me puedo quedar para la Entrega, menos aún si Jessica va a estar ahí. Y tampoco puedo contarle a Arran adónde voy. Ni siquiera puedo despedirme de él.

Todavía estoy tratando de encontrarle sentido a la relación entre mi madre y mi padre, y a por qué Abu me la escondió, pero a fin de cuentas es más fácil no pensar en ello.

Todavía está oscuro cuando me marcho. Arran está atravesado sobre la cama, con un pie en el borde. Beso las puntas de mis dedos y toco su frente con ellas, pongo el dibujo en su almohada y recojo mi mochila.

Enciendo la lámpara de mesa en el pasillo y agarro la foto de mi madre. Ahora la veo distinta. Quizá su esposo la amaba; él se ve bastante feliz, pero ella parece triste, mientras trata de sonreír sólo entorna los ojos.

Pongo la foto de nuevo en su lugar y camino rápidamente por la cocina.

Tan pronto como salgo siento el alivio del aire fresco. Doy un paso, dos a lo sumo, antes de escuchar el siseo de los teléfonos celulares que llegan a toda prisa. Aparecen dos figuras negras y sus manos agarran mis brazos y hombros, me dan la vuelta y me golpean contra la pared de la casa. Me defiendo y me separan de la pared, y me vuelven a golpear contra ella. Me esposan las muñecas detrás de la espalda, vuelven a separarme de la pared y me golpean de nuevo contra ella.

Estoy en la sala de Evaluación otra vez. Me han quitado las esposas tras el viaje hasta aquí, en la parte trasera de un coche con un Cazador a cada lado. Por su conversación, deduzco que Abu estaba en otro coche que nos vino siguiendo.

Pienso en la ceremonia de Arran. Abu no estará allí y me doy cuenta de que Jessica volvió no para asistir a la ceremonia, sino para dirigirla. El Consejo le habrá dado la sangre. A Arran no le gustará nada. Y todo forma parte de lo mismo también. Les encanta apretar las tuercas.

Estoy de pie ante tres miembros del Consejo. La Líder del Consejo habla primero:

—Te hemos traído hoy aquí para que respondas unas preguntas importantes.

Me esfuerzo por abrir mucho los ojos y parecer inocente.

La mujer que tengo a la derecha de la Líder del Consejo se levanta de su asiento y camina lentamente alrededor de la mesa hasta detenerse frente a mí. Es más baja de lo que esperaba. No utiliza la toga blanca que normalmente visten los miembros del Consejo para mis Evaluaciones; en su lugar, lleva puesto un traje gris de rayitas con una blusa blanca debajo. Sus tacones altos repiquetean marcadamente sobre el suelo de piedra.

—Arremángate la camisa.

Llevo puesta una camisa encima de una camiseta, con los puños desabrochados, cuyos botones se cayeron hace mucho. Me subo la manga izquierda.

—Y la otra —dice la mujer. Ahora que está cerca de mí compruebo que tiene los ojos color café oscuro, tan oscuro como su piel, pero en ellos hay esquirlas plateadas que se mueven en espirales lentas, que prácticamente se desvanecen y reaparecen en un centelleo.

—Déjame ver tu brazo —insiste.

Hago lo que me pide. Tengo el interior del brazo marcado por una serie de cicatrices delgadas y tenues, veintiocho de ellas, una por cada día en que puse a prueba mis habilidades de sanación.

La mujer agarra mi muñeca entre sus dedos índice y pulgar, aferrándola con fuerza y levantando mi brazo para sostenerlo directamente frente a sus ojos. Lo sujeta ahí y percibo su aliento sobre mi piel; luego me suelta y regresa caminando a su asiento.

—Muéstrale tu brazo al resto de miembros del Consejo —dice.

Doy un paso adelante y extiendo mi brazo sobre la mesa.

El tío de Annalise, Soul O'Brien, apenas le concede una mirada. Tiene el pelo relamido hacia atrás con un brillo casi albino. Se inclina sobre el oído de la Líder del Consejo y susurra.

Me pregunto si saben acerca de las cicatrices de mi espalda. Probablemente. Kieran habrá presumido de su hazaña.

—Aléjate de la mesa —dice Soul.

Hago lo que me piden.

—¿Puedes sanar tus heridas? —pregunta.

Negarlo parece ridículo, pero aquí nunca admitiré nada.

Repite su pregunta y me quedo parado en silencio.

—Debes contestar nuestras preguntas.

—¿Por qué?

—Porque somos el Consejo de los Brujos Blancos.

Le clavo la mirada.

—¿Puedes sanar tus heridas?

Lo sigo mirando fijamente.

—¿Dónde has estado los últimos dos días?

No le quito los ojos de encima, pero esta vez contesto.

—En el bosque que hay junto a nuestra casa. Pasé la noche acampando.

—Es una ofensa seria mentirle al Consejo.

—No estoy mintiendo.

—No estabas en el bosque. No estabas en ningún área aprobada por el Consejo.

Trato de parecer inocentemente sorprendido.

—De hecho, no pudimos encontrarte en ningún sitio.

—Se equivocan. Estaba en el bosque.

—No. No me equivoco. Y, como dije antes, es una ofensa seria mentirle al Consejo.

Todavía estoy sosteniendo su mirada y repito:

—Estaba en el bosque.

—No —Soul no suena enojado, más bien aburrido y poco impresionado.

La Líder del Consejo levanta la mano.

—Suficiente.

Soul me retira la mirada, la dirige a sus uñas y se reclina hacia atrás en su silla.

La Líder del Consejo llama al guardia que está al fondo de la sala:

—Traiga a la señora Ashworth.

El pestillo tintinea y las pisadas de Abu se acercan lentamente. Volteo a verla cuando se coloca de pie junto a mí y me asombra ver a una viejita pequeña y asustada.

La Líder del Consejo habla.

—Señora Ashworth. La hemos llamado aquí para que pueda responder a las acusaciones hechas en su contra. Acusaciones serias. No ha cumplido con las Notificaciones del Consejo. Las Notificaciones establecen claramente que el Consejo debe ser informado si hay algún contacto entre Códigos Medios, Brujos Blancos y Whets Blancos. Usted no lo ha hecho. Tampoco ha evitado que el Código Medio se trasladara a zonas no autorizadas del país.

La Líder del Consejo baja la mirada a sus documentos y la vuelve a levantar hacia Abu.

—¿Tiene algo que decir?

Abu se queda callada.

—Señora Ashworth. Usted es la tutora del Código Medio y es su responsabilidad asegurarse de que las Notificaciones se sigan. No se aseguró de que el Código Medio permaneciera en áreas certificadas y tampoco informó al Consejo de los encuentros entre el Código Medio y los Brujos Blancos Kieran, Niall, Connor y Annalise O'Brien.

—Mi Abuela no sabe nada de eso. Y yo no tenía la intención de encontrarme con Kieran, Niall y Connor. Ellos me atacaron.

—Según tenemos entendido, fuiste tú quien los atacó a ellos —contesta la Líder del Consejo.

—Uno solo atacó a los tres. Sí, claro.

—¿Y Annalise? ¿Era tu intención encontrarte con ella?

Le vuelvo a clavar la mirada.

—¿Era tu intención encontrarte con Annalise? ¿O atacarla? ¿O alguna otra cosa?

Lo quiero matar con la mirada.

La Líder del Consejo se gira de nuevo hacia Abu.

—Señora Ashworth, ¿por qué ignoró las Notificaciones?

—No las ignoré. Las seguí —la voz de Abu es temblorosa y pequeña.

—No. No las siguió. No controló al Código Medio. ¿O quizá sabía de sus viajes a lugares no autorizados y decidió no informarle al Consejo de esas violaciones?

—Seguí las Notificaciones —repite Abu en voz baja.

La Líder del Consejo suspira y asiente hacia el tío de Annalise, quien saca un trozo de pergamino de debajo del escritorio. Lee en voz alta las horas y fechas de mis salidas, adónde fui y cuándo regresé. Cada uno de los viajes que hice a Gales.

Me siento enfermo. Estaba tan seguro de que no me habían seguido. Sin embargo, no hay mención alguna del viaje para ver a Mary. Sus instrucciones funcionaron, pero queda claro que mi desaparición levantó sospechas.

—¿Niegas que hiciste estos viajes fuera de las áreas autorizadas? —pregunta la Líder del Consejo.

Sigo sin querer admitir nada, pero ahora parece inútil negarlo.

—Mi Abuela no sabía lo que estaba haciendo. Le dije que iba al bosque, allí donde tengo la autorización de estar.

—Así que admites que no cumpliste con las Notificaciones, que le mentiste al Consejo y que engañaste a tu propia Abuela, una Bruja Blanca pura —dice la mujer.

El tío de Annalise agrega:

—Sí, queda claro que trató de engañarnos a todos. Pero es responsabilidad de la señora Ashworth asegurarse del cumplimiento de las Notificaciones. Y —hace una pausa para mirar a la Líder del Consejo que inclina su cabeza ligeramente—

como la señora Ashworth claramente no lo hizo, tendremos que nombrar a alguien que lo haga.

En ese momento una mujer enorme da un paso adelante desde la parte de atrás del cuarto. Me percaté de su presencia antes pero pensaba que era una guardia. Se para a la izquierda de la mesa. A pesar de su tamaño se mueve con gracia, y aunque se coloca derechita, casi en posición de firmes, tiene un aplomo que es extraño, como si fuera una cruza entre bailarina y soldado.

La Líder del Consejo recoge otro pergamino de debajo de la mesa y dice:

—Ayer acordamos una nueva Resolución —lee lentamente:

Notificación de la Resolución de la Junta del Consejo de Brujos de Inglaterra, Escocia y Gales.

Todos los Códigos Medios (B 0.5/N 0.5) deberán ser educados y vigilados en todo momento únicamente por Brujos Blancos que hayan sido designados por el Consejo.

—Se le educa bajo mi supervisión. Soy una Bruja Blanca. Le enseño bien —la voz de Abu es tímida, casi como si hablara sola.

La Líder del Consejo dice:

—Señora Ashworth, queda claro que no cumplió al menos dos de las Notificaciones del Consejo. Tendremos que considerar posibles sanciones.

¿Considerar? ¿Qué significa eso? ¿Qué le podrían hacer?

—Pero el Consejo está de acuerdo en que no estamos aquí para castigar a los Brujos Blancos, sino para asistirlos y protegerlos.

La Líder del Consejo comienza a leer el pergamino que tiene en sus manos. El tío de Annalise parece aburrido y estudia las uñas de su mano; la mujer de traje gris está mirando a la Líder del Consejo.

No podría esquivar a los guardias que tengo detrás de mí, pero hay una puerta en la pared trasera por la que los Miembros del Consejo entran al cuarto.

La Líder del Consejo sigue leyendo, pero mi atención no está puesta en ella.

—… llegó a la conclusión de que la tarea… demasiado onerosa. La nueva Notificación... liberarla del peso… educación y desarrollo de un Código Medio… monitorear y controlar.

Corro hacia la puerta lejana, dando un brinco sobre la mesa entre la Líder del Consejo y la mujer de gris. Salto de la mesa con los gritos de los guardias, y la Líder del Consejo estira la mano demasiado tarde para agarrarme la pierna. Son cinco o seis zancadas hasta la puerta para liberarme de todos. Entonces el ruido me sacude.

Un silbido de alta frecuencia me llena la cabeza tan rápidamente que no soy capaz de hacer otra cosa que apretar las manos contra mis oídos y gritar. El dolor es insoportable. Estoy de rodillas, mirando la puerta fijamente, incapaz de moverme. Grito para que el sonido se detenga, pero continúa hasta que todo se pone negro.

Silencio.

Estoy en el suelo, los mocos me chorrean por la nariz, los dedos siguen tapándome los oídos. Debo haberme quedado inconsciente menos de un minuto. Las botas militares negras de la gran mujer mitad guardia, mitad bailarina, están cerca de mi rostro.

—Levántate —su voz es calmada, suave.

Me limpio la nariz con el dorso de la mano y me pongo de pie temblorosamente.

La mujer lleva pantalones de lona verdes y una chamarra de camuflaje gruesa de estilo militar. Es tan malencarada que sólo se le puede calificar como fea. Su piel está cacariza y ligeramente bronceada. Tiene una boca amplia y labios gruesos. Sus ojos son azules, con algunos pequeños destellos plateados. Tiene pestañas blancas y cortas. Su pelo rubio está corto, erizado y fino, y apenas le cubre el cuero cabelludo. Supongo que tiene unos cuarenta años.

—Soy tu nueva maestra y tutora —dice.

Antes de que pueda reaccionar me da la espalda y asiente a los guardias, quienes me levantan por los brazos y me sacan a hombros del cuarto. Me resisto todo lo que puedo pero mis pies ni siquiera tocan el suelo. Entre mis contorsiones, y el brazo y el pecho grueso de un guardia, logro echarle un vistazo a Abu. Tiene lágrimas en los ojos y el cárdigan caído de un hombro, como si alguien hubiera forcejeado con ella. Ahora se queda de pie como si estuviera perdida.

Me llevan afuera, a un patio pavimentado donde está estacionada una camioneta blanca con las puertas traseras abiertas. Me avientan adentro. Antes de que pueda moverme rápidamente para ponerme de pie, una rodilla en la espalda me empuja hacia abajo y me esposan las muñecas a la espalda. Luego me arrastran al fondo de la camioneta y unos dedos gruesos, sus dedos, me ponen un collarín. Escupo y maldigo y recibo un fuerte manotazo en la nuca. La cabeza me retumba. El collarín está encadenado a un enganche en el piso de la camioneta.

Sigo luchando y pateando y maldiciendo y gritando.

Pero el ruido me vuelve a sacudir.

Esta vez no me puedo proteger los oídos. Grito presa del pánico, y pateo y lucho hasta llegar al negro silencio.

Cuando recobro la conciencia, la camioneta se está moviendo y reboto sobre su piso de metal oxidado. El viaje sigue y sigue. Veo la nuca de la mujer grande. Está manejando la camioneta, pero no parece haber guardias o Cazadores con nosotros.

Grito diciéndole que necesito mear. Creo que tendría una oportunidad de escape con ella sola.

Me ignora.

Le vuelvo a gritar:

—Necesito orinar —y realmente lo necesito.

Gira la cabeza a medias y me grita:

—Entonces cállate y orina. Mañana vas a limpiar la camioneta.

Todavía sigue manejando. Cuando oscurece, se me revuelven las tripas por estar adentro, además de por el movimiento de la camioneta. Lucho por no vomitar pero no logro evitarlo más de unos minutos.

Debido al collarín y la cadena, mi rostro descansa sobre mi propio vómito. Ella no se detiene hasta que llegamos a nuestro destino muchas horas después, y para ese entonces, estoy tirado en medio de una infusión de mis propios orines y vómitos.

TERCERA PARTE

La segunda arma

EL COLLARÍN

Hay que reconocerlo, es una espantosa bruja del demonio, pero sí que trabaja. Lleva toda la noche y casi todo el día perfeccionando una nueva banda de ácido.

Me la pone ajustada.

—Ya te acostumbrarás.

Apenas puedes meter un dedo entre el collarín y tu cuello.

—Si quieres lo aflojo.

La miras sin expresión.

—Sólo tienes que pedirlo.

No puedes ni escupirle, de tan apretada que está.

Estás en la cocina otra vez, sentado a la mesa. No ha habido ejercicios matutinos, no ha habido desayuno, pero tampoco podrías comer nada con esta cosa puesta. Es imposible que tenga la intención de dejarlo así en serio. Apenas puedes tragar, apenas respirar.

El zumbido de sanación ha desaparecido, como si lo hubieras agotado por completo. Tienes la mano hinchada y sólo ha sanado ligeramente. Está palpitando. Puedes sentir el pulso en tu brazo y en tu cuello.

—Pareces cansado, Nathan.

Estás cansado.

—Te voy a limpiar la mano.

Remoja un trapo en un recipiente de agua y lo escurre. Retiras la mano pero ella la toma y acaricia el trapo sobre tu muñeca. Está fresco. Se siente bien. Es bueno paliar un poco el ardor, aunque sólo sea un segundo. Desliza el trapo hacia abajo por el dorso de tu mano, le da la vuelta suavemente y limpia la palma. La suciedad no sale pero el agua te refresca. Lo hace con mucho cuidado.

—¿Puedes mover los dedos?

Tus dedos se mueven un poco pero tu pulgar está insensible y no se mueve lo más mínimo debido a la hinchazón. No vas a hacer ningún esfuerzo para ella.

Enjuaga el trapo en el recipiente de agua, lo escurre y lo levanta.

—Te voy a limpiar la oreja. Tiene mucha sangre.

Llega hasta tu oreja y limpia alrededor; de nuevo lo hace lenta y suavemente.

No puedes escuchar con tu oído izquierdo pero probablemente sólo sea la sangre seca lo que lo tiene bloqueado. También tu fosa nasal izquierda está tapada.

Vuelve a poner el trapo en el recipiente, y la sangre se mezcla con el agua. Escurre el trapo y estira la mano hacia tu rostro. Te echas hacia atrás.

—Sé que el collarín está apretado —alisa el trapo sobre tu frente—. Y sé que puedes soportarlo —está dando toquecitos delicados sobre tu mejilla con el trapo—. Eres duro, Nathan.

Te apartas ligeramente.

Coloca el trapo en el recipiente otra vez, y se mezclan el lodo, la sangre y el agua. Escurre el trapo y lo cuelga en el borde del recipiente.

—Si me lo pides lo aflojaré —estira la mano y te toca la mejilla con el dorso de su dedos—. Quiero aflojarlo. Pero tienes que pedírmelo —vuelve a decirlo, tan suave y amablemente.

Retrocedes y el collarín te corta.

—Estás cansado, ¿verdad Nathan?

Sí, estás tan cansado de todo. Tan cansado que podrías llorar. Pero de ninguna manera vas a permitir que eso ocurra.

De ninguna manera.

Sólo quieres que pare.

—Lo único que tienes que hacer es pedirme que te lo afloje y lo haré.

No quieres llorar y no quieres pedirle nada. Pero quieres que pare.

—Pídemelo, Nathan.

Y el collarín está tan apretado, y estás tan cansado.

—Pídemelo.

Llevas meses sin apenas hablar. Tu voz está ronca, extraña. Y ella te limpia las lágrimas con las puntas de sus dedos.

EL NUEVO TRUCO

La rutina es la misma de siempre. Y también la jaula. Y también los grilletes. Todavía llevo puesto el collarín, holgado pero ahí está. Si trato de irme, moriré, no me queda duda. No estoy en el punto de querer que eso ocurra justo en este momento.

La rutina de la mañana también es la misma. Ya consigo hacer el circuito exterior en menos de treinta minutos. Gracias a la práctica y a la dieta, lo que significa que soy una esbelta máquina de correr. Pero principalmente es gracias al nuevo truco.

El nuevo truco no es más fácil que el viejo truco.

El nuevo truco es quedarme en el presente... Perderme en el detalle de todo... ¡Disfrutarlo!

Afinarme con el lugar donde pongo mis dedos cuando hago flexiones y disfrutar de ello, quiero decir, encontrar realmente el más fino ajuste con el lugar donde pongo mis dedos en relación el uno con el otro; cuán rectos o cuán doblados, y cómo los siento en el suelo, cómo cambia la sensación a medida que me muevo hacia arriba y hacia abajo. Puedo pasar horas pensando en la sensación de mis dedos mientras hago flexiones.

Hay tanto que disfrutar, demasiado en realidad. Como cuando corro en el circuito. Allí puedo concentrarme en la profundidad de mi respiración pero también en la humedad exacta del aire y la dirección del viento, cómo cambia sobre las colinas y sopla más lentamente o se acelera a medida que sale por el estrecho valle, como por un embudo. Mis piernas me llevan abajo sin esfuerzo; esa es la parte que más me gusta, en la que lo único que tengo que hacer es divisar el lugar donde pongo mi pie: sobre una pequeña mancha de hierba entre las piedras grises, sobre una roca plana, o en el lecho de un arroyo. Voy con la vista puesta todo el tiempo al frente, y muevo mi pierna hasta la posición correcta, pero es la gravedad la que hace el trabajo duro. Sin embargo, no sólo estamos la gravedad y yo, también está la colina. Siento como si la tierra misma se asegurara de que no coloque mal el pie. Después, colina arriba, mis piernas arden, y si está empinada tengo que encontrar el mejor asidero y el mejor punto de apoyo, y empujar y empujar. Ahora soy yo quien hace el trabajo duro y la gravedad me dice "hora de desquitarme", mientras que la colina responde "ignórala, sólo corre". La gravedad es despiadada, pero la colina es mi amiga.

Cuando estoy en mi jaula soy capaz de memorizar el color del cielo, la forma de las nubes, su velocidad y cómo cambian; y puedo subir allá arriba, estar en las nubes, en sus formas y colores. Puedo meterme incluso en los colores moteados de las barras de la jaula, escalar dentro de las grietas bajo los copos de óxido. Deambular por mi propia barra.

Mi cuerpo ha cambiado. Ya he crecido. Recuerdo mi primer día en la jaula, apenas podía tocar las barras de arriba, tenía que dar un saltito para agarrarlas. Ahora, cuando me estiro, mis manos y muñecas alcanzan la libertad. Tengo que doblar mis piernas para hacer dominadas. Todavía no soy tan alto como Celia, pero es que ella es un gigante.

Celia. Admito que es difícil disfrutar de ella, pero a veces lo logro. Hablamos. Es distinta de lo que esperaba. Creo que yo tampoco soy lo que ella esperaba.

LA RUTINA

No se equivoquen. Esto no es un campamento de verano, pero Celia diría que tampoco es un gulag. La rutina es esta:

Levantarme y salir de la jaula: como siempre, Celia me lanza las llaves al amanecer. Una vez le pregunté qué me pasaría si ella muriera tranquilamente mientras duerme. Contestó: "Creo que durarías una semana sin agua. Si lloviera podrías reunir agua en el toldo. Probablemente morirías de hambre antes que morir de sed, si se tiene en consideración cómo llueve aquí. Diría que podrías durar dos semanas".

Escondo un clavo en la tierra. Puedo alcanzarlo desde la jaula y abrir los grilletes con él. Todavía no he conseguido abrir el candado de la jaula pero tengo mucho tiempo para practicar en ello. Pero entonces tendría que quitarme el collarín. Calculo que estaría un año con el collarín puesto.

Ejercicios matutinos: correr, circuito de entrenamiento, gimnasia. En ocasiones corro dos veces. Esta es la mejor parte del día. Normalmente corro descalzo. El lodo ya forma parte de mis pies.

Asearme, lavar mi ropa y limpiar mi jaula: vaciar mi cubeta, llenar mi cubeta con agua del arroyo, lavarme en el arroyo, lavar mi camisa o mis *jeans* si veo que se secarán rápidamente —sólo tengo una muda—, barrer mi jaula, aceitar y limpiar la jaula, candados y grilletes, aunque la mayoría de las noches no me obliga a ponérmelos.

Desayuno: yo lo preparo, y limpio y recojo después. Avena en el invierno, avena en el verano. A veces me permite agregarle miel o frutos secos.

Tareas matutinas: recolectar los huevos, limpiar el gallinero, sacar la comida y el agua para los pollos, alimentar a los cerdos, limpiar la estufa, cortar leña. El hacha está encadenada a un tronco y Celia siempre me mira mientras corto —uno de mis primeros intentos de fuga, admito que no muy bien pensado, fue cuando traté de cortar el tronco que amarraba la cadena—.

Almuerzo: preparar el almuerzo, recoger después del almuerzo. Horneo pan cada dos días.

Ejercicios vespertinos: defensa personal, correr, circuitos de entrenamiento. Estoy mejorando en defensa personal pero Celia es verdaderamente veloz y fuerte. Básicamente es una excusa para propinarme verdaderas palizas.

Estudios vespertinos: lectura. Celia me lee, cosa que suena dulce pero no lo es. Me hace preguntas sobre lo que lee. Si mis respuestas no son lo suficientemente buenas, me da una bofetada, y esas bofetadas arden. Pero por lo menos no tengo que leer yo. Celia trató de enseñarme pero llegamos al mutuo acuerdo de dejarlo; era demasiado doloroso para los dos. Incluso llegó a decir: "A veces hay que aceptar la derrota", y después me abofeteó por soltar una sonrisita.

La semana pasada tomé un libro y comencé a deletrear algunas de las palabras, pero me lo arrebató de las manos diciendo que tendría que matarme si continuaba. Celia posee unos cuantos libros. Hay tres libros de brujería: uno sobre pociones, otro sobre Brujos Blancos del pasado y otro sobre Brujos Negros. Los lee para mí y supongo que también para ella misma. Hay una pila más grande de libros fain: un diccionario, una enciclopedia, unos cuantos libros sobre campismo, montañismo, supervivencia, ese tipo de cosas; y algunas novelas, en su mayoría de escritores rusos. Prefiero los libros de brujos pero Celia dice que me está proporcionando una "educación completa", lo cual suena como una mentira desvergonzada. A veces cuando lee esos otros libros, Celia no parece una Bruja Blanca; parece... casi humana. En este momento está leyendo un libro titulado *Un día en la vida de Iván Denísovich*. Le encantan todos esos libros sobre los gulags. Dice que demuestran cómo hasta los fains pueden sobrevivir en condiciones mucho más duras que las que yo tengo que enfrentar. La manera en la que me lo dice hace que me pregunte si no tiene entre manos algo más cruel.

Té: hacer té, comer, recoger.

Tareas vespertinas bajo techo: por suerte estas son breves en invierno, ya que oscurece temprano y tengo que estar afuera. Pero durante el tiempo que pasamos juntos hablamos sobre el día, lo que he aprendido, cosas así. Celia dice que ella no enseña, ella habla, y yo tengo que aprender escuchando y contestando "usando mi inteligencia". Después de eso, si todavía hay luz, a veces me permite dibujar.

Ejercicios vespertinos al aire libre: en invierno, cuando oscurece temprano, esto dura casi toda la tarde hasta casi entrada la noche. Puedo correr perfectamente en la oscuridad. Aunque no veo, algo me guía y yo me dejo llevar, y sólo corro. Esta es una de las cosas que disfruto sin necesitar un truco.

Además de correr, practicamos combate en la oscuridad. Soy más fuerte y veloz con la luna llena. Si hay luna llena y me mantengo fuera de su alcance, Celia no consigue ganarme. Ya van varias veces que dice: "Buen trabajo. Con eso basta por ahora". Así que creo que es probable que le haya costado un poco de trabajo.

Hora de ir a la cama (a la jaula): si ella está de malas, me pongo yo los grilletes

Noche: dormir casi todas las noches, pesadillas casi todas las noches. Todo va bien si veo las estrellas, pero a menudo está nublado y normalmente estoy demasiado exhausto.

LECCIONES SOBRE MI PADRE

Celia es una ex-Cazadora. No me quiere decir cuándo se jubiló ni por qué. Sólo dice que el Consejo la ha contratado como mi tutora y maestra.

Vigila que no escape y me enseña lucha y supervivencia. Ya hemos pasado del combate sin armas al armado, aunque sólo usemos cuchillos de madera. Pregunté si podíamos practicar con pistolas y me dijo: "Veamos primero si logras dominar el cuchillo", como si fuera una *ninja* experta, cosa que por supuesto resulta ser. Los cuchillos de mentira son todos iguales, inusualmente largos y delgados. Imagino que el Fairborn es así.

Celia también me enseña acerca de Marcus.

Así que parece que todo se dirige en cierta dirección. Al principio no dije nada, me hice el tonto, pero ya no puedo seguirle el juego. Tengo que hacer algún esfuerzo por resistir, y el otro día agarré el toro por los cuernos.

—No voy a matar a mi padre. Lo sabes, ¿verdad?

Me miró sin expresión.

Pero conozco sus miradas sin expresión y sacudí la cabeza.

—No lo voy a matar.

—Tengo instrucciones de decirte estas cosas. Te las digo sin preguntar por qué —me respondió ella.

—Me enseñas a cuestionarlo todo.

—Sí, pero algunos cuestionamientos no recibirán respuesta.

—No lo voy a matar.

—Supongamos que Marcus amenaza con matar a un miembro de tu familia: a Arran, digamos. La única manera en que puedes salvar a Arran es matando a Marcus.

—Supongamos algo más realista. El Consejo amenaza a un miembro de mi familia: a Arran, digamos. La única manera en que puedo evitar que maten a Arran es matando a Marcus.

—¿Y?

—No mataré a mi padre.

—Toda tu familia. Tu Abuela, Deborah y Arran están siendo torturados.

—Sé que el Consejo los mataría a todos. Son asesinos. Yo no lo soy.

Celia arqueó las cejas ante mi respuesta.

—Me matarías para escaparte de aquí.

Le dedico una amplia sonrisa.

Negó con la cabeza.

—¿Y si te amenazaran? ¿Si te torturaran?

—Me amenazan y me torturan constantemente.

Nos callamos.

Me encogí de hombros.

—Además, no soy lo suficientemente bueno para hacerlo.

—No, no lo eres.

—¿Crees que seré bueno algún día?

—Quizá.

—Necesitaré mi Don.

—Es probable.

—¿El Consejo me dará mis tres regalos?

Silencio. Y la mirada más inexpresiva. Había probado antes con esa pregunta sin llegar a ningún sitio.

—¿Qué le pasa a los Brujos Negros si no les dan sus tres regalos? ¿Mueren?

—Sé de una chica, una Whet Negra, que capturaron cuando tenía dieciséis años. El Consejo la tuvo como prisionera sin tratarla mal. Claro, no le dieron los tres regalos. Contrajo una enfermedad de pulmones y también mental. Murió justo antes de cumplir los dieciocho.

¿Sería yo otro experimento para ver qué pasaba? ¿Y qué me pasaría?

Las lecciones sobre Marcus abarcan sus ataques y sus Dones. Hay una enorme lista de brujos que ha matado, con fecha y lugar. Por lugar me refiero a qué país, pueblo o ciudad, pero también si fue adentro, afuera, cerca del agua, montañas, arroyos, ciudades... Por fecha me refiero también a las horas del día o de la noche, las fases lunares, las condiciones climáticas... Hay ciento noventa y tres Brujos Blancos en la lista. También hay veintisiete Brujos Negros, aunque probablemente su lista esté incompleta. Marcus ya tiene cuarenta y cinco años, así que en los veintiocho años que van desde que recibió su Don, lleva un promedio de entre siete y ocho asesinatos al año.

La estadística está bajando, sin embargo; su punto más alto fue cuando tenía veintiocho, con treinta y dos asesinatos ese año. Quizá esté envejeciendo, quizá se esté calmando con la edad, o quizá ya haya asesinado a la mayoría de los que quería matar.

Los Dones de todos estos brujos están en la lista de Celia. No se ha comido todos sus corazones, sólo los de aquellos que tienen los Dones que quiere.

El Don de Marcus, su don original, es que puede transformarse en animal. Le gusta convertirse en felino, en un felino grande. La evidencia de esto proviene de las huellas, de unos cuantos avistamientos a distancia y de los cuerpos de sus víctimas. No hay muchos relatos de supervivientes. De hecho, sólo hay dos: un niño pequeño que se escondió detrás de una estantería, y mi madre. El niño no vio nada pero escuchó gruñidos y gritos. Mi madre dijo que también ella se escondió y que nunca vio a Marcus, así que se trata de una mentira; y aunque la mentira sólo se volvió evidente después de que yo naciera, nunca confesó lo que ocurrió realmente, ni siquiera a Abu.

La mayor parte de los brujos que Marcus asesinó no poseían grandes Dones, principalmente el de preparar pociones, así que no los mató por eso. La mayoría eran Cazadores que trataban de capturarlo, pero había algunos que eran miembros del Consejo y otros Brujos Blancos. Supongo que con ellos tenía sus razones pero Celia no me las revela, aunque lo sepa.

Además del don de preparar pociones, los Dones que ha robado son:

✛ Espirar fuego y lanzar fuego de las manos —del padre de Arran, miembro del Consejo—.

✛ Invisibilidad —del Abuelo de Kieran, Cazador—.

✛ Mover objetos con la mente —de Janice Jones, una anciana y estimada Bruja Blanca, que a mí me parece más una estafadora—.

✛ Predecir el futuro —de Emerald, una Bruja Negra. Me pregunto si lo predijo…

✛ Adoptar la apariencia de cualquier ser humano, hombre o mujer —de Josie Bach, Cazadora—.

+ Volar —de Malcolm, un Brujo Negro de Nueva York; esta habilidad es cuestionable, aunque parece ser que puede dar saltos muy grandes—.
+ Hacer que crezcan o mueran las plantas —de Sara Adams, miembro del Consejo; ¿le gustará la jardinería?—.
+ Emanar electricidad de su cuerpo —de Felicity Lamb, Cazadora—.
+ Sanar a otros —de Dorothy Moss, Secretaria del Líder del Consejo—.
+ Doblar y contorsionar objetos de metal —de Suzanne Porter, Cazadora—.

Y el más extraño de todos:

+ Desacelerar el tiempo —de Kurt Kurtain, Brujo Negro—.

Le pregunto sobre Marcus y sus ancestros. Celia me menciona los nombres de la línea masculina. Es una ilustre lista de poderosos Brujos Negros. Todos tenían el mismo Don, el de convertirse en animal. Aun así, me pregunto si ese será mi Don. ¿Cambiará las cosas tener un lado Blanco?

Y aunque Marcus ya no es un tema tabú, eso no significa que pueda conocer todo sobre él. La mayoría de mis preguntas reciben como respuesta un simple: "Eso no es relevante".

He preguntado sobre:

¿La línea femenina de los ancestros de Marcus? No es relevante.

¿Dónde nació y creció Marcus? No es relevante.

¿Cómo conoció Marcus a mi madre? Bofetada.

Pero sé cómo conoció Marcus a mi madre, aún más, porque cuando regresé de visitar a Mary, Abu me contó lo sucedido. Y me pregunto si Celia sabe en realidad parte de la verdad sobre esa o alguna de mis otras cuestiones.

—¿Cómo crees que controlo mi Don? —me pregunta un día Celia.

Estoy cansado. He tenido que limpiar la estufa hoy además de correr tres veces. Me encojo de hombros.

Cuando me doy cuenta ya estoy en el suelo tapándome los oídos. Ella no usa su Don sobre mí con mucha frecuencia; en general sólo me pega bofetadas.

El ruido se detiene abruptamente y me levanto apoyándome en la estufa. La sangre me chorrea por la nariz.

—¿Cómo controlo mi Don?

Me limpio la nariz con el dorso de mi mano y digo:

—Lo piensas y…

Y estoy en el piso otra vez.

El sonido se apaga y miro la duela. La duela y yo somos viejos amigos. Miro hacia ella para encontrar la respuesta. Pero nunca es muy buena para cosas así.

Me pongo de rodillas.

—¿Entonces?

Me encojo de hombros.

—Simplemente lo haces.

—Sí —me da un palmetazo en la cabeza—. Como golpear. Sé que lo quiero hacer, dónde y a quién, y es casi un reflejo. Lo hago y ya está. No tengo que pensar en levantar mi brazo y mover mi mano—. Y me da otra bofetada.

Me pongo de pie, dando un paso atrás al mismo tiempo que me levanto.

—¿Cómo controla Marcus todos sus Dones? ¿Los que robó? —me pregunta.

—¿Los puede controlar todos?

Celia aprueba con la cabeza cuando me escucha.

—Hay evidencia de que lanza rayos y mueve objetos, salta...

—Algunas personas pueden tocar muchos instrumentos musicales. Simplemente agarran los instrumentos y los tocan. Sin embargo, supongo que tienen que practicar para volverse expertos.

—¿Pero siempre hay uno que les es más favorable? —dice Celia.

—Yo ni siquiera tengo mi Don, ¿cómo podría...?

Esas bofetadas arden de verdad.

Celia también me está enseñando la historia de las brujas. No sé cuánto creer, a menudo me pregunto si debería creer *algo* de lo que me cuenta. En fin, según Celia, hace cientos y miles de años, cuando el mundo no estaba dividido en países sino que estaba habitado por distintas tribus, cada tribu tenía un sanador, un chamán. Pocos sanadores tenían poderes de verdad, pero una, llamada Geeta, era especial: buena, amable y poderosa. Ella sanaba a los enfermos y heridos de su tribu pero también a los de otras tribus.

Esto no le gustaba nada al líder de su tribu, Aster, quien decretó que nadie fuera de la tribu debía ver a Geeta sin permiso previo. La retuvo prácticamente como una prisionera en el pueblo. Geeta quería ayudar a todo el mundo, así que se escapó con la ayuda de uno de sus pacientes, Callor, un guerrero herido de su tribu.

Callor y Geeta se fueron a vivir a una cueva remota. Geeta sanaba a los que iban a verla. Callor cazaba y protegía a Geeta. Estaban enamorados y tuvieron hijos: gemelas, dos niñas idénticas, Dawn y Eve. Geeta las educó a las dos en el arte

·

de la brujería, les dio tres regalos a las dos y su sangre cuando cumplieron diecisiete años. Se volvieron brujas grandiosas.

El viejo líder de la tribu de Geeta, Aster, estaba enfermo y envió un mensaje pidiéndole a Geeta que regresara para sanarlo. Aunque Geeta quería ayudarle, pues ayudaba a todo el mundo, Callor desconfiaba de Aster y convenció a Geeta de que enviara a su hija Eve, la menor de las gemelas, en lugar de ir ella misma. Pero en vez de sanar a Aster, Eve, la despiadada gemela que estaba llena de odio, le echó una maldición y huyó. Aster murió tras un mes de agonía. El hijo de Aster, Ash, se vengó asesinando a Callor y capturando a Geeta y a Dawn.

Cuenta la historia que Dawn, la gemela compasiva, se enamoró de Ash y tuvieron una hija. Esta hija fue la primera de las Brujas Blancas.

Eve deambulaba de tribu en tribu. También ella tuvo una hija, que se volvió la primera de las Brujas Negras.

—¿Crees esa historia? —le pregunté a Celia.

—Es nuestra historia.

—La historia según los Brujos Blancos.

Hoy, los Brujos Negros se burlan de los Brujos Blancos por vivir muy cerca de las comunidades fain, fingiendo ser fain. Creen que los Brujos Blancos se están volviendo más débiles, más como los fain, con necesidad de tener pistolas para matar, y de usar teléfonos para comunicarse.

Y los Brujos Blancos odian a los Brujos Negros por su anarquía y locura. No se integran dentro de las comunidades fain, pero tampoco tienen una comunidad propia. Sus matrimonios no perduran, y a menudo terminan en violencia abrupta. Usualmente viven solos, odian a los fain y su tecnología. Sus Dones son poderosos.

Celia no me habla de la línea femenina de mis ancestros Negros pero me ha dado los nombres de la línea masculina. Es una lista ilustre pero deprimente. Todos fueron Brujos Negros poderosos y ninguno murió apaciblemente a una edad avanzada. Mi bisabuelo Massimo se suicidó, así que se podría decir que no lo asesinaron los Brujos Blancos, pero hay una tendencia clara en esa dirección:

- Axel Edge —padre de Marcus— murió en las celdas del Consejo bajo Castigo.
- Massimo Edge —padre de Axel— se suicidó en las celdas del Consejo.
- Maximilian Edge —el padre de Massimo— murió en las celdas del Consejo bajo Castigo.
- Castor Edge —padre de Maximilian— murió en las celdas del Consejo bajo Castigo.
- Leo Edge —padre de Castor— murió en las celdas del Consejo bajo Castigo.
- Darius Edge —padre de Leo— murió en las celdas del Consejo bajo Castigo.

Celia dice que el nombre del padre de Darius no está del todo claro, ya que esto sucedió en la época en que se estableció el Consejo de Brujos Blancos como organización formal, y los registros antes de ese tiempo son muy deficientes. Pero a partir de las historias, se pueden agregar a la lista unas cuantas generaciones más con certidumbre razonable, las cuales son:

- Gaunt Edge —padre de Darius— asesinado por Cazadores en Gales.

.✹ Titus Edge —padre de Gaunt— asesinado por Cazadores en los bosques de algún lugar de Gran Bretaña.

.✹ Harrow Edge —padre de Titus— asesinado por Cazadores en alguna parte de Europa.

—¿Alguno de mis ancestros vivió una vida larga y feliz? —le pregunté a Celia.

—Algunos vivieron hasta los cincuenta y tantos años. No sé qué tan felices fueron.

Así que no es de extrañar que mi padre sea un poco cauteloso. Y pienso en mis ancestros, y en todo su dolor y sufrimiento, y todavía no entiendo por qué. Simplemente no lo entiendo. Me encierran en una jaula y nada de esto tiene sentido. No quiero vivir en una jaula, no quiero morir en una jaula, no quiero que me torturen y no quiero matar a mi padre. No quiero nada de eso, pero simplemente todo sigue y sigue y sigue.

Me pregunto si alguna vez tuviera un hijo, qué le depararía el futuro. Quizá haría lo que Marcus hizo conmigo, dejarlo y esperar a que de alguna manera tuviera un mejor futuro sin mí. Y sin embargo aquí estoy, encadenado en una jaula, y sé que no hay esperanza y no hay esperanza y no hay esperanza.

Pero incluso con todo este sufrimiento y dolor y crueldad, pienso que quizá mis ancestros sí encontraron la felicidad, aunque sólo fuera por un tiempo breve. Creo que yo soy capaz de eso y que también ellos deben haberlo sido. Eso espero. Eso espero. Eso espero. Porque si voy a morir en una celda quiero tener algo primero. Y pienso en Arran y Annalise, y en estar en Gales y en correr; y cada aliento, cada aliento debe ser precioso y valer la pena y convertirse en algo importante.

FANTASÍAS SOBRE MI PADRE

La rutina me mantiene ocupado y cansado, pero aún hay momentos en los que estoy en la jaula y no me siento de humor para subir por las nubes o hacer más dominadas, así que simplemente pienso.

Todavía me gusta imaginarme a mi padre que viene a rescatarme el día de mi decimoséptimo cumpleaños. Estoy acostado aquí en la jaula todo encadenado y hay un silencio, y luego un sonido distante: no es el viento, no son truenos, sino su furia y su ira. Aparece sobre las colinas al oeste y está volando, no en una escoba o en un caballo, sino de pie como si estuviera en una tabla de surf, aunque no hay ninguna tabla de surf o es invisible, y está volando hacia mí, vestido de negro. El ruido crece, y la jaula simplemente estalla en pedazos y se caen mis grilletes. Él vuela alrededor y desacelera y yo salto sobre mi propia tabla de surf invisible y me voy volando con él. Es la mejor sensación del mundo estar con mi padre y volar, y dejar atrás para siempre la jaula rota.

Vamos a las montañas en donde vive y el lugar es exuberante y verde, casi tropical. Ahí, entre los viejos árboles y piedras cubiertas de musgo, junto a un arroyo cristalino, nos sentamos, y estando ahí con mi padre, me da los tres Regalos —un cuchillo, un anillo y un beso—, y bebo la sangre tibia de su mano y él susurra las palabras secretas en mi oído, y permanecemos juntos para siempre, cazando y pescando y viviendo en el bosque.

Supongo que esa es mi fantasía principal: a la que regreso una y otra vez.

También tengo otras fantasías; Annalise es la protagonista de la mayoría de ellas, y hay mucha piel y sudor y besos y lenguas. Casi siempre me imagino que estoy con ella en la losa de arenisca; ella lleva puesto el uniforme de la escuela, Kieran nunca nos pudo encontrar, y yo la beso y la desvisto, lentamente y con delicadeza, desabrocho su blusa y su falda, y le beso la piel por todas partes.

Mi otra fantasía es bastante parecida: Annalise y yo estamos en la misma losa de arenisca y ella me desviste a mí, me quita la camiseta, desabrocha mis *jeans* y me besa el pecho, el vientre, mi piel por todos lados.

Luego hay variaciones: ella me desviste en una ladera en Gales; me desviste en una playa; me desviste bajo el sol, bajo la luz de la luna, bajo la lluvia, en el lodo y en los charcos.

En esas fantasías no tengo cicatrices.

La variante más reciente es que estoy en mi jaula y la hago estallar en pedazos con sólo pensarlo, luego aparece Annalise y nos besamos y la desvisto y la beso por todos lados, y ella me desviste y me besa el pecho, el vientre y la espalda. Tengo todas mis cicatrices pero no le importa, y hacemos el amor en mis pieles de oveja, rodeados de los pedazos rotos de jaula.

Esta es buena. Me gusta que no le molesten mis cicatrices. No creo que en realidad le gustaran, pero quizá no le molestarían demasiado.

Y luego está la fantasía a la que no me gusta recurrir demasiado, pero a veces no lo puedo evitar. En ella vivo en una cabaña enclavada en un valle hermoso, junto a un río poco profundo y de gran cauce, que es tan limpio y cristalino que resplandece incluso de noche. Las colinas están cubiertas de árboles verdes que casi cantan de vida, el bosque está lleno de pájaros y animales, y mi mamá y mi papá están vivos y viven en la cabaña, y yo vivo con ellos. Allí paso el tiempo con mi papá y no dormimos en la cabaña, dormimos en el bosque y cazamos y pescamos juntos. Pero también pasamos tiempo con mamá; ella cría gallinas y cultiva verduras. Los veranos son calientes y soleados, y los inviernos son fríos y con nieve, y vivimos juntos para siempre. Mi mamá y mi papá envejecen juntos y son felices, y yo me quedo con ellos y cada día es eternamente hermoso.

REFLEXIONES SOBRE MI MADRE

Cuando regresé de casa de Mary, Abu me contó que Marcus y mi madre estaban enamorados. Pero mi madre sabía que estaba "mal" amar a un Brujo Negro. Se sentía culpable. Se casó con Dean, tuvo sus hijos y trató de ser feliz, pero realmente desde el momento en que conoció a Marcus estuvo enamorada de él.

Me pregunto si todavía amaba a Marcus después de que matara a su marido, el padre de sus hijos.

Supongo que cuando Dean descubrió a Marcus y mi madre juntos debió haber alguna trifulca. El Don de Dean era el de lanzar llamas con sus manos y su boca, aunque al final no le sirvió de mucho, ya que a Marcus debió haberle apetecido tener esa habilidad y tomó el Don de Dean.

¿Cuándo terminaron las llamas? ¿Acaso con su último respiro?

¿Y dónde estaba mi madre mientras todo esto sucedía? ¿Estaba con ellos? ¿Vio a mi padre comerse el corazón vivo de su marido?

¿Y fue fácil suicidarse sabiendo que ella había amado a alguien que podía hacer algo semejante? Ella amaba a una persona que mataba a hombres, mujeres y niños, que asesinó al padre de sus hijos. Ella amaba a alguien que se comía a la gente. Y cuando ella me miró a mí, su hijo, el hijo de Marcus, y vio que me parecía a él, ¿se preguntó de qué sería yo capaz?

EVALUACIONES

Ahora tengo una Evaluación mensual. Celia la lleva a cabo.

Comienza por pesarme, medir mi estatura y tomarme fotos. No me deja ver las medidas ni las fotos.

Después vienen las pruebas físicas: correr y hacer el circuito de entrenamiento. Todos los resultados los anota. No me muestra ninguno de ellos.

Después de eso tengo que pasar algunas pruebas de memoria, inteligencia general y matemáticas. Soy bastante bueno para eso.

También me toca hacer ejercicios de lectura y escritura, cosa que Celia dice que tenemos que hacer, aunque los dos sabemos cuáles serán los resultados.

Eso es todo.

Al día siguiente me deja en la jaula, encadenado. Por la mañana se va en el coche y regresa al final de la tarde. No sé si se reúne con alguien. A veces le pregunto pero ignora mis preguntas.

El otro cambio, que apenas le acaban de comunicar a Celia, es que no tengo que ir al edificio del Consejo para mi Evaluación anual. Para mi decimosexto cumpleaños el Consejo vendrá hasta aquí. Parece ser que debo darles la mejor impresión posible.

PUNK

—¿Qué estás tratando de hacer?

—¿Eh?

—Con eso —Celia gesticula hacia mi cabeza con un movimiento ligero de la suya.

Le devuelvo una amplia sonrisa.

Una vez al mes, antes de la Evaluación, me permite usar el baño de la cabaña para asearme a conciencia. Hay agua caliente, de un color café turbio, y jabón. Me rasuro los pelos que brotan sobre mi labio y mi barbilla. El rastrillo es una porquería desechable: si habláramos de armas, un lápiz sería más letal. Celia me corta el pelo una vez al mes, para mantenerlo corto, pero hoy me he rapado los lados como un mohicano.

—Deberías de rasurártelo todo. Parecerías un monje.

—¿Una apariencia que transmitiría mi pureza y mi santidad, y que estoy en busca de la Verdad?

—Una apariencia con la que creerían que eres sumiso y apacible. Un novicio.

—En realidad no es mi estilo.

—Sería mejor que no los provocaras.

Celia quiere que la prueba me sea favorable. Le hará quedar bien, supongo.

Me siento a la mesa.

—¿Y ahora qué?

—Ahora te espero aquí hasta que vuelvas adentro y te afeites ese desastre.

—No tienes sentido del humor.

—Estás ridículamente chistoso, en eso te doy la razón, pero sería más fácil que te lo afeitaras todo voluntariamente.

Vuelvo a entrar al baño. Mi reflejo es extraño. El pelo está bien, soy un mohicano melenudo. Pero no me reconozco. Supongo que no estoy acostumbrado a mirarme en el espejo. Me miro mientras acaricio mi pelo en el espejo, veo cómo mi mano derecha con cicatrices lo empuja hacia atrás, pero el rostro no se parece al mío. Sé que soy yo por la cicatriz en el pómulo que me hizo Jessica, y por la otra junto a mi oreja, blanca con los puntos negros de mi cuero cabelludo rapado, por donde me agarró Niall. Pero veo mi cara distinta de como la imaginaba. Más vieja. Mucho más vieja. Mis ojos son grandes y negros, e incluso cuando sonrío no hay rastro de sonrisa en ellos. Se ven ahuecados, con triángulos negros que rotan lentamente. Me inclino hacia el espejo y trato de ver dónde terminan mis pupilas y comienzan mis iris, y mi frente golpea el vidrio. Doy un paso atrás, hasta la parte trasera del baño, me volteo y vuelvo a voltear rápidamente, tratando de atrapar algo, una luz quizá. Pero atrapo nada.

—¿Por qué tardas tanto? —grita Celia.

Levanto el rastrillo y luego lo bajo.

Un minuto después salgo.

Se ríe y después se detiene y dice:

—Ya estás siendo ridículo. Quítatelos.

Le sonrío ampliamente y me toco la ceja. La he perforado con dos pequeños aros metálicos. También tengo uno en la aleta derecha de la nariz y otro más grande en el borde izquierdo de mi labio inferior.

—Todo forma parte del *look* punk —recorro mis dedos alrededor del collarín—. Quedaría mejor con alfileres de seguridad.

—¿De dónde has sacado esa cosa que llevas en tu labio?

—Todos son de la cadena del tapón.

—¿Por qué no te pusiste el tapón también? Para que de una vez parezcas completamente desquiciado.

—Eres demasiado vieja para entenderlo.

—¿Podemos volver a mi primera cuestión? *¿Qué quieres lograr?*

Miro por la ventana, a las colinas y a las nubes altas de color gris pálido que filtran el color de todo lo demás.

—¿Entonces?

—Dejar de ser perseguido. Ser libre —lo digo inexpresivamente.

Silencio.

—¿Crees que alguna vez lo conseguiré?

Nada se mueve afuera; el brezo sobre las colinas está impasible ante el viento y las nubes inmóviles.

Después, por la noche, hago un dibujo. Lo hago a lápiz porque la tinta se nos acabó y ya no uso carboncillo. El lápiz está bien. He dibujado animales y plantas que veo por aquí. Celia ha guardado unos cuantos para mostrarles a los Consejeros. Me siento tentado de preguntar: "¿Qué quieres lograr con eso?", pero no me molesto porque sólo me dirigiría una mirada inexpresiva.

Esta noche dibujo a Celia. Odia que la dibuje, lo cual forma parte de la diversión. Con verrugas y todo, ese es mi método. Sin compasión. Después lo quemará. Siempre quema sus retratos. No lo tomo como un insulto artístico; el problema reside en el original.

Hago autorretratos, pero sólo de mi mano derecha. La piel derretida parece como gotas de óleos espesos que terminan en una redonda masa amorfa que no han terminado de solidificarse. La piel del dorso de mi mano, entre las suaves gotas, está agrietada y se levanta como pintura vieja. Mi mano es puro arte.

Hace unas semanas hice un dibujo de mi mano sosteniendo una daga larga y esbelta. Pensé que Celia iba a desmayarse después de aguantar la respiración tanto tiempo. Recogí el papel y lo estrujé diciendo que era "basura", y lo tiré al fuego antes de que me pudiera detener. No lo he vuelto a hacer, no fue tan chistoso.

Mis paisajes son una reverenda basura. No logro hacerlos nada bien, y mis edificios son aburridamente malos. Sin embargo supe capturar la esencia de la jaula. Su negrura succionadora, esa cualidad para mantenerte humillado. Conozco tan bien esa jaula. Le dije a Celia que le deberíamos mostrar ese dibujo al Consejo. No respondió, y desde entonces no he visto el dibujo. Supongo que lo ha quemado.

—Llegarán bien entrada la mañana —dice mientras dibujo—. Te pesaré y te tomaré las fotos antes de que lleguen.

—¿Nerviosa?

No me contesta y me echo hacia atrás, anticipando una bofetada, pero no muerde el anzuelo.

—No lo echaré a perder. No te preocupes. Seré un buen chico y responderé a todas sus preguntas con diplomacia. Y no les escupiré hasta el final.

Celia suspira.

Nos quedamos callados otra vez, mientras intento dibujar su cabello. Creo que se le está cayendo; quizá sea por la preocupación.

—¿Estarás presente cuando hagan la Evaluación?

—¿Tú qué crees?

—Probablemente no... Definitivamente no.

—¿Entonces por qué preguntas?

—Sólo trato de conversar.

—Entonces esfuérzate.

En ese momento dibujo su boca. Tiene un enorme rictus que de alguna manera hace que sus grandes y feos labios parezcan más interesantes. Me gustaría dibujarla de pie en posición de firmes afuera de mi jaula, con la llave en la mano y con esa mirada que a veces tiene en el rostro, que es casi de compasión. Es la razón por la que hace este trabajo, creo.

—¿Entonces? —pregunta.

—¿Entonces qué?

—Sé que quieres preguntarme algo.

¿Cómo lo sabe?

—Pum. Bueno. Me preguntaba... ¿Cómo es que te dieron el trabajo de ser mi celadora?

—Maestra y tutora.

—Supongo que no se presentaron muchos candidatos —ahora estoy terminando su boca, pero la curva hacia abajo del original se ha suavizado.

Se gira hacia mí, interrumpiendo la postura que guardaba.

—Me parece que fui su primera opción para el puesto.

—Su única opción, querrás decir.

Me espero, pero no revela nada.

—Y tu vida está tan vacía que debe ser gratificante sentarte en medio de la nada y ejercer de carcelera de un niño inocente.

Comienza a sonreír en serio cuando digo eso.

—Y apuesto a que la paga no es tan buena.

Asiente un poco.

—Encarcelar, golpear, dejarle cicatrices físicas y mentales a un niño que todavía no ha cumplido los dieciséis años... un niño que nunca ha hecho nada malo... Todo forma parte de las ventajas de este trabajo.

—Sí —dice—. Todo son ventajas.

La sonrisa desaparece y el rictus no vuelve. Retoma su pose anterior y no me mira cuando dice:

—Marcus mató a mi hermana.

Su hermana debe de estar en la lista. No conozco el apellido de Celia. Se lo he preguntado antes pero parece ser que no era relevante.

—¿Qué Don tenía?

—Preparar pociones.

Asiento.

—¿Marcus puede hacer tu cosa... tu Don... con el ruido?

—¿Está en la lista?

—Deberías cuidarte. Apuesto a que le gustaría tenerlo.

Nuevamente nos quedamos callados.

Tenía la impresión de que Celia tenía un problema conmigo, o más bien con que yo fuera el hijo de ya-sabes-quién. No lo adiviné al azar. Hay que reconocerlo, lo más normal es que conociera o estuviera emparentada con alguien de la lista.

—No soy Marcus —le digo.

—Lo sé.

—Yo no maté a tu hermana.

—Es injusto, ¿verdad? Pero creo que existe una oportunidad, aunque sea muy pequeña, de que le importes y de que le fastidie que su hijo esté aquí.

—¿Sabe que estoy aquí?

—No, no he querido decir aquí. Este lugar está bien escondido, incluso de sus habilidades —estira su cuello y sus brazos—. Me refiero a que sabrá que te tenemos encerrado. Y supondrá que no estás en condiciones de lujo. Odiaría decepcionarlo en ese sentido.

—¿Entonces por qué no dejarme en la jaula todo el día? No puedes pensar en serio que alguna vez sería capaz de matarlo. Este entrenamiento es estúpido.

Se levanta y camina por la habitación. Normalmente eso es señal de que no quiere responder la pregunta.

—Quizá, pero dejarte en una jaula todo el día sería cruel.

Estoy tan asombrado que no comienzo a reír hasta que pasan uno o dos segundos. Cuando logro calmarme digo:

—Me golpeas. Llevo puesto un collarín que puede matarme. Me encadenas de noche en una jaula.

—Estás bien alimentado. Estás sentado aquí dibujando.

—¿Y se supone que debo estar agradecido?

—No. Se supone que debes sentarte ahí con la barriga llena y dibujar.

—Ya lo he terminado —le digo y lo deslizo al otro lado hasta donde está ella.

Levanta el papel y le da la vuelta para estudiarlo. Un minuto después lo enrolla bien y lo echa al fuego.

Levanto el lápiz de nuevo y comienzo otro. Esta vez me dibujo a mí mismo, mi rostro como lo vi en el espejo pero incluso más mayor, como me imagino que será Marcus. Celia está mirando de cerca. Apenas respira. Nunca antes lo he hecho. Plasmo las profundidades de sus ojos como las de los míos, exactamente como las de los míos. No los puedo imaginar más negros.

Cuando termino no me siento tan satisfecho. Me ha quedado demasiado guapo, demasiado bueno.

—Quémalo —le digo—. No me ha salido bien.

Celia estira la mano para tomarlo y emplea más tiempo en estudiarlo que con su propio retrato. Luego lo saca del cuarto.

—No significa que ese sea su aspecto —le digo de lejos.

No contesta.

Guardo los lápices, la goma y el sacapuntas en una lata vieja. La tapa se cierra con presión y eso es todo. Celia regresa para sentarse frente a mí otra vez.

—¿Alguien ha estado cerca de atraparlo alguna vez? —pregunto.

—¿Quién sabe qué tan cerca hayan podido estar? Nadie lo logra. Es muy bueno. Muy cuidadoso.

—¿Crees que lo atraparán algún día?

—Cometerá un error, sólo hace falta uno, y lo atraparán o matarán.

—¿Me están utilizando como carnada para atraparlo?

—Imagino que eso es lo que hacen —suena complacida al responderme.

—¿Pero no sabes cómo? ¿De qué manera? —digo.

—Mi trabajo es ejercer de guardián y maestra tuya. Eso es todo.

—¿Hasta cuándo?

—Hasta que me digan que termine.

—¿Qué pasará conmigo si lo atrapan?

Empuja su labio inferior hacia fuera. Es enorme y plano. Lo retrae lentamente de nuevo hacia dentro, pero no dice nada.

—¿Me matarán?

El labio vuelve a salir pero regresa adentro rápidamente esta vez y dice:

—Quizá.

—Aunque yo no haya hecho nada malo.

Se encoje de hombros.

—Más vale prevenir, ¿eh?

No contesta.

—¿Qué harías si te dijeran que me mataras? ¿Si te dijeran: "Métele una bala en el cerebro a ese Código Medio"? —imito una pistola con mímica, apuntando con un dedo el lado de mi cabeza y reproduciendo el sonido de un disparo.

Se levanta y se pone a mi espalda, empuja un dedo con fuerza contra mi nuca y hace el mismo sonido.

No duermo bien. No hace frío. No sopla el viento, ni una brizna. Las nubes están inmóviles. No llueve.

Estoy nervioso por ver al Consejo. Mis manos están temblando. Nervios, sólo nervios.

Todavía puedo sentir el dedo de Celia en mi nuca. Sé que pueden matarme en cualquier momento. Quién lo haría y cómo es irrelevante; el resultado final es el mismo. Pero aun así, la idea de que fuera Celia me afecta. Sé que lo haría. Tendría que hacerlo, o alguien se lo haría a ella.

El truco está en disfrutarlo. ¿Cómo disfrutas de eso?

Tienes que encontrar una manera.

Celia me ha dicho que Annalise está ilesa, al igual que Deborah, Arran y Abu, pero eso podría cambiar en cualquier momento. Cuando esté muerto ellos estarán a salvo.

Ese es el lado positivo.

Puedo disfrutar el pensamiento de que todos estén bien, vivos y seguros.

Annalise está en el bosquecillo, corriendo por ahí, sonriendo, riendo, escalando el risco de arenisca. La quiero ver y

205

volver a tocar su piel; quiero que me bese los dedos, la cara, el cuerpo. Y ahora sé que nunca sucederá y que en lugar de eso, estará con algún Brujo Blanco de mierda que le pondrá sus zarpas encima. ¡Disfruta de eso!

Deborah se casará con un buen tipo, tendrá hijos y será feliz. Puedo imaginarlo. Eso es cierto. Tendrá tres o cuatro hijos, será una excelente mamá y todos serán felices. Abu vivirá tranquilamente en su casa, tomando té y alimentando a los pollos.

Son buenos pensamientos. Y luego recuerdo a Abu y Deborah llorando en el descansillo. Pero sus lágrimas se secaron esa vez y se volverían a secar; quizá ya lo hayan hecho. Quizá piensen que ya estoy muerto.

No creo que Arran piense que estoy muerto. Lo recuerdo acariciando mi pelo hacia atrás y diciendo: "No podría soportarlo". Su pie cuelga de la cama, las puntas de mis dedos besan su frente, y yo estoy llorando.

UN CAZADOR

A cabo de cumplir dieciséis años. Celia me pesa, me mide y me afeita la cabeza.

Es media mañana y estoy de vuelta en la jaula, encadenado. Supongo que Celia piensa que esto le hará parecer meticulosa.

Un *jeep* aparece en el sendero. Tras un año de silencio parece grotescamente ruidoso. Al acercarse suena más y más fuerte. Al fin se detiene y se bajan.

La Líder del Consejo no se ha molestado en venir y tampoco la otra mujer. Pero el tío de Annalise, Soul O'Brien, está aquí, y con él hay otros dos hombres. Uno más o menos joven de pelo oscuro, vestido con botas nuevas para escalar, *jeans* y una reluciente chamarra impermeable. Está tan pálido que parece que hace años que no le da el sol. Por el contrario, el otro hombre parece como si hubiera pasado la vida afuera. Su pelo rubio está entremezclado con canas. Es alto, musculoso y viste de negro, lo cual da un indicio de lo que es. Aunque es fácil adivinarlo. Tienen esa manera de mirar a todos los demás con desprecio, incluso a los Consejeros.

Celia acude a darles la bienvenida. Me pregunto si les dará un saludo o la mano. Ni lo uno ni lo otro.

Vienen a verme. Estoy enjaulado. El Cazador tiene ojos azul pálido que casi no son azules por todas las esquirlas plateadas que hay en su interior.

Me miran, después me dan la espalda, contemplan el paisaje y entran.

Tras eso comienza la rutina de siempre para las Evaluaciones. Me están esperando.

Celia viene por mí. No dice nada, únicamente le quita la llave a la jaula y abre paso hacia la cabaña. Se detiene junto a la puerta delantera. Al pasar junto a ella, entro y me pregunto si me deseará buena suerte, pero no está tan nerviosa.

Los tres visitantes están sentados a la mesa de la cocina. Yo estoy de pie, claro. Afuera, Celia pasa por la ventana, caminando de un lado a otro.

El tío de Annalise hace todas las preguntas y toma apuntes. El mismo tipo de preguntas que Celia me hace cada mes. Se retuerce cuando trato de realizar la lectura, pero en general su expresión es de aburrimiento. No se apresura en ningún momento y finalmente pasamos por todas las pruebas mentales.

—Hasta aquí las preguntas —dice.

No habla conmigo sino con el Cazador. El Cazador todavía no ha dicho nada. Ni a mí, ni a ellos.

Se levanta y camina alrededor de mí, mirándome de pies a cabeza. Es más alto que yo, aunque no mucho más, pero es corpulento. Su pecho es el doble de grueso que el mío, y su cuello es enorme.

Se coloca detrás de mí y me habla en voz muy baja, cerca de mi oído, de manera que puedo sentir su aliento.

—Quítate la camisa.

Hago lo que me pide. Lentamente, pero lo hago.

El tercer hombre, el de pelo oscuro, se levanta y camina alrededor de mí para examinarme la espalda. Agarra mi brazo y tengo que hacer un gran esfuerzo para no apartarme. Sus dedos están sudados, débiles. Me gira la mano y mira las cicatrices de mis muñecas.

—Sanas bien. ¿Y rápidamente?

No estoy seguro de qué decir.

—Vamos afuera y comprobémoslo —dice el Cazador. Vuelvo a sentir su aliento en mi cuello.

El Cazador habla con Celia. Ella asiente y camina hacia la zona donde practicamos defensa personal.

—Muéstrame lo que puede hacer —dice el Cazador.

Celia y yo hacemos un poco de *sparring*.

El Cazador dice que paremos y llama a Celia a su lado para decirle algo al oído.

Celia vuelve conmigo y compruebo que está seria. Peleamos. Me gana; dejo que se acerque demasiado. Me sangra la nariz y tengo el ojo hinchado.

Ahora me convocan a mí. El hombre de pelo oscuro me quiere ver sanar. Lo hago, lentamente.

Pienso que eso va a ser todo, pero el Cazador habla con Celia y después se gira hacia mí y dice:

—Haz el circuito exterior.

Marco un paso razonable. No tiene ningún sentido matarme.

Cuando regreso, el Cazador nos pide que Celia y yo volvamos a luchar. Pero esta vez Celia está armada con un cuchillo. Vuelve a ganar. Me hace una cortada en el brazo. Tengo que sanarla a petición del hombre de pelo oscuro.

—Vuelve a hacer el circuito exterior —esta vez lo dice el hombre de pelo negro.

Hago lo que me piden. No me esfuerzo demasiado, porque estoy bastante seguro de que me darán otra paliza al final de esto.

Correcto. Y Celia vuelve a ganar. Es obvio que le han dicho que no se reprima. Me acuchilla en el muslo. Profundamente. Ahora sí que estoy enojado. Lo sano y...

—Vuelve a hacer el circuito exterior.

Lo hago pero no pienso en la carrera, sólo pienso en ese hombrecito de pelo oscuro que está ahí de pie, sonriendo.

Esta vez, cuando regreso, también el Cazador sonríe.

Tengo un mal presentimiento.

Debo volver a luchar con Celia. He hecho el circuito tres veces y me han dado tres palizas hoy. Me esfuerzo al máximo por mantenerme fuera del alcance de Celia, y hasta logro patearla, pero cuando quedo arrinconado cerca del Cazador, este me empuja hacia Celia y todo termina ahí. Estoy en el suelo. El Cazador se acerca y me patea con fuerza en las costillas. Y otra vez. Sus botas son como bloques de cemento.

—Levántate y haz el circuito exterior.

Sé que tengo algunas costillas rotas. Él lo sabe también, supongo.

Las sano y me levanto lentamente.

En ese momento me pega y me vuelve a tirar al suelo. Más patadas. Más costillas rotas. Me quedo tirado en el suelo.

—He dicho que te levantes y hagas el circuito exterior.

Puedo sanar pero no tanto. Mi habilidad se está agotando. Me pongo de pie lentamente. Después vuelvo a salir, lentamente otra vez.

Me digo a mí mismo que debo relajarme mientras corro. Olvídate de ellos. Finge que no existen. Hago el circuito pero las costillas apenas han sanado cuando termino.

El hombre de pelo oscuro se acerca y me mira el pecho. Los moretones han desaparecido.

Entonces se acerca el Cazador, quien lleva una especie de cachiporra. Miro a Celia, pero ella dirige su mirada al suelo.

Cuando termina me quedo ahí tendido. La cachiporra me ha producido algo extraño. No creo que se me haya roto algo pero me siento raro.

El hombre de pelo oscuro se para sobre mí.

—¿Puedes sanarte? —me pregunta—. ¿Te puedes levantar?

Sí, me puedo levantar. Me pongo de rodillas pero entonces todo gira a mi alrededor y lo que quiero es volver a acostarme.

Cuando vuelvo a abrir los ojos, Celia está agachada junto a mí.

—¿Se han ido ya? —le pregunto.

—Sí.

—Sólo quiero descansar aquí.

—Está bien.

Para cuando llega la tarde ya estoy completamente sanado, y estoy disfrutando de raciones extra de estofado y pan. Celia está callada, y me observa comer.

—Típicos Brujos Blancos, esos de antes. Naturalezas amables, gentiles, sanadoras —digo.

Celia no contesta.

—No me habría importado pero ni siquiera les escupí.

Celia sigue sin contestar así que intento otro método.

—No soy tan importante; la Líder del Consejo ni siquiera se molestó en venir.

—¿Sabes quién es el hombre rubio?

Me encojo de hombros.

—Es Soul O'Brien. Lo han nombrado recientemente Líder Sustituto del Consejo.

Asiento. Es interesante, el tío de Annalise está llegando lejos.

—¿Quién era el cazador?

Celia suelta una carcajada breve, y paro de comer para mirarla.

—Pensé que lo sabías. Ese era Clay.

—¡Oh! —el líder de los Cazadores ha venido a echarme un vistazo––. ¿Y el tipo de pelo oscuro? ¿Quién es?

—Dijo que se llamaba señor Wallend. No lo había visto antes.

Termino mi estofado y limpio el tazón con lo que queda de pan. Después aparto el tazón a un lado y digo:

—Decidí dejarte ganar todas las peleas para que no quedaras tan mal parada.

—Qué considerado.

—Pero no deben haberse quedado muy impresionados. Conmigo, digo. Si no puedo darte una paliza a ti, entonces no voy a estar a la altura de Marcus.

—Puede ser.

—Y ni siquiera traté de golpear a Clay.

—Sabia decisión.

También yo lo pienso, pero aun así, de haber sabido que era él…

—¿Qué? —pregunta Celia.

No lo sé… No sé cómo me siento con respecto a Clay excepto para decir:

—Él mató a Saba, la madre de Marcus, mi Abuela.

—Sí, y Saba mató a la madre de Clay —asiente Celia.

Asiento.

—Tu madre… —Celia dice esto y titubea. No la miro, no puedo arriesgarme a romper la cuerda floja de confesión en que se balancea—. Tu madre le salvó la vida a Clay una vez. Quedó muy herido por un Brujo Negro, el veneno le carcomía el hombro. Tu madre fue la única persona capaz de sanarlo. Habría muerto sin su ayuda.

Todavía sigo sin mirar a Celia. No hay nada que se pueda responder a eso.

—Tu madre tenía un Don excepcional para sanar. Verdaderamente excepcional.

—Me lo dijo mi Abuela —aunque nunca me contó esa historia.

—Les interesa tu habilidad para sanarte.

—¿Y? —ahora me vuelvo a mirar a Celia.

—Creo que ya has sanado lo suficiente como para poder lavar los platos.

ABU

Pasan los meses después de mi Evaluación; la rutina es la de siempre. Llega el otoño, las noches se alargan, y me siento bien. Invierno. Nieve. Vientos. Estoy más fuerte que nunca. No me molesta la lluvia. La escarcha es hermosa. Tengo los pies tan curtidos como el cuero.

La nieve se derrite aunque quedan algunos cúmulos en algunos huecos. El sol irradia cierta tibieza, pero me tengo que quedar muy, muy quieto para que mi piel la absorba.

Ya sólo faltan meses para que cumpla los diecisiete años.

Celia jamás habla sobre mi cumpleaños. Le pregunto a menudo, pero no me dice nada.

Un día estoy adentro, haciendo pan. Celia está sentada a la mesa de la cocina, escribiendo.

Vuelvo a intentarlo, con una pregunta ya trillada:

—En mi cumpleaños, ¿me darán mis tres regalos?

Celia no contesta.

—Si quieres que mate a Marcus voy a necesitar mi Don.

Sigue escribiendo.

—¿Mi Abuela me dará mis tres regalos?

Sé que no dejarán que me acerque a ella, ni en un millón de años.

Celia levanta la mirada, abre la boca como para responder pero la vuelve a cerrar.

—¿Qué?

Baja la pluma.

—Tu Abuela.

—¿Qué?

—Murió hace un mes.

¿Qué? ¡Hace un mes!

—¿Y olvidaste mencionarlo hasta ahora?

Podrán decírmelo todo o no decirme nada, ¿pero cómo saber qué es cierto?

Arrojo la masa al suelo.

—Se supone que no debo decir nada.

Así que Celia está siendo considerada conmigo, y hasta donde sé, eso también es mentira. Y Abu está muerta. Eso es seguro. La habrán matado u obligado a suicidarse, y a todos los demás los pueden matar también si quieren.

—¿Y Arran?

Me arroja una mirada sin expresión.

Pateo la silla y la tiro, la levanto y la golpeo con fuerza contra el suelo.

Harán lo que les dé la gana, y los matarán a todos, y los odio, los odio, los odio. Y vuelvo a golpear la silla con fuerza.

—Te voy a tener que meter en la jaula si sigues así...

Tiro la silla y salto sobre Celia, gritando.

Me despierto en la jaula con los grilletes puestos.

VISITANTES

Estoy recolectando huevos unas cuantas semanas después de que Celia me contara lo de Abu. Pienso en Abu y sus gallinas y cómo trataban de meterse en casa, y Abu con su sombrero de apicultora, levantando los panales...

Pongo la canasta de huevos en el suelo y escucho.

Escucho con todas mis fuerzas.

Un sonido tenue, no del todo cercano; distante, en algún lugar de las colinas.

De repente, un estrépito desde la cocina.

Corro por la pared y de ahí salto sobre la jaula y miro al sudoeste, el lugar de donde vendría Marcus en mi fantasía.

Las colinas se quedan ahí, en silencio, sin revelar nada. Me giro, mirando y escuchando, aguantando la respiración.

Eso no es el viento.

Es un rugido, un rugido distante.

Celia me clava la mirada desde la ventana de la cocina. No lo ha escuchado pero sabe que está pasando algo, porque estoy trepado en la jaula. Desaparece y vuelve a aparecer en la puerta delantera. Y ahora está ahí, ese sonido inconfundible.

No es mi padre. Un vehículo.

—¡Métete en la cabaña! —me grita Celia.

Aparece un todoterreno, como un cubo negro distante que se mueve por el sendero.

—¡Bájate de la jaula!

Pero si se trata de gente, gente de verdad —fains, senderistas, vacacionistas— entonces debo de poder hacer algo. Les diré que me tienen encerrado en la jaula. El collarín... quizá me lo puedan quitar. Quizá debería esperar a que Celia se deshaga de ellos y... golpearla con algo...

Pero repentinamente ella cambia. Su cuerpo se desploma muy ligeramente.

Dice:

—Métete en la jaula, Nathan —su voz suena inexpresiva. Sabe quién es.

Miro el *jeep* un par de segundos más antes de bajar de un salto y meterme en la jaula.

—Ponle el candado.

Camina hacia el sendero.

Cierro la puerta, pero no con llave. Voy al fondo de la jaula y encuentro mi clavo en la tierra. Me lo escondo en la boca, enterrándomelo en el cachete y sanándolo por encima.

El *jeep* acelera y hace más ruido. Se detiene en el lado más lejano de la cabaña. Celia camina hacia él.

Habla por la ventana del conductor. Agita las manos con vehemencia, parece ser que en estado de frustración. De forma inusitadamente dramático para ella.

No consigo ver al conductor.

Las puertas del *jeep* se abren y Celia tiene los brazos abiertos de par en par como si los pudiera detener. Son casi tan grandes como ella. Todos de negro, por supuesto. No veo el rostro del conductor hasta que Celia se aparta a un lado, pero sé quién es.

¿Han venido a matarme? ¿Con qué otra razón, si no? ¿Para darle instrucciones a Celia de que lo haga? ¿Le pongo el candado a la jaula ahora? Seguramente sería bastante inútil.

Clay camina hacia mí.

Celia está un paso detrás de él, y tras ella hay dos Cazadoras.

—Pero no me avisaron de esto —dice Celia.

—Lo estamos haciendo ahora. Sácalo de la jaula.

Celia no titubea más de un segundo antes de abrir las puertas.

Sólo han podido venir para matarme. Quizá me lleven caminando al extremo del campo y lo hagan allí, o ni siquiera se molesten en eso y lo hagan junto a la jaula. Me enterrarán con las papas. Y eso sólo puede significar que ya han matado a Marcus. Que no me necesitan. Mi padre está muerto.

—Sal —la voz de Clay es despreocupada.

Me muevo para atrás y niego con la cabeza. Me tendrán que matar aquí. Y no puedo creer que mi padre esté muerto.

Entonces escucho un siseo en la cabeza; no lo provoca Celia, sino un teléfono. Y no viene de las Cazadoras que están detrás de Celia; es más cercano. Siento que algo me agarra el brazo derecho y me rodea la muñeca, y el cuarto Cazador se materializa a mi lado. Es tan grande y tan feo como lo recordaba. Kieran me está agarrando el brazo, y las esposas ya son visibles. Trato de golpear su cara con mi mano libre pero se tira al suelo, jalándome por las esposas, y otra de las Cazadoras entra corriendo a la jaula y me agarra el brazo izquierdo. Logro patear a la Cazadora pero después me empuja violentamente contra las barras, tengo los brazos bien esposados a la espalda, y me vuelven a golpear dos veces más fuertemente contra las barras.

—Vuelves a moverte y te arranco los brazos —me gruñe Kieran al oído.

Lo maravilloso del odio es que te despoja de todo para que no importe nada más. Así que el viejo truco es sencillo. No me importa que me arranquen los brazos, el dolor, nada. Doy un cabezazo hacia atrás y golpeo a Kieran en la cara, con un acojinado crujir de su nariz que resuena en mi nuca.

Emite un chillido pero no me suelta.

Me jalan los brazos hacia arriba para que no me pueda mover, pero no me los arrancan, lo que me hace dudar de la seriedad de Kieran.

Kieran me arrastra fuera de la jaula y me empuja hacia el suelo, pero me giro y pateo hacia arriba, para que mi bota entre en contacto con su cara. Vuelvo a girar y me pongo de pie, pero las dos Cazadoras ya están sobre mí, y el golpe contra mis riñones es explosivo.

Estoy de rodillas con la cara aplastada en el sendero.

Celia le grita a Clay:

—¡Esto es inaceptable! Soy su tutora.

La voz de Clay es tranquila.

—Tenemos órdenes de llevárnoslo —dice.

Una bota mantiene mi cara enterrada en el suelo.

Celia se queja, discute, dice que tiene que ir también, dice que va a ir, pero Clay es bueno. Sólo dice que no.

Al final Celia dice que me tiene que quitar el collarín. Pide permiso.

Al abrirlo, sus manos lo hacen con delicadeza y dice:

—Los voy a seguir hasta allá abajo.

—No. Vamos a tener que tomar prestada tu camioneta. Es demasiado peligroso para arriesgarnos a meterlo en el *jeep* —responde Clay.

—Entonces yo manejo su *jeep*.

—No, Megan lo manejará. Si insistes en acompañarnos, supongo que puedes ir con ella.

Hay una amenaza en su voz; Celia debe obedecer. Megan no sería rival para Celia, pero irá en la dirección equivocada, se perderá, se le acabará la gasolina. Celia no se arriesgará a quedar mal con los Cazadores; aguardará aquí. Hará lo que quieran.

—Ah, por cierto, se supone que tenía que darte esto —la voz de Clay suena despreocupada otra vez.

—¡Una Notificación! ¿Cuándo se hizo oficial?

No contesta.

—¿Hace dos días? Debieron decírmelo. Él es mi responsabilidad.

Clay sigue sin contestar.

—Dice que los Códigos Medios deberán ser "codificados". ¿Qué significa eso? —y sé que Celia está diciendo todo esto por mi bien.

—Sólo me encargo del transporte, Celia.

—Bajaré…

Pero Clay la interrumpe:

—Te he informado de la situación, Celia. Es nuestro.

—¿Y cuándo lo traeran de vuelta?

—No me han dado instrucciones para eso.

CODIFICADO

Estoy en la camioneta de Celia, boca abajo sobre el piso de metal. Ya han pasado casi dos años desde la última vez que estuve aquí y aun así, la pintura oxidada me resulta familiar.

Kieran ha comenzado a sanar su nariz rota, que está hecha papilla. Sostiene una cadena atada a mis esposas y envuelta alrededor de mis tobillos, y le da tirones para pasar el rato.

Clay está delante, en el asiento del copiloto, Tamsin maneja, Megan sigue en el todoterreno y supongo que Celia está en la cabaña.

Lo único que puedo hacer es descansar, pero tan pronto como empiezo a dormitar, Kieran me jala los tobillos o me golpea el trasero con la cadena. Cuando se cansa de hacer eso, grita hacia la parte delantera de la camioneta:

—Oye, Tamsin, me sé otro.

—¿Sí? —le responde ella con un grito.

—¿Cuál es la diferencia entre un Código Medio y un trampolín?

Ella no contesta y recibo un fuerte pisotón en la espalda mientras Kieran dice:

—Para saltar en trampolín, te quitas los zapatos.

El siguiente chiste lo dice en voz baja, compartiéndolo sólo conmigo:

—¿Cuál es la diferencia entre un Código Medio y una cebolla?—me levanta la camisa. Siento cómo raspan sus dedos sobre la parte inferior de mis cicatrices, sus cicatrices, mientras dice—: Cuando cortas una cebolla, lloras.

Después de cuatro o cinco horas la camioneta se detiene. Por las pocas voces que escucho debe ser una estación de servicio. Llenan el tanque de gasolina y luego se sientan a comer hamburguesas y papas fritas, y a sorber sus bebidas. El aroma es tentador, pero estoy desesperado por orinar y no quiero pensar en comer y beber.

Probablemente no valga la pena, pero de cualquier manera lo digo.

—Tengo que orinar.

La cadena me da un latigazo en los muslos. Tengo que apretar los dientes y respirar por la nariz.

Cuando el dolor se aplaca, repito:

—Sigo necesitando orinar.

La cadena me vuelve a golpear los muslos.

La camioneta arranca. Clay le murmura instrucciones al conductor pero no consigo escucharlas.

Veinte minutos después la camioneta se detiene. Me arrastran por los tobillos a la parte trasera de la camioneta, la cual llevan atrás entre unos arbustos. Hay poco ruido de tráfico. Parece que han encontrado un lugar tranquilo.

—Cualquier cosa que se te ocurra. Cualquiera. Y estás muerto —Kieran lo dice tan cerca de mi oído que puedo sentir su saliva.

No le concedo una respuesta.

Me abre las esposas y libera mi mano derecha.

Orino. Una larga, larga y maravillosa orinada.

Apenas me subo el cierre, y ya tengo las esposas puestas de nuevo. Me vuelven a empujar dentro de la camioneta. Adentro sonrío de alivio, y porque estoy pensando en Celia. Es más ruda que estos idiotas.

Seguimos dando tumbos por el camino. Kieran debe haberse quedado dormido porque no me está molestando. El clavo sigue en mi boca pero no hay oportunidad de escapatoria con tres Cazadores a mi alrededor.

El óxido del piso de la camioneta me raspa la mejilla mientras me vuelven a jalar por la puerta trasera de la camioneta.

—De rodillas.

Estoy en el patio del edificio del Consejo, el lugar de donde me llevaron justo antes de cumplir quince años.

Me empujan hacia abajo.

—¡De rodillas! —grita Kieran.

Clay se ha ido. Tamsin y Megan están en la cabina de la camioneta. Kieran está de pie a mi lado, y levanto la mirada entornada hacia él. Su nariz está hinchada y tiene un ojo amoratado.

—Un poco lenta tu sanación, Kieran.

Su bota vuela contra mi cara, pero me doy la vuelta para salir del camino y me pongo de pie.

Tamsin se ríe.

—Es veloz, Kieran.

Kieran finge desinterés y dice:

—Ya es problema de ellos.

Miro hacia atrás mientras los dos guardias llegan, me agarran por los brazos y me arrastran sin decir una palabra.

Me llevan dentro del edificio del Consejo por una puerta de madera, a lo largo de un pasillo, después a la derecha y a la izquierda, por un patio interno y por otra puerta a la izquierda. Finalmente llego al pasillo que conozco, y me siento en la banca afuera de la sala donde hacen las Evaluaciones.

Sano los múltiples rasguños y moretones.

Es casi como en los viejos tiempos. Debo esperar, claro. Las manos las tengo todavía esposadas a la espalda. Clavo la mirada en mis rodillas y en el piso de piedra.

Pasa mucho tiempo y sigo esperando. Se abre una puerta al final del pasillo; se escuchan pasos pero no levanto la mirada. En ese momento los pasos se detienen y una voz de hombre dice:

—Regresa por el otro lado.

Levanto la vista y entonces me pongo de pie.

La voz de Annalise es baja.

—¿Nathan?

El hombre que la acompaña debe ser su padre, y la vuelve a empujar por la puerta. La puerta se cierra, y ahí acaba todo.

El guardia se para en mi camino, bloqueándome la vista. Sé que quiere que me siente y titubeo, pero lo hago y el pasillo se queda igual que siempre.

Pero Annalise estaba aquí. Parecía distinta: mayor, más pálida, más alta. Llevaba *jeans*, una camisa azul claro y botas color café. Y mientras tanto, lo vuelvo a repetir en mi mente: los pasos, "Regresa por el otro lado", verla, nuestros ojos se encuentran y los suyos parecen contentos, y dice mi nombre suavemente, "¿Nathan?", y por la manera en que lo dice no está segura, como que no lo puede creer, y luego su padre la empuja para atrás, ella se resiste. él la empuja y bloquea el paso, ella mira por encima de su brazo, nuestras miradas se

226

vuelven a encontrar, luego la puerta se cierra. La puerta tapa todo el sonido; no se pueden escuchar los pasos ni las voces del otro lado.

Lo vuelvo a repasar todo de nuevo, una y otra vez. Creo que ha sido real. Creo que sí ha pasado.

Me quitan las esposas para pesarme, medirme y tomarme fotos. Es como antes de una Evaluación, pero todavía faltan meses para mi cumpleaños, así que no estoy seguro si me van a evaluar o qué. Le pregunto al hombre de bata de laboratorio, pero el guardia que está de pie observándolo todo me dice que me calle, y el hombre no me contesta. El guardia me vuelve a poner las esposas, regreso al pasillo y hay más espera.

Esta vez, cuando me llevan adentro, Soul O'Brien está sentado en el sitio central. No me sorprende. La consejera está de nuevo a la derecha y el señor Wallend está sentado a la izquierda. Por lo menos Clay no está aquí.

Comienzan a hacerme preguntas como las de mi Evaluación. Coopero poco, de manera silenciosa. Soul parece estar aburrido, como siempre, pero estoy más convencido que nunca de que es puro teatro. Todo en él es puro teatro. Lo pregunta todo dos veces, sin comentar mi ausencia de respuesta, pero pronto se dan por vencidos y ni siquiera parecen estar molestos. Después de su última pregunta, Soul le susurra algo a la mujer y luego al señor Wallend.

Luego me habla a mí.

—Nathan.

¡Nathan! Eso es inédito.

—Faltan menos de tres meses para que cumplas dieciséis años. Un día importante en tu vida —mira sus uñas y luego vuelve a levantar la vista hacia mí—. También es un día importante en la mía. Tengo la esperanza de poderte dar tres regalos ese día.

¿Qué?

—Sí, podrá sorprenderte un poco, pero lo he estado considerando desde hace muchos años, algo que a mí me... interesaría hacer. Sin embargo, antes de que te pueda dar los tres regalos debo, todos debemos, asegurarnos de que verdaderamente estés del lado de los Brujos Blancos. Yo tengo el poder de elegir tu Código de Designación, Nathan. Imagino que te interesa ser designado como Brujo Blanco.

Yo solía querer eso, solía pensar que era la solución, pero ahora tengo por seguro que no es así.

—Nathan, tienes un lado Blanco por nacimiento. Tu madre venía de una familia poderosa y honorable de Brujos Blancos. En el Consejo respetamos a su familia. Algunos de sus ancestros fueron Cazadores, y tu hermanastra ya es Cazadora también. Tienes una herencia orgullosa y respetable por el lado de tu madre. Y hay mucho de tu madre en ti, Nathan. Mucho. Tus habilidades de sanación son una señal de ello.

Y yo no estoy seguro de si está diciendo un montón de pendejadas porque tengo la convicción de que también mi padre es bastante bueno para sanar.

—¿Conoces la diferencia entre los Brujos Negros y los Brujos Blancos, Nathan?

No contesto. Me espero el típico argumento del bien enfrentado al mal.

—Es una cuestión interesante, ¿no crees? Una que a menudo he ponderado —Soul O'Brien mira sus uñas y luego a mí—. Los Brujos Blancos usan sus Dones para hacer el bien. Y así es como nos puedes mostrar que eres Blanco, Nathan.

Usa tu Don para el bien. Trabaja con el Consejo, los Cazadores y los Brujos Blancos de todo el mundo. Ayúdanos y... —se echa hacia atrás en su silla—. La vida será mucho más fácil para ti —sus ojos parecen brillar como plata mientras dice—: Y también durará mucho más.

—Me han tenido encerrado en una jaula casi dos años. Me han golpeado y torturado y alejado de mi familia, mi familia de Brujos Blancos. Dígame qué parte de eso es "hacer el bien".

—*Estamos* preocupados por el bienestar de los Brujos Blancos. Si te designamos como Blanco...

—¿Entonces me darían una cama cómoda para dormir? Ah sí, claro, con tal de que mate a mi padre.

—Todos tenemos que hacer concesiones, Nathan.

—No mataré a mi padre.

Admira sus uñas de nuevo y dice:

—Bueno, me decepcionaría si aceptaras sin reparos. Te he observado con interés cada año desde que nos conocimos y rara vez me decepcionas.

Lo maldigo.

—Y en cierto sentido me alegra que no lo hagas ahora. Sin embargo, de una manera u otra nos obedecerás. El señor Wallend se asegurará de ello.

No me dan oportunidad de responder porque Soul gesticula con la cabeza hacia los guardias, se acercan a mí y cada uno me agarra de un brazo.

Mientras me sacan a rastras de la sala y me llevan por los pasillos, trato de guardar un registro del lugar: el entramado de corredores, las bancas, las ventanas y las puertas, pero es demasiado complicado y pronto llego a una parte del edificio donde los pasillos son menos rectos. El que tomamos desciende y se vuelve tan estrecho que un guardia se pone frente a mí y otro detrás. Unos escalones de piedra nos bajan aún más. Hace frío. Hay una fila de puertas de metal a la izquierda.

El guardia de delante se para junto a la tercera puerta, que está pintada de azul, aunque la pintura está raspada en algunos lugares que revelan el gris de abajo. No es una puerta que llene de esperanza. La desliza para abrirla y el guardia que tengo detrás me empuja adentro.

Estoy de pie en una celda. La única luz proviene del pasillo. La celda está vacía excepto por una cadena unida a la pared, la cual el guardia sujeta a mi tobillo. Después sale por donde entró, cierra con llave y cierra el pestillo de golpe.

Oscuridad total.

Sigo esposado. Doy un paso adelante y comienzo a moverme por la habitación, sintiendo los muros irregulares de piedra con los dedos de los pies, con mi cuerpo y mis mejillas. El rincón está tres pasos a la izquierda de donde está atada la cadena, y dos pasos más allá, la cadena se me acaba. Pasa lo mismo a la derecha. La corta cadena evita que me acerque a la puerta.

El piso está frío y duro pero seco. Me siento con la espalda recargada contra la pared. Cuatro paredes de piedra, una puerta, un tramo de cadena y yo.

Pero pronto nos acompañan las náuseas y el miedo.

La luna está en la mitad de su ciclo, así que las cosas se plantean mal pero no tanto. Sin embargo, llevo mucho tiempo sin estar adentro de noche. Sacudo mis pies. Después sacudo mi cuerpo. Esto ayuda a controlar la sensación de pánico, pero no las náuseas. Me giro sobre un costado pero me sigo sacudiendo, y me arrastro hasta el rincón empujando mi cabeza dentro de él. A veces me muevo, a veces no.

Arrojo vómito aguado, aunque no sale mucho. No he comido desde el desayuno, pero mi estómago tiene espasmos continuos. No hay nada que pueda salir ya, pero se aprieta y voltea, y doy arcadas sin sacar nada, pero mi estómago aún se quiere deshacer de algo.

Entonces comienzan los ruidos. Escucho siseos y estallidos pero no estoy seguro de si los estoy imaginando o si son ruidos de verdad. El siseo es horrible, persistente; los estallidos me hacen brincar de lo fuertes que son. Trato de preverlos pero no lo consigo. Lo único que me ayuda es gritar. Gritar ahoga los ruidos, pero no puedo estar haciéndolo toda la noche. Vomito otra vez y me acuesto con la cabeza aplastada contra el rincón, y canturreo y me sacudo y a veces le grito a los ruidos cuando me sobresaltan.

Está amaneciendo. La celda sigue oscura, pero las náuseas y los ruidos desaparecen tan pronto como llegaron.

No viene nadie.

Debería de trazar un plan pero estoy demasiado agotado para que se me ocurra algo.

Sigue sin venir nadie.

Trato de descansar. Tengo hambre. Tengo un sabor asqueroso en la boca. ¿Me traerán comida y agua? ¿O se olvidarán de mí y me dejarán morir aquí?

Se han acordado de mí. Me han traído agua pero han olvidado que también necesito comer. También se les ha olvidado mi nombre.

Yo tampoco parezco recordarlo.

—Te pediré una vez más que digas tu nombre —la joven bruja ya no dice por favor.

Sigo mi plan de siempre y no digo nada. No es el plan más sofisticado, lo más seguro es que le irrite y que no tenga un efecto profundo en nada de lo que a fin de cuentas vaya a ocurrir. Pero por lo menos es un plan.

Le devuelvo la mirada fijamente reparando en su apariencia: desde la parte alta de su pelo castaño apagado, bien peinadito, pasando por sus ojitos azul pálido, su rímel aplicado a la perfección, la capa uniforme y delgada de la base de maquillaje, y su labial rosa aplicado con precisión. Viste su cuerpo delgado con un traje beige, medias y zapatos de charol. Parece que ha hecho un esfuerzo, y parece que ha descansado bien la noche anterior. Lleva incluso un perfume floral.

Y cuanto más la veo, más me abruma su apariencia, su lindura y su estupidez tan básica y cruel. Está vestida para una reunión de negocios y yo estoy encerrado en una celda.

Justo ahora se me ocurre un nuevo plan. Me encorvo sobre una cadera e inclinándome ligeramente hacia ella le digo:

—Mi nombre es Iván. Iván Shukhov.

La mujer parece un poco confundida e irritada. Probablemente trata de entender si es algún tipo de jerga en rima.

—No, eres Nathan Byrn. Hijo de Cora Byrn y Marcus Edge.

Me echo hacia atrás y trato de hablar como si no la hubiera escuchado.

—Qué va, yo soy Iván. Seguramente buscas al tipo de la celda de al lado.

—No hay nadie en la celda de al lado.

—¿Quieres decir que ya se ha escapado?

Esboza una sonrisa con sus labios pintados, quizá para mostrar que tiene sentido del humor.

—Sólo tenemos que asegurarnos de que eres consciente de lo que está pasando.

—Claro que soy consciente de lo que está pasando —esto no suena tan despreocupado, así que tengo que recuperar mi tono—. El maravilloso Consejo de Brujos Blancos me trata como a un rey. Me alimenta con la mejor comida, me da la mejor cama y —me inclino hacia delante otra vez— me presenta a las Brujas Blancas más encantadoras y de aroma más fresco —el guardia me jala hacia atrás por un brazo—. Mi nombre es Iván Shukhov, y soy consciente de lo que está pasando. ¿Y tú?

—Tú no eres Iván *Comosellame*. Eres Nathan Byrn y van a codificarte.

—No tengo la menor idea de lo que significa eso.

Sus ojos son fríos y están clavados sobre mí, con esos pálidos destellos glaciales azules sobre azul claro.

—No suena muy bien —digo—. Me hace sentir pena por el tal Nathan.

—*Tú* eres Nathan.

—¿Qué significa codificar? Me gustaría contárselo a Nathan si lo veo.

—Es sólo un tatuaje sofisticado.

—No logro imaginar que tú consideres que un tatuaje pueda ser sofisticado.

Sonríe.

—Este lo es. El señor Wallend lleva tiempo trabajando en la poción.

—¿De qué es el tatuaje?

—Es tu código, por supuesto.

Me inclino hacia delante y los guardias me agarran los brazos y los sujetan por atrás.

—Un hierro, querrás decir.

Abre sus labios rosas y su rostro hermosamente maquillado para volver a hablar, y le escupo. El gargajo cae a la perfección.

Ella grita y balbucea, se frota la boca. Los guardias me sujetan.

La mujer da un paso atrás; su maquillaje no luce ya tan inmaculado ahora que lo limpia con su pañuelo. Coloca el pañuelo sobre su boca y dice:

—Tú eres Nathan Byrn. Tu madre era Bruja Blanca y tu padre Brujo Negro. Eres un Código Medio, y serás codificado como tal.

Esta vez mi escupitajo le cae en el dobladillo de la falda. Se tambalea para atrás como si la hubiera golpeado. Los guardias me siguen sujetando.

—Llévenlo a la habitación 2C.

Los guardias entran por la puerta de la celda, me sacan a rastras y en el estrecho pasillo tienen que ir de lado, lo cual es mejor para mí pues puedo escalar los muros con mis piernas, aunque un guardia me tiene agarrado del cuello. Me colocan frente a una puerta de metal verde con un 2C pintado encima. La abren y por un segundo dejo de luchar.

La Habitación 2C contiene lo que parece ser una mesa de operaciones con muchos cinturones negros de plástico. De nuevo comienzo a forcejear y gritar.

Al final me dejan inconsciente con un golpe en la cabeza.

Me despierto, comienzo a tener arcadas y me ahogo. Tengo algo en la boca. No lo puedo escupir. Es de plástico y metal.

La mujer está de pie junto a mí, con la vista baja para mirarme. Me sonríe y me dice:

—Ah, despierto al fin.

Me retuerzo y chillo pero resulta patético, así que dejo de hacerlo. La habitación 2C tiene los muros pintados de blanco y el techo desnudo, salvo por una luz y lo que parece ser una cámara colocada en el rincón más lejano. Eso es todo lo que sé de la habitación 2C porque no puedo moverme para ver nada más. Estoy acostado con mi cuerpo amarrado a una mesa. Ya no tengo las manos esposadas pero están inmovilizadas, y con la punta de mis dedos puedo sentir que la mesa tiene una capa delgada y acolchada bajo una sábana. Una cinta alrededor de la frente me sujeta la cabeza, la cual descansa en una especie de hueco que hay en la mesa. Siento como si tuviera cintas rodeándome el cuerpo, los brazos, las piernas y los tobillos.

Estoy tratando de no pensar en el Castigo. No quiero pensar en el polvo que Kieran me puso en la espalda, pero tengo una mordaza en la boca. ¿Será *Codificación* otra manera de decir Castigo?

La puerta se mueve, luego escucho cómo la corren y el sonido de algo metálico que arrastran por el suelo. Encienden una luz tan brillante que incluso con los ojos cerrados veo un resplandor rojo. Se escucha que arrastran algo, y suena el tintineo de lo que parecen delicados objetos metálicos.

—Nathan. Mírame.

Es el señor Wallend. Tiene unos ojos azules muy oscuros con motas blancas en su interior. Lleva puesta una bata de laboratorio.

—Estás aquí para ser codificado. Voy a llevar a cabo el procedimiento. Puede que resulte un poco incómodo, pero quisiera que te mantuvieras lo más quieto posible. Así que trata de relajarte.

Comienzo a retorcerme otra vez.

—Es parecido a un tatuaje, sólo que el proceso es mucho más veloz y sencillo. Haremos los de tus dedos primero. Para que tengas una idea de lo que vas a sentir. Eres zurdo, ¿verdad?

Es imposible que le encuentre sentido a mis torsiones y chillidos.

Desliza un aro de metal sobre el meñique de mi mano derecha y lo aprieta.

—Está bien. Esto es sencillo. Sólo tienes que relajarte. Terminará…

Grito dentro de la mordaza mientras la aguja me atraviesa hasta el hueso del dedo.

La sacan.

El señor Wallend afloja el aro y lo coloca sobre mi dedo.

—El siguiente.

Grito y lo maldigo y muevo mi dedo lo más posible, pero el anillo aprieta y la aguja me vuelve a penetrar.

Sudo cuando la extrae.

Se mueve hasta la punta de mi dedo, sobre la uña. La aguja lo vuelve a atravesar.

Muerdo la mordaza y le clavo la mirada, y las lágrimas me empiezan a brotar.

Se detiene.

Mi corazón está dando golpes secos.

Esto no es un tatuaje.

El señor Wallend desarma el anillo y lo quita. Él y la mujer miran mi dedo de cerca.

—Excelente. Excelente. Casi no se ha hinchado. Tu cuerpo es excepcional, Nathan. Excepcional.

El señor Wallend rodea la mesa, y camina hasta mi mano izquierda.

—Ahora vamos por los tatuajes más grandes. Quizá estos duelan un poco más.

Siento el metal frío sobre mi mano derecha, siguiendo la línea de mi dedo medio. Le clavo la mirada y maldigo dentro de la mordaza.

El señor Wallend lo ignora todo y sigue adelante con su trabajo, de manera tal que lo único que puedo ver de él es su coronilla. Tiene el pelo castaño oscuro y ondulado.

—Trata de relajarte.

Sí, claro, es fácil decirlo. Hay algo raspándome dentro de la mano, en mi hueso.

El cabello del señor Wallend está ondulado y quieto. También yo estoy quieto.

Cuando termina de raspar me siento enfermo, mareado.

El señor Wallend levanta la mirada.

—Nada mal, ¿eh? Ahora, lo importante es recordar que no se te quitará. Nunca. Ya está dentro de ti. Si por ejemplo tratas de quitártelo por medio de la cicatrización de la piel, reaparecerá. Así que no tiene ningún sentido intentarlo.

Vuelve a mirar mi mano, la acaricia con su dedo. La siento amoratada y adolorida.

—El código ha quedado muy bien. De verdad muy bien.

Se dirige hacia la parte inferior de la cama.

—Ahora el tobillo. Trata de relajarte. Sólo serán unos segundos.

No puedo evitar tratar de apartarme, no importa cuán inútilmente sea. Durante unos segundos parece como si raspara dentro del hueso y de mi médula. Tengo la mordaza en la boca y sé que no debo vomitar.

—Los huesos grandes llevan más tiempo —dice—. Este es el último.

Mueve la máquina alrededor de la mesa, desaparece de mi vista y reaparece a mi derecha.

Me pone la máquina en el cuello.

Oh, no… no… no…

—Trata de calmarte —se inclina hacia delante y pone su rostro cerca del mío—. Quizá lo sientas un poco extraño aquí.

Estoy acostado sobre un colchón delgado, hecho un ovillo. Mi muñeca derecha está esposada a la barra de metal de la cama. Siento los lugares donde me han codificado. Siento los dedos y la mano amoratados. Mis tobillos también. Pero la sensación en mi garganta es peor. Noto un sabor, un sabor metálico.

Todavía no he abierto los ojos aunque me desperté hace rato.

Quiero volver a mi jaula.

Una imagen del señor Wallend me viene a la cabeza y me sonríe. Abro los ojos.

Esta celda es distinta a la celda de piedra. Se respira una atmósfera medicinal, como en la habitación 2C. Este cuarto está iluminado por un brillo tenue y blanco, emitido por una pequeña luz que hay en un rincón del techo. De la otra esquina del techo cuelga una cámara. La celda está vacía excepto por la cama.

Levanto mi mano izquierda para mirarla.

N 0.5

Es un tatuaje negro. El que tengo en mi tobillo es igual.

Ya me puedo despedir de mi designación como Brujo Blanco. Para ellos seré siempre mitad Brujo Negro.

Sano mi mano y mi dedo. La sensación de entumecimiento desaparece. Hago lo mismo con mi tobillo y con mi cuello. El sabor se desvanece lentamente y llega el zumbido. Me hago un ovillo y me miro los tatuajes que tengo en el meñique. Tres tatuajes negros diminutos: **N 0.5**.

Necesito un plan.

La luz está encendida para que puedan observarme. Me resisto a mirar la cámara.

Todavía tengo el clavo en la boca. Me muerdo el cachete y deslizo el clavo hacia fuera con mis dientes y mi lengua, tomándolo con la mano izquierda como si me limpiara los labios. No resulta difícil forzar la cerradura de las esposas, aunque lo tengo que hacer a escondidas. Me dejo las esposas puestas pero abiertas.

Ahora tengo que meterme en el papel.

Comienzo a temblar y a mover las piernas, emitiendo ruidos ahogados y agarrándome la garganta. Sólo tengo que seguir así veinte segundos antes de escuchar el sonido de un pestillo que se desliza. Me doy la vuelta hacia el piso con la mano derecha como si siguiera esposada a la cama. Tengo los ojos abiertos pero escondidos bajo mi brazo.

Las piernas y la parte de abajo de la bata del señor Wallend vienen corriendo hacia mí; debe estar de verdad preocupado. Las botas negras de un guardia se detienen en la entrada.

El señor Wallend se inclina sobre mí y lo empujo hacia abajo, le golpeo en la cara, me deslizo hasta levantarme y le pisoteo los huevos.

El guardia entra y me agarra el brazo. Le pateo la rodilla. Se escucha un crujido, el guardia gruñe y cae para atrás, pero sus brazos son largos y no tengo espacio para alejarme de ellos. Me arrastra con él y me giro y ruedo a un costado, donde puedo volver a patearle la rodilla. Todavía tiene mi brazo sujeto y su otro brazo da un giro y me golpea de refilón la oreja. Me doy la vuelta deslizándome y le pateo la cara. Pierde su agarre, y después de otra patada logro zafarme de él. Está en silencio. El señor Wallend también está en silencio.

Me levanto y salgo, abro la puerta y la cierro con el pestillo.

Coloco los pestillos en su lugar y me recargo contra la puerta, en estado de *shock* por lo fácil que ha sido. Mi oreja late con rapidez, al ritmo de mi corazón. Sano mi oreja.

Si alguien más hubiera estado mirando la cámara, ya estaría aquí.

Voy a la izquierda, paso la habitación 2C, después giro a la derecha, me alejo de la celda y subo por los escalones de piedra. Bajo por el pasillo a la izquierda, por donde me trajeron, y sigue sin venir nadie. Abro la puerta lentamente y me asomo. Otro pasillo que me resulta vagamente familiar, pero todos se parecen. Bajo dando zancadas largas y paso por un patio interno que definitivamente he visto antes, pero no recuerdo cómo se relaciona con nada más.

Debo seguir adelante. Ya no me parece familiar. Voy a la izquierda y a la izquierda otra vez. La puerta que hay al final comienza a abrirse, y me apresuro por otro pasillo a la derecha corriendo lo más silenciosamente posible hasta ella. Está cerrada con pestillo. Oigo pisadas por el pasillo lejano.

El pestillo está duro, pero lo fuerzo para abrirlo. Más rápido… más rápido…

Las pisadas son cada vez más fuertes.

Me escurro por la puerta, cerrándola tras de mí silenciosamente.

Quiero reír por mi suerte, pero aguanto la respiración y me aplasto contra la puerta. Estoy en el patio, donde me recogió y me dejó la camioneta de Celia. Su camioneta no está aquí. No hay vehículos, sólo un alto muro de ladrillo rematado con alambre de púas. En la pared hay una reja sólida de metal para dejar entrar a los vehículos, y cerca de la reja hay una puerta de madera común y corriente. Probablemente esté cerrada con llave, con alarma, protegida por hechizos de seguridad de algún tipo, aunque quizá sólo tenga un hechizo para evitar que la gente entre, pero no que salga…

Me quedo cerca de la pared mientras rodeo el borde del patio rápidamente. La puerta de madera está cerrada con pestillo arriba y abajo. Los pestillos se deslizan con facilidad.

Todo parece demasiado fácil.

Y ahora me aterra lo que pueda encontrarme al otro lado de la puerta… la desilusión de ver a un guardia ahí parado.

Abro la puerta, lenta y silenciosamente.

No hay nadie.

Estoy temblando. Doy un paso para cruzar la puerta y la cierro con cuidado.

Hay un callejón, estrecho y empedrado. Arriba veo el cielo gris y nublado, y está avanzada la tarde.

Una persona pasa caminando al fondo de la calle. Una persona común y corriente que habla con su teléfono celular, simplemente caminando y mirando al frente. Después pasa un coche y un autobús.

Me tiemblan las piernas. No sé qué hacer.

CUARTA
PARTE

Libertad

TRES BOLSITAS DE TÉ
EN LA VIDA DE NATHAN MARCUSOVICH

Llevo diez días en libertad. Me siento bien. Estoy en una casa en el campo, simplemente tomando una taza de té. Vengo casi todos los días, aunque duermo en el bosque a un par de kilómetros de aquí. El bosque está bien. Es acogedor y puedo escuchar si algo se acerca. Nunca aparece nada humano. Me gusta no estar en la jaula pero dormía mejor en ella. Ahora tengo pesadillas constantes. Las pesadillas no son tan escalofriantes, sólo corro y corro en el callejón que hay junto al edificio del Consejo.

La comida fue un problema antes de encontrar este lugar. Es una casa de campo y casi nunca la usan. Logré forzar la entrada tanteando un poco con el cerrojo y un pedazo de alambre. Aquí me doy un baño casi todos los días, y a veces me acuesto en una de las camas de arriba, como Ricitos de Oro, pero nunca duermo. Todas las camas son realmente cómodas, y también hay avena, lo cual me parece gracioso.

En la alacena hay pasta y cereales, además de avena, por lo que principalmente vivo de eso. No hay leche, claro, así que preparo la avena con agua. Aunque la avena me sale sin grumos, ya me he acabado toda la miel, la mermelada y las pasitas, y no resulta un plato muy apetitoso.

Trato de comer una vez al día, a la hora en que mejor me parezca. No como mucho; tampoco hay mucho para comer aquí. Mi comida favorita es arroz con sal. Había una lata de atún, pero se acabó el primer día y la lata de frijoles el segundo día. Meto en mi bolsillo la mitad de una barra de cereal y la consumo lentamente por las tardes cuando estoy acurrucado en el bosque.

Una familia vino y se quedó aquí durante dos días. Supongo que era fin de semana. Mamá, papá, dos niños y un perro, la familia fain perfecta. No parecieron notar que había estado en la casa y que me había llevado cosas. Siempre me aseguro de que todo quede limpio y ordenado. Cuando se fueron, dejaron más pasta, pero no más avena. Tenía la esperanza de que hubiera otra lata de atún, pero no hubo suerte.

Creo haber escuchado algo afuera, pero no hay nada ahí.

Me he empezado a comer las uñas otra vez. Solía hacerlo cuando era pequeño, pero lo dejé por Annalise. Ahora he comenzado nuevamente. Trato de no pensar demasiado en Annalise.

Está lloviendo. Chipi-chipi.

Es mejor que vuelva a revisar afuera otra vez.

Me dirijo de nuevo al bosque. Creo que me están vigilando. A veces puedo sentirlo. Eso hace que se me erice la piel.

Mi fuga fue demasiado fácil. Es increíble que el Consejo se esforzara tanto en mantenerme bajo estricto control toda mi vida, todas esas Evaluaciones y Notificaciones, manteniéndome prisionero con Celia, tatuándome… y sin embargo me permitiera escapar. Solamente puede tratarse de un nuevo plan suyo.

Me siguieron antes, cuando vivía con Abu y me iba a Gales. No lo sabía entonces, pero lo sé ahora.

Esa familia que se quedó en la casa parecía una familia de fains, pero no estoy seguro. Quizá los Cazadores puedan adoptar el aspecto de fains. Y el primer tipo que me recogió cuando pedí aventón se me quedaba mirando y me hacía preguntas, aunque al final estuvo bien porque me dejó salir, pero para ese punto yo ya le estaba gritando y él parecía asustado.

Estos tatuajes son algún tipo de dispositivo de rastreo. Esa debe ser la única explicación. Probablemente me he convertido en una mancha visible en alguna pantalla. Lo vi en una película una vez. *Blip... blip... blip.* Estarán sentados en una camioneta mirando la pantalla y viendo cómo tomo un atajo por un costado del campo y me dirijo de nuevo al bosque.

Mi refugio está bien. Me protege de la lluvia y mantiene el suelo seco. Está adecuadamente escondido, medio enterrado bajo las raíces de un árbol cerca de un riachuelo.

Paso mucho tiempo sentado aquí.

Y a veces, cuando estoy aquí sentado y pienso que no me están siguiendo y que de verdad me escapé, me pongo a pensar: "Escapé. Escapé. Soy libre".

Pero no me siento libre.

A veces lloro. No sé por qué, pero sucede con frecuencia. Digamos que me quedo mirando el riachuelo que corre por el lodo marrón oscuro, y aún es transparente y brillante y silencioso, cuando me doy cuenta de que tengo lágrimas en mis labios. Son tantas, que entran en mi boca como un torrente.

Tomé una siesta, e incluso con la cobija y unos periódicos que traje de la casa de campo estoy temblando. ¿Cómo es posible?

Es abril y ni siquiera hace frío. He estado casi dos años viviendo en una jaula en el rinconcito más frío y mojado de Escocia, que probablemente debe ser el rinconcito más frío y mojado del planeta, he pasado por nieve, hielo y tormentas, y luego bajo aquí, a un lugar bonito y cálido, y estoy temblando todo el tiempo. Unas cuantas pieles de oveja me irían bien.

Pienso bastante en Escocia, en la jaula, en hacer el circuito exterior y limpiar la estufa, preparar avena y escarbar para sacar las papas, matar y desplumar las gallinas... Y pienso en Celia y en el libro que me estaba leyendo.

En el libro, el personaje principal, Iván Denísovich, es un prisionero. Está cumpliendo una condena de diez años, pero incluso cuando ya la ha cumplido no le permiten regresar a casa porque a las personas como él las mandan al exilio cuando las liberan. Yo pensaba que con exilio se referían a que tenías que dejar tu país, pero podías ir donde quisieras; algún lugar con sol, una isla tropical, por ejemplo, o a Estados Unidos. Pero el exilio no es eso; significa que te destierran a un lugar específico, y adivina qué, ese lugar no está bajo el sol y no es ningún paraíso, ni siquiera es América. El exilio es algún lugar frío y miserable como Siberia, donde no conoces a nadie y apenas puedes sobrevivir. Es otra cárcel.

Y yo ahora estoy libre. Y no quiero que me exilien.

Y tengo tantas ganas de ver a Arran.

Tantas.

Sé que si regreso a casa, me atraparán y quizá también le harán daño a Arran. Pero quiero verlo, y paso el tiempo pensando que si voy a hurtadillas a casa de Abu en la noche, o le dejo un mensaje en alguna parte y nos ponemos de acuerdo para encontrarnos, podría funcionar. Sin embargo, sé que no es así. Sé que me atraparán y será aún peor que antes, y no debería tratar de volver con Arran, nunca, pero entonces me siento como un cobarde por no intentarlo.

El nombre completo de Iván Denísovich es Iván Denísovich Shukhov, un nombre tremendo, aunque Denísovich significa hijo de Denis y eso lo echa a perder un poquito, pero también muestra que se trata de un tipo común y corriente, supongo.

Si hablaras con alguien en Rusia, no lo llamarías sólo por su nombre de pila. Usarías su nombre y su patronímico, así que dirías: "Iván Denísovich, pásame la sal, por favor". Y él diría: "Sin duda te gusta ponerle mucha sal a tu arroz, Nathan Marcusovich".

Pienso mucho en Marcus Axelovich. Creo que es probable que a él también le guste ponerle mucha sal a su arroz. Y de pronto hoy me doy cuenta de algo asombroso. Me gusta pensar en mi padre, y sé que yo estaría pensando en mi hijo si tuviera uno. Pensaría mucho en mi hijo. Así que sé que Marcus está pensando en mí.

El bosque es un buen lugar, silencioso, sin gente que esté paseando a su perro, sin nadie en absoluto. Simplemente quedarse quieto y escuchar lo que pasa es interesante. Hay algunos sonidos, como el sonido de un pájaro que no trina pero remueve las hojas, cosas por el estilo, pero este bosque también tiene profundos huecos de nada en los que no hay sonido alguno, y amo sentarme en esas profundas burbujas silentes.

Aquí, mi cabeza está libre del ruido, como lo estaba con Celia. No hay ningún siseo. No tengo el zumbido de los equipos eléctricos en la cabeza.

Y sentado en esas burbujas comienzo a creerlo... He logrado escapar.

Hoy he comenzado de nuevo a correr. Celia estaría contenta conmigo, aunque voy lento, así que probablemente no estaría tan contenta. También estoy haciendo flexiones. Sin embargo, no logro ni setenta. No sé cómo he podido perder tanto la forma en tan pocas semanas. Me pregunto si los tatuajes me están afectando, pero quizá sólo sea que necesito comer más. Se me ven las costillas.

Ya está oscureciendo. Otro día que casi ha terminado.

Cuando estaba con Celia, los días pasaban volando, pero los años se arrastraban. Me levantaba en la madrugada, luego me ejercitaba, hacía mis tareas —nunca tenía suficiente tiempo para las tareas— y contestaba a sus malditas preguntas: más tarde tenía nuevamente que correr y pelear, y cocinar y limpiar, y aprender nombres de brujos y Dones, y tiempos y lugares, y en un abrir y cerrar de ojos, otra vez estaba en la jaula. Ahora sucede lo contrario. Las horas no pasan. Pero el tiempo que me queda antes de cumplir los diecisiete parece escaparse entre mis dedos, y aquí estoy sentado, viéndolo desaparecer.

Comienza otro día. Solían gustarme los amaneceres, pero ahora únicamente significan el inicio de otro día lento y tembloroso. Acabo de recordar que Iván comienza cada día todo trémulo. Me gustaría tener ese libro de Iván Denísovich. Sé que yo solo no lo podría leer ni nada de eso, pero me gustaría sostenerlo en mis manos o ponerlo dentro de mi camisa contra mi pecho.

Aunque sí tengo un libro. Es un atlas de la ciudad que robé cuando salí de Londres.

¡Qué buen libro! Un libro que puedo leer. Veo los mapas y tienen sentido.

Lo robé porque sabía que tendría que encontrar la dirección de Bob, el hombre del que me habló Mary. El hombre que me puede ayudar a encontrar a Mercury.

Ha amanecido húmedo y lluvioso otra vez. Estoy viendo la tele y tomando té. Bueno, en realidad no estoy viendo la tele, pero está encendida y trato de analizar el sonido en mi cabeza. Hay un siseo en mi cráneo, y eso es lo que mejor lo describe. No es un sonido percibido por mis oídos sino que está dentro de mi cabeza, en el lado superior derecho.

Este es el mismo siseo de los celulares, pero mucho más suave. Con Celia nunca sentí los siseos. Ella no tenía celular. Pero cuando los Cazadores vinieron, pude escuchar el siseo.

En este bosque no hay siseos.

Me acabo de bañar. Hay toneladas de champú, jabón y otras cosas en el baño. También hay una rasuradora eléctrica que es una pesadilla y me arranca trozos de la barbilla, pero puedo sanarme con suficiente rapidez, así que la utilizo.

Reviso el tatuaje de mi cuello. Sigue igual.

Reviso todos los tatuajes diariamente y siguen idénticos al primer día. Raspé la piel en uno de los que tengo en el tobillo para ver qué pasaba, pero el señor Wallend tenía razón: el tatuaje reapareció. Incluso se entreveía en la costra como con un color azul fluorescente.

Veo mis ojos reflejados en el espejo, los ojos de mi padre. Me pregunto si él se mira al espejo y se pregunta por mis ojos. Quiero ver a mi padre algún día, sólo una vez, sólo estar con él una vez y hablar con él. Pero quizá sería mejor para los dos si nunca nos encontráramos. Si él cree en su visión, no querrá conocerme. Me gustaría saber más sobre la visión.

¿Era yo quien lo acuchillaba con el Fairborn? ¿Lo apuñalaba en el corazón? Quiero decirle a mi padre que yo nunca haría eso. No podría.

Mis ojos se ven muy negros ahora, los huecos triangulares apenas se mueven.

Estoy de vuelta en la cocina, la última bolsa de té y yo.

Me tengo que ir. Tengo que encontrar el camino hasta Mercury y recibir mis tres regalos. Y se me está acabando el tiempo. Falta poco más de dos meses para mi cumpleaños.

Y eso significa que tengo que ir a casa de Bob, el lugar que he encontrado en mi mapa. Sólo que eso me lleva a mi problema. Me vuelve a llevar al callejón.

Cuando pasé por la puerta del patio del edificio del Consejo hasta el callejón y comencé a correr, lo hice a buen paso, a un paso rápido. Tres o cuatro minutos después, seguía corriendo y aún no había llegado al final del callejón. Era como correr sobre una cinta transportadora que gira en la dirección equivocada, como si me estuvieran jalando de regreso; y comencé a sentir pánico y casi me puse a gritar, pero seguí corriendo y de alguna manera llegué al fondo, donde daba la vuelta el callejón. Me aferré a la esquina de la pared, y una mujer pasó caminando y se me quedó mirando. Entonces le di la vuelta a la esquina, caminando, sin soltar la pared, y parecía como si no la hubiera soltado durante siglos.

Ahora tengo que volver ahí, girar esa esquina y subir por el callejón. La dirección de Bob, el hombre que necesito ver, está en el callejón Cobalt. *Ese* callejón.

NIKITA

El edificio del Consejo está al otro de la calle, a mi izquierda. Al principio no estaba seguro de que fuera el edificio correcto. Me lo esperaba de estilo gótico, con chapiteles y ventanas emplomadas, como es por dentro, pero desde afuera parece distinto. Es un edificio de oficinas de los años setenta, grande y cuadrado, de concreto gris oscuro y con algunas manchas negras. Sé que ese es el edificio por el callejón que tiene a su lado. Además, rodeé el callejón a pie y encontré la entrada que Abu y yo solíamos usar. Está detrás, por una pequeña portería que todavía sigue ahí. Ese es el único trozo viejo del edificio que se puede ver desde afuera.

Llevo un rato parado en la puerta mirando el edificio. Hoy está soleado, pero este lado de la calle está a la sombra, y las sombras se extienden hasta el otro lado, subiendo hasta la mitad de la fachada de enfrente. El edificio del Consejo tiene ventanas cuadradas colocadas en hileras, y la mayoría reflejan la luz del sol con un resplandor azul negruzco, aunque también pueden verse andrajosas persianas verticales colgadas de manera desigual en las más bajas, que están en la sombra, con macetas de plantas sin regar que afean el alféizar. Parece un edificio sin amor ni cuidados. En su interior no hay movimiento. He visto a dos personas entrar, dos mujeres. Podrían haber sido brujas, pero no he logrado ver sus ojos.

Nada ni nadie ha subido ni bajado por el callejón.

Me dije que vigilaría una o dos horas, pero siento como si las ventanas de las oficinas me observaran a mí. Necesito quitarme esto de encima.

Me siento un poco tembloroso.

No lo he podido hacer. Me acerqué pero no pude subir.

Pero lo haré. Lo tengo que hacer.

Aunque todavía no.

No está pasando nada. Esperaba ver a ese tipo, Bob, caminar por el callejón, pero no ha aparecido.

Tendrá que salir en algún momento. Lo mejor es mantenerme bien atrás y mirar.

Hasta donde sé, ha debido tomarse el día libre o quizá esté de vacaciones.

Sólo ha pasado un día. Sólo un día menos.

Día dos.

De acuerdo. El día uno no ha sido un éxito. Nadie subió ni bajó por el callejón —yo incluido—. Unas cuantas personas entraron y salieron del edificio del Consejo.

Pero hoy he llegado temprano. Dormí en otro portal a un kilómetro de aquí.

Algo sucede. Unas cuantas personas han entrado al edificio del Consejo, pero aún más importante, una camioneta sube por el callejón. Las rejas del patio se abren, la camioneta entra y se cierran las rejas. Todo parece normal.

Nadie ha subido ni bajado caminando por el callejón. Estoy esperando a que mi hombre lo haga.

Y esperando.

Y esperando.

Pero todos pasan caminando por el fondo del callejón, sin siquiera voltear a ver aquí arriba, como si no lo percibieran. Hay un letrero que dice callejón sin salida y una pared de ladrillos en el extremo del fondo, así que lo más probable es que nadie entre. Pero aun así, es como si fuera invisible para los transeúntes.

¿Y qué pasaría si no viniera nunca? Mary me habló de él hace años, quizá ya no esté aquí. Quizá el Consejo lo haya atrapado.

Y por supuesto, justo cuando no estoy poniendo realmente atención, alguien viene de la calle y sube caminando por el callejón. Un hombre. ¿Pero se trata de Bob?

Ahora me da la espalda.

Tiene el pelo canoso, es delgado, viste pantalón beige y chamarra azul marino, y lleva una bolsa de deporte. Camina rápidamente, sin mirar la puerta por la que escapé, sin mirar las rejas por las que pasó la camioneta, y sigue hasta el final. Gira hacia la puerta que tiene a su derecha y la abre. Mientras voltea el picaporte y da un paso adentro, se gira para mirarme. Luego ya no está.

Así que, si ese es Bob, ¿espero a que vuelva a salir? Podría quedarse ahí dentro varios días. Tengo que verlo. Debo dejar de ser tan patético. Cruzo la calle.

¿Y ahora qué?

Una chica camina por el callejón; se mueve con rapidez, y de inmediato llega al final, llama a la puerta del hombre y entra.

¿Qué?

¿Hago lo mismo? ¿O espero?

Se escucha el estrépito de un claxon. Estoy en mitad de la calle. Vuelvo a escabullirme en mi lado de la calle y dentro de mi portal.

¿La chica estaba vigilando también? ¿Está buscando ayuda, o es su asistente... hija... amiga?

Ya está saliendo. Es una chica más joven que yo.

Camina rápido, corriendo hacia el otro lado de la calle por un hueco en el tráfico, volteando a su derecha y mirándome de reojo.

Me llama.

Miro al callejón.

El callejón no va ir a ninguna parte.

Me giro a tiempo para ver a la chica dar la vuelta por otra calle y corro para alcanzarla.

Corta por otra calle lateral y luego otra, y sale a una calle principal con gente y con tiendas. Gente ocupada y que regatea, pero ya no veo a la chica. Podría estar en cualquiera de las tiendas. Ropa. Música. Libros.

Me vuelvo y está de pie justo frente a mí.

—Hola —dice y me agarra el brazo—. Se ve que necesitas tomar algo.

Ella escoge una mesa al fondo del café y nos sentamos uno frente al otro. Previamente pidió chocolate caliente con malvaviscos y me dijo que llevara la bandeja. Ahora se lleva la taza a los labios y me clava la mirada por encima de su montaña blanca y rosada. Sus ojos definitivamente son fain: verdes, bonitos, pero sin esa cosa de bruja... los destellos. Definitivamente son fain. Y aún así son extraños; tienen una consistencia líquida. Hay otro color ahí dentro, un turquesa que a veces está y a veces no. Como un océano tropical.

—¿Quieres ver a Bob? —mueve su largo pelo color café sobre su hombro.

Asiento y trato de sorber mi bebida, pero no consigo hacerla subir por el montón de malvaviscos. Me como todos los malvaviscos para deshacerme de ellos.

—Puedo ayudarte —pellizca sus malvaviscos y blande uno rosado en el aire mientras dice—: ¿Cómo te llamas?

—Ejem, Iván.

—Es un nombre poco común —levanta otro malvavisco y agrega—: bueno, aunque supongo que no en Rusia.

Le da un sorbo a su chocolate caliente.

—Yo soy Nikita.

No le creo.

—¿Trabajas con Bob? —le pregunto.

Tiene una apariencia de catorce años, quince máximo. Debería de estar en la escuela.

—Le ayudo con algunas tareas. Un poco de esto. Un poco de lo otro. Le hago mandados. Ya sabes.

En realidad no sé a qué se refiere.

Se acaba su chocolate caliente, sacándolo todo con una cuchara. Después de raspar mucho, la baja, y dice:

—¿Quieres una galleta? —se levanta y se va antes de que pueda responderle.

Regresa con dos enormes galletas de chocolate y me pasa una. Tengo que concentrarme para no metérmela en la boca de un solo golpe.

—No deberías de rondar frente al edificio del Consejo —dice.

—Lo hacía con cuidado.

—Yo te vi.

Lo hacía con cuidado.

—Necesitas unos lentes de sol para esconder tus ojos. Y no tengo idea de qué es eso —señala mis tatuajes—, pero yo que tú conseguiría unos guantes.

Llevo una bufanda alrededor del cuello que tomé de la casa de campo, pero allí no había guantes.

Se inclina hacia mí.

—El callejón Cobalt está protegido.

—¿Sí, cómo?

Gesticula con las manos:

—Con magia, por supuesto. Los fains no ven el callejón. Sólo los brujos pueden verlo.

Así que es bruja. Pero sus ojos son distintos.

—Una vez que estés en el callejón, no saldrás de él a menos que mires a dónde vas y pienses en el lugar al que te diriges. Y me refiero a mirar con ganas y pensar con ganas. Al entrar mira sólo la puerta de Bob, piensa en la puerta y en nada más, y llegarás a ella. Cuando salgas, quédate mirando los edificios que están al fondo de la calle. No mires hacia abajo. Nunca mires hacia abajo. Si miras las rejas del edificio del Consejo, si piensas en el edificio del Consejo, ahí es donde acabarás.

—Entendido… Gracias.

—Tu disfraz de desamparado está bien, por cierto —y me sonríe, así que no estoy seguro de si está bromeando o no. Antes de que pueda responderle se levanta y sale del café.

Mi estómago gorgotea y me llega ese sabor a la boca, de modo que tengo que ir corriendo al baño. Vomito en el inodoro, una mezcla de color café con pequeños grumos y malvaviscos flotantes.

Espero. No sale nada más, así que me doy la vuelta para beber agua del grifo. El rostro que me mira desde el espejo está pálido con los ojos inyectados en sangre, apesadumbrados por bolsas negras. Me esfuerzo al máximo por sanarme, pero la única solución sería disponer de comida decente y agua. Examino las condiciones de mis viejos *jeans*, desgastados en el trasero y las rodillas. Mi camisa tiene agujeros en los brazos y alrededor de algunos de los botones. La camiseta de abajo está gris y deshilachada alrededor del cuello.

Me dirijo hacia la salida del café, pero la mujer que está tras el mostrador me alcanza.

—Tu amiga te acaba de dejar algo —dice, entregándome una bolsa grande de papel.

Dentro de la bolsa hay dos paquetes de sándwiches de jamón y queso, tocino, tomate y lechuga; una botella de agua, una botella de jugo de naranja natural y una servilleta que tiene algo escrito. Me lleva cinco minutos entender qué dice.

Para Iván
De Nikita

EL CALLEJÓN COBALT

Me comí el sándwich, me tomé toda el agua y ahora estoy mirando el callejón Cobalt. No puede ser tan difícil, ¿verdad? Tengo que seguir adelante. Bob y Nikita pasaron pegados a la estrecha acera del lado derecho. El edificio de Bob se extiende hacia la parte de atrás, desde la esquina hasta la pared del callejón sin salida. Es un edificio bajo y en mal estado, de una planta, con tejado de pizarra, y su única puerta y su única ventana están lejos, en el extremo final del callejón.

Mantengo un paso constante para parecer confiado-pero-no-apurado, e inclino la cabeza ligeramente hacia el Consejo. Tengo los ojos clavados en la entrada de la casa de Bob. Sólo pienso: *La casa de Bob. La casa de Bob.*

Sé que no tengo una apariencia relajada, y tengo que obligarme a aminorar el paso en caso de que alguien del edificio del Consejo pueda verme. Pero en ese momento siento que el edificio del Consejo me jala y pienso, *¡Mierda! La casa de Bob. La casa de Bob.* Mantengo los ojos fijos sobre su puerta.

Llego al fin. *Gracias.*

La casa de Bob.

Llamo a la puerta.

La casa de Bob. La casa de Bob.

Me quedo mirando la puerta. Comienzo a balbucear:

—Por favor apúrate. La casa de Bob. La casa de Bob.

Nada.

La casa de Bob. La casa de Bob.

Vuelvo a llamar a la puerta. Más fuerte.

—¡Apúrense! ¡Apúrense! La casa de Bob. La casa de Bob.

¿Qué hago ahora si salen los guardias del edificio del Consejo? Estoy atrapado. Todo podría ser una trampa del Consejo. Y siento mi cuerpo atraído hacia el edificio del Consejo.

¡LA CASA DE BOB! ¡LA CASA DE BOB! No puedo esperar tanto tiempo. La casa de Bob. La casa de Bob.

La puerta hace clic y se abre un poquito.

No sucede nada más.

Entro en la habitación, me doy la vuelta y cierro la puerta con fuerza.

—¡Maldita sea! La casa de Bob.

—Sí, adelante, por favor. Me alegra que lo hayas logrado, pero tendré que matarte si miras siquiera la pintura —lejos de ser una amenaza, las palabras suenan como una desesperada llamada de atención.

Me doy la vuelta y me encuentro un cuarto mugriento. Hasta el aire sabe a mugre. Contra la pared lejana, que no está tan lejos, pues la habitación es estrecha, hay una mesa de madera con un plato de fruta encima. Sobre la mesa están esparcidas unas cuantas manzanas y peras. A mi derecha hay una silla de madera y un caballete, y detrás de ellos hay una puerta abierta de donde la voz ya ha desaparecido. La posición del caballete indica que la pintura será un bodegón de fruta. Paso a la siguiente habitación, deteniéndome en el camino para ver el trabajo en curso. Es bueno, tradicional y detallado. Óleo sobre lienzo.

En el siguiente cuarto veo la espalda jorobada de un hombre. Está mezclando algo en un cazo pequeño y abollado. Se respira un aroma a sopa de tomate.

Espero en la entrada. El cuarto despide la fría sensación de una cueva. Parece incluso más pequeño que el estudio de pintura, pero eso es porque contra las paredes hay pilas de grandes bastidores de tela, todos con su reverso desnudo y pálido mirando a la habitación. La única luz proviene de dos pequeños tragaluces. Hay un pequeño sofá de piel sintética negra, una mesa de centro baja de formica con tres patas, una silla de madera como la del primer cuarto, una fila de muebles de cocina con una superficie de trabajo manchada sobre la que está puesta una tetera y una sola hornilla eléctrica. En el escurridor que está junto al fregadero hay una gran cantidad de tazas y una lata de sopa abierta.

—Estoy preparando el almuerzo.

Como no contesto, deja de remover la sopa y voltea a mirarme, enderezándose mientras sonríe. Sostiene la cuchara de madera en el aire como podría sostener un pincel, y una mancha de color rojizo anaranjado cae sobre el linóleo.

—Me gustaría pintarte.

No creo que lograra captar mis ojos.

El hombre inclina la cabeza.

—Mejor no. Sería un desafío.

No contesto. ¿He dicho lo de mis ojos en voz alta?

—Creo que te sentaría bien tomar un poco —levanta el cazo y arquea las cejas para enfatizar la pregunta.

—Gracias.

El hombre vierte la sopa en dos tazas que estaban en el escurridor y coloca el cazo en el fregadero. Después levanta las tazas y me ofrece una, diciendo:

—Me temo que se han acabado los crutones.

Se sienta en el sofá de piel sintética, que es pequeño y estrecho.

—No tengo la menor idea de lo que es un crutón.

—¿A qué vamos a llegar? —suspira él.

Me siento en la silla y sostengo la taza para calentarme las manos. La habitación es considerablemente fría y la sopa apenas está tibia.

El hombre se sienta con las piernas cruzadas, revelando lo increíblemente delgadas que son bajo sus pantalones holgados, y también un calcetín rojo. Gira su pie una y otra vez y sorbe su sopa.

Me trago casi toda la mía de una sola vez.

Su pie se detiene.

—El problema aquí es la humedad. Incluso durante el verano el sol no pega nunca, y la humedad sube desde abajo. Debe ser el río —sorbe su sopa, frunciendo los labios cada vez que la saborea, y después coloca la taza en la mesa, diciendo—: Y la hornilla eléctrica no funciona bien, no está emitiendo mucho calor.

Saboreo el último trago de sopa. No está tan buena como el sándwich, pero me sienta bien, y me doy cuenta de que estoy relajado. Sé que es él. Definitivamente no es un Cazador. Es Bob.

—Hablo en serio, me encantaría pintarte. Así —gesticula hacia mí con una mano—. Sentado en una simple silla de madera, joven y medio muerto de hambre. Tan, tan joven. Y con esos ojos —deja de gesticular con la mano y se inclina hacia adelante para mirarme el rostro fijamente—. Esos ojos. Quizá algún día me dejes hacerlo. Sin embargo, esto no es para hoy. El trabajo de hoy es de otra naturaleza.

Estoy a punto de abrir la boca para hablar, pero coloca su dedo en sus labios.

—No es necesario.

Sonrío. Me agrada este tipo. Estoy casi seguro de que su Don es leer la mente, lo cual es bastante inusual, y...

—Tengo cierta habilidad, pero un poco a la manera en que mi pintura es aceptable porque está trabajada; trabajada con oficio, podría decirse, más que... —se detiene y se me queda mirando—. No soy ningún Cézanne. Por ejemplo, tengo que concentrarme mucho para extraer los pensamientos clave de ese huevo revuelto que es tu mente. Pero aún así, resulta obvio el porqué estás aquí —y se da un golpecito en el lateral de la nariz.

Pienso con fuerza: *Tengo que encontrar a Mercury.*

—Eso sí que me ha llegado alto y claro.

¿Puedes ayudarme?

—Puedo ponerte en contacto con la siguiente persona de la cadena. Nada más.

Así que desde aquí no llegaré directamente hasta Mercury. *Pero tengo una fecha límite para trabajar. Dos meses.*

—Tiempo suficiente. Pero debes entender, y estoy seguro de que lo entiendes mejor que la mayoría, que la precaución es vital para todos los involucrados.

¿Sabe quién soy? ¿Por qué entendería yo mejor que la mayoría?

—Oí un rumor de un prisionero que se escapó del Consejo. Un prisionero importante. El hijo de Marcus.

Oh.

—Los Cazadores lo están persiguiendo. Y son muy buenos para eso.

Me mira fijamente.

Me doy cuenta de que he dejado escapar un pensamiento.

—¿Puedo verlos?

Extiendo mi mano hacia él, pero se levanta y va a la habitación trasera. Escucho el sonido de un interruptor y el foco que está sobre mí parece indeciso en cobrar vida. Bob regresa y se sitúa frente a mí. Toma mi mano entre las suyas. Sus manos son frías y delgadas, y sus dedos huesudos levantan mi piel para deformar el tatuaje.

—Son verdaderamente odiosos, ¿no crees?

No estoy seguro de si se refiere a los tatuajes o a los Brujos Blancos.

—Los dos, querido, los dos.

Suelta mi mano.

—¿Puedo ver los otros?

Se los muestro.

—Bueno, bueno, bueno… —Bob regresa a su sofá y su pie comienza a dar vueltas otra vez—. Tenemos que comprobar si tienes razón, si estos tatuajes sirven para rastrearte de alguna manera. Si es así, pues, mi destino está sellado.

Levanta las manos.

—No, no. No necesitas disculparte… Más bien creo que debería disculparme yo contigo porque vamos a tener que hacer que venga alguien a revisarlos. Sospecho que no será un procedimiento veloz, y sé que no será placentero. El hombre que tengo en mente es un filisteo.

Bob se levanta y lleva las tazas al fregadero.

—Creo que no me voy a molestar en recoger. Es hora de pasar a lo siguiente. ¿Sabes?, siempre pensé que debería de pintar en Francia, buscar el espíritu de Cézanne en las colinas. Puedo hacerlo mejor que esto.

Sí.

—¿Debería llevarme las pinturas?

Me encojo de hombros.

—Tienes razón, lo mejor es empezar de cero. ¿Sabes?, ya me siento mejor.

Vuelve a desaparecer en la habitación trasera y regresa con un trozo de papel y un lápiz. Dibuja recargado sobre la superficie de trabajo de la cocina. Me gusta mirarlo. Su dibujo es mejor que su óleo.

—Eres muy amable. Pensé que una imagen tendría más sentido para ti que unas feas palabras.

En el dibujo estoy yo, estirándome para alcanzar la parte de arriba de una taquilla que parece estar en una estación de ferrocarril. Hay un letrero, pero no trato de leerlo ahora. Lo deletrearé después.

Me pasa el dibujo, diciendo:

—Sabes que eres hermoso, ¿verdad? No dejes que te atrapen.

Lo miro y no puedo evitar sonreír. Me recuerda a Arran, sus suaves ojos grises llenos de la misma luz plateada, aunque todo el rostro de Bob luce gris y arrugado.

—No es necesario que me restriegues el tema mi apariencia. Necesitarás dinero.

Me doy cuenta de que no le he dado nada a Bob.

—Me has dado la oportunidad de una nueva vida y un poco de inspiración. Eres mi muso y, ay de mí, tendré que quedar satisfecho con este mínimo, fugaz, atisbo de ti. Pero otros están menos interesados en la estética de la vida y más en obtener ganancias de manera sórdida.

¿Cuánto cobrarán?

Ahora Bob extiende sus brazos y mira alrededor de la habitación:

—Como verás, no soy un experto en dinero. No tengo la menor idea del tema.

Ahora recuerdo preguntarle por Nikita.

La chica que me ayudó... ¿es una bruja?

—Mi querido chico, espero que te des cuenta de que si, veinte minutos después de que te vayas, llama a la puerta un hombre que hace preguntas sobre ti, sería terriblemente grosero de mi parte contestarlas. Detestaría hablar de ti a tus espaldas, y no desearía ser descortés con alguien que viene hasta aquí. Tanto si llaman a la puerta dentro de veinte minutos o dentro de veinte años, deben aplicar siempre las mismas reglas de conducta.

Asiento.

Gracias por enviarla a ayudarme. Y por los sándwiches.

—Yo no le pedí que te diera comida —sonríe—. Es una chica dura de corazón blando.

Sonrío ampliamente y me doy la vuelta para irme.

Me dice, *Adieu, mon cher,* mientras la puerta se cierra detrás de mí.

Bajo caminando rápidamente por el callejón, pegándome a la pared que queda a mi izquierda y con los ojos puestos en los edificios del fondo, pensando: *El fondo del callejón. El fondo del callejón.*

DINERO

La advertencia de Bob sobre los Cazadores me caló profundamente. Sabía que estarían tras de mí, pero ahora la adrenalina me sube de golpe cada vez que veo a alguien vestido de negro. Encuentro un parque a unos cuantos kilómetros y camino de un lado al otro. Un tipo que pasea perros me ayuda a leer el letrero del dibujo, que dice *Earls Court*. En el dibujo también hay un hombre sentado en una banca leyendo *The Sunday Times*. El tipo que pasea perros me dice que hoy es miércoles, así que tengo cuatro días para reunir todo el dinero que pueda.

No tengo la menor idea de por dónde comenzar, pero sé que conseguir un trabajo no es la respuesta. Recuerdo los consejos sobre robar que me dio Liam, el chico con quien hice el servicio comunitario: "Búscate a alguien estúpido y rico, hay montones, y róbale".

Estoy cerca de la catedral de San Pablo. Todo está en silencio. Las pocas personas que he visto, salieron de un bar y se subieron directamente en un taxi. Espero en la calle más adelante.

Es ya tarde cuando aparece un solitario caballero del distrito financiero, caminando con cuidado y maldiciendo la falta de taxis. Viste de forma realmente elegante, con zapatos sin agujeros y un cinturón que indica que para él, la falta de comida no es un problema. La verdad es que no sé cómo hacer esto, pero me acerco a él desde el otro lado de la calle. Hace como que no me ve, y acelera el paso. Me cruzo en su camino y se detiene. Debe pesar el doble que yo, y no es bajo, pero es débil y lo sabe.

—Mira, amigo —le digo—. No quiero hacerte daño, pero necesito todo tu dinero.

Mira a su alrededor y me doy cuenta de que va a comenzar a gritar.

Me acerco a él y lo empujo contra la pared. Está pesado pero cuando lo golpeo contra la pared, parece soltar un bufido de aire como si fuera un globo que se desinfla.

—De verdad que no quiero hacerte daño pero necesito todo tu efectivo —pongo mi brazo en su cuello, al tiempo que empujo su cabeza a un lado. Pero sus ojos me clavan la mirada.

Desliza una cartera larga, delgada y negra de su saco. Le tiembla la mano.

—Gracias —le digo.

Tomo los billetes, cierro la cartera, se la devuelvo y me voy.

Después, me acurruco a la entrada de una tienda y pienso en el hombre. Probablemente esté acostado en una bonita y cómoda cama, y definitivamente no tiene a una jauría de Cazadores detrás de él, pero podría haber acabado en el hospital con un paro cardiaco. No quiero matar a nadie. Sólo necesito su dinero.

Al día siguiente le echo un ojo a la estación de Earls Court. Me lleva un rato encontrar el andén y el lugar que indica el dibujo de Bob, pero la banca, el letrero y la taquilla están ahí. Sólo tengo que regresar dentro de tres días y agarrar lo que sea que esté encima. Pruebo a pasar mi mano por encima ahora, pero sólo encuentro mugre.

Ahora necesito hombres jóvenes, ricos y sanos para asaltar.

Liam debería de venir a Londres. Le encantaría. El lugar está repleto de gente rica y estúpida. Unos cuantos se resisten, y otros tratan de golpearme, pero básicamente todo termina antes de comenzar.

Me he comprado un traje, y fui a que me cortaran el pelo para perderme entre los fains. Pero en Canary Wharf, el otro distrito financiero, todo está muerto los sábados, y estoy contento porque robarle a estos tipos es muy rastrero, y todos son bastante inútiles. He reunido más de tres mil libras y tengo mi conciencia razonablemente limpia, pero no es nada divertido hacer algo sólo por dinero.

El domingo tomo el metro hasta Earl's Court y camino por la estación, atento de que no haya Cazadores. Nadie repara siquiera en mí; todos miran al frente sin expresión o a sus teléfonos. Camino hasta el final del andén y de nuevo hasta la taquilla y me estiro.

Hay un trozo de papel ahí. Lo deslizo hasta el borde con las puntas de mis dedos, lo meto directamente en mi bolsillo y sigo con lo mío casi sin alterar el paso.

Hago migas con una mujer en una cafetería. Ella me lee las instrucciones. Se asemejan a las que me dio Mary aunque no tan precisas. Son para el jueves.

JIM Y TREV
(PRIMERA PARTE)

He seguido las instrucciones cuidadosamente, y me han llevado a las afueras de Londres, a una sucia casa en el confín más sucio de la periferia. Estoy de pie en la sala de alguien. Está oscuro. Jim está sentado en la escalera. Bob será un artista que lucha por mantenerse a flote, pero Jim parece más un criminal que lucha por mantenerse a flote, un Brujo Blanco de la más ínfima destreza. No es ningún Cazador, eso me queda claro.

La casa es pequeña, propiedad de unos fains que, según me asegura Jim: "No saben nada de nada". La puerta principal conduce a una estancia que lleva a la cocina. Hay unas escaleras en una esquina y una televisión grande de pantalla plana, pero por alguna razón no hay sillas. Jim ha cerrado las cortinas y el aire se nota enrarecido. Hay un olor a cebollas y ajo, que creo que provienen de Jim.

Jim no me ha dicho cómo localizar a Mercury, pero sí ha recalcado la importancia de tener un buen pasaporte, o mejor dicho, dos pasaportes, que sus pasaportes son pasaportes de calidad, que de hecho son pasaportes reales, y bla, bla, bla...

Se limpia la nariz con el dorso de la mano antes de volver a aspirar una gran cantidad de moco de vuelta a su pecho.

—Están más trabajados que un traje a medida, con más habilidad, con más destreza. Estos pasaportes te permitirán pasar por las revisiones más estrictas. Estos pasaportes podrían salvarte la vida.

Ni siquiera quiero un pasaporte. Sólo quiero la dirección de Mercury. Pero comienzo a adivinar que no debería discutir con él.

—Pues claro que tienes razón, Jim.

—Vas a comprobar que tengo razón, Iván. Ya lo verás.

—Aquí tienes dos mil entonces, por dos pasaportes y la dirección de Mercury.

—Ay, lo siento si no fui claro Iván. El total es de tres mil libras —se vuelve a limpiar la nariz, esta vez con la palma de la mano.

—Oye, dijiste mil por un pasaporte.

—Ay, Iván, eres novato en esto, ¿verdad? Permíteme que te lo explique. Es el problema con los extranjeros. Podría conseguirte un pasaporte británico por mil libras, pero es mejor conseguir también uno de algún país extranjero. Una posibilidad es Estados Unidos, pero en estos momentos prefiero Nueva Zelanda. Mucha gente le tiene rencor a los yanquis por una u otra razón, pero nadie tiene nada contra los kiwis, salvo quizá algunas cuantas ovejas… —aspira y traga profundamente—. Claro, las cosas extranjeras son más caras.

No sé. No tengo la menor idea de si mil libras es un precio razonable o no. Me parece mucho. Dos mil libras me suena ridículo.

—Mercury querrá saber que lo estás haciendo con cuidado. Le gusta que la gente tome todas las precauciones.

Y yo no sé si él tiene la menor idea sobre Mercury, pero…

—Perfecto. ¿Cuándo?

—Estupendo, Iván. Es estupendo hacer negocios contigo. Maravilloso.

—¿Cuándo?

—De acuerdo, hijo. Sé que tienes muchas ganas. Yo creo que con dos semanas nos arreglamos, pero pongamos tres para estar seguros.

—Pongamos dos semanas, un pasaporte y mil libras.

—Dos semanas, dos pasaportes, tres mil.

Asiento y me alejo de él.

—Estupendo… La mitad ahora, claro.

No tengo ganas de discutir más, así que saco tres fajos que tenía preparados con quinientas cada uno. Lo vi en una película y me gusta hacerlo. Con Jim, todo parece como una película de gángsters barata.

—Recoge la dirección a la misma hora dentro dos semanas y síguela. Será en un punto de encuentro distinto. Nunca uso el mismo lugar dos veces. Trae el dinero, etcétera, etcétera.

—¿Las instrucciones forman parte de un hechizo, Jim?

—¿Un hechizo?

—Las instrucciones para llegar al punto de encuentro. Un hechizo para asegurarse de que los Cazadores no puedan seguirnos.

Jim sonríe.

—Qué va. Aunque siempre vigilo a mis clientes mientras esperan los autobuses y trenes, y si hubiera visto un Cazador ya me habría largado hace mucho.

—Ah.

—Básicamente son direcciones de lugares. No quiero que el cliente se pierda. Te sorprendería lo tontas que son algunas personas.

Jim va a la puerta y enciende la luz.

—Caramba —los dos parpadeamos y nos protegemos los ojos por el resplandor—. Sólo necesito una foto tuya.

Mientras hace eso, me pregunto cuál es su Don. Se considera de mala educación preguntar, pero como es Jim, lo hago.

—Lo de siempre. Pociones. Las odio —me dice.

Prosigue:

—Y yo pensaba… todos pensábamos que iba a tener un Don fuerte. Desde niño tenía un talento especial, y mi madre, bendita sea, decía: "Mi hijo tendrá un Don fuerte". Verás, desde los tres o cuatro años ya podía distinguir entre brujos y fains. Podía notarlo muy fácilmente, y eso es poco común, lo es.

—Sí. Es raro, eso sí. ¿Y cómo lo haces, Jim?

—Bueno, no te lo vas a creer, pero todo está en los ojos… Veo pequeños destellos de plata en los ojos de los Brujos Blancos.

Debo de haberme quedado con la boca abierta.

—No me crees, ¿verdad?

—Jim, sólo estoy… asombrado. ¿Exactamente cómo son esos destellos de plata?

—Ah, pues, en realidad no hay nada parecido. La mejor manera que tengo de explicarlo es que son láminas delgadas de plata que dan vueltas, girando y girando, como trocitos en uno de esos juguetes donde sacudes la nieve. Algo así.

—¿Lo ves en tus propios ojos cuando te miras al espejo?

—Lo veo. Lo veo.

—Asombroso.

—Sí, lo es. Hermoso, en realidad. Los brujos tienen ojos hermosos.

—¿Y qué ves en mis ojos, Jim?

—Ah, bueno, tus ojos… tienes ojos interesantes, eso es cierto.

—¿Ves reflejos plateados?

—Iván, sinceramente, tendría que confesarte que no son tan plateados…

Me siento en el suelo y recargo la espalda contra la pared.

—¿Todos los Brujos Blancos tienen láminas plateadas en los ojos?

—Hasta donde yo he visto, sí.

—¿Has visto alguna vez a un Brujo Negro?

—Unos cuantos. Sus ojos son distintos —parece preocupado—. No plateados.

—¿Como los míos?

—No. Diría que los tuyos son únicos, Iván.

No. Son como los de mi padre.

Jim aspira con fuerza, da un trago y se sienta junto a mí.

—También puedo distinguir a los Mestizos.

—¿De verdad? —creo que nunca he visto a un Mestizo, alguien que sea mitad brujo y mitad fain. Los brujos los desprecian.

—Tienen ojos muy bonitos, pero extraños… como el agua que fluye.

Llaman a la puerta y estoy de pie detrás de ella, mirando a Jim. Él me sonríe.

—Todo bien, Iván, todo bien. Sólo es Trev —Jim mira su reloj—. Pero llega tarde. Siempre llega tarde, este Trev.

—¿Quién es Trev? —susurro.

Jim se levanta y estira la espalda antes de deambular hasta la puerta.

—Trev es el cerebro. Tiene muchas habilidades, Trev no tiene —y aquí Jim baja la voz hasta susurrar— mucha magia, pero sí muchas habilidades. Le va a echar un ojo a esos tatuajes que tienes.

Trev parece un experto, pero no estoy seguro en qué. Es excepcionalmente alto y se está quedando calvo, con pelo canoso y ralo que le brota desde la altura de la punta de las orejas hasta los hombros. Lleva un viejo traje marrón, una camisa gruesa color beige y un chaleco de punto color rojo óxido. Trev es inexpresivo en todos los sentidos. Su cuerpo parece flotar, con apenas cualquiera de los movimientos de sus brazos y piernas. Su voz suena impasible y sin matices cuando dice "Hola, Jim". Muestra un interés mínimo en mí y casi no me mira la cara, lo cual me parece bien. Sin embargo, parece volver a la vida con mis tatuajes.

—Voy a tener que tomar muestras —dice, examinándome y jalándome la piel de un lado a otro, pasando de mi cuello a mi mano hasta llegar a mi pierna— de piel y hueso.

—¿De hueso?

—Lo extraeré del tobillo.

—¿Cómo?

Trev no contesta pero se hinca en el suelo y abre su bolsa de cuero negro desgastado. Parece un botiquín médico antiguo.

Noto que Jim sonríe ampliamente.

—¿Eres médico, Trev? —pregunto.

Quizá Trev no me ha escuchado, pues no contesta. Jim se ríe disimuladamente y aspira con entusiasmo.

Trev saca una bolsa de plástico, la rasga para abrirla y coloca una sábana quirúrgica azul en el suelo. Lo siguiente que saca de la bolsa es un bisturí: también está en una bolsa de plástico que rasga rápidamente para abrirla y aparta a un lado. Pronto hay una resplandeciente fila de artilugios quirúrgicos, el más preocupante de todos es una pequeña sierra.

Para entonces, Jim ya está dando saltos de júbilo.

Trev extiende otra sábana azul bajo mi pierna y luego comienza a limpiarme el tobillo con una toallita quirúrgica, mientras dice:

—Es mejor que no use anestésicos.

—¿Cómo?

—A menos que el paciente se mueva demasiado. ¿Crees que podrías quedarte quieto?

—Probablemente no —mi voz se agudiza.

—Lástima —mira a su bolso y saca una jeringa hipodérmica y un poco de líquido transparente—. Tengo que analizar tu piel, tejidos y hueso. Si queda un poco de anestésico ahí, puede afectar los resultados.

No sé si se lo está inventando o simplemente quiere hacerle pasar un buen rato a Jim.

Jim parece ansioso.

—Está bien. Me quedaré quieto —y me pregunto en qué momento puedo cambiar de parecer.

—Jim puede ayudar…

—No, no lo necesito —no quiero sus mocosos dedos cerca de mí. Son más aterradores que la sierra.

—No sanes nada hasta que te diga que he terminado. Seré rápido.

Hay que reconocerlo, Trev no desperdicia el tiempo.

No me muevo. Estoy rígido, mirándolo todo. Tampoco emito sonido alguno, nada de gritos ni gemidos, aunque la quijada y los dientes me duelen de tanto apretarlos. Al final de todo estoy completamente bañado en sudor.

Jim me mira sanar y dice:

—¡Cáspita! Eres veloz.

Entonces Trev me pregunta cómo me aplicaron los tatuajes y mientras hablo le pone las tapas a los cuatro recipientes pequeños y redondos de plástico que contienen mis trocitos de piel, sangre, carne y hueso. Después apila los recipientes y coloca una liga grande alrededor, para mantenerlos juntos. Los coloca con cuidado en la esquina de su bolso. Después enrolla la sábana sangrienta de plástico con las herramientas quirúrgicas en un bulto grande, hace que Jim abra una bolsa de basura y lo mete todo, después enreda la sábana que estaba bajo mi pierna y la echa adentro también.

Se acerca a mi tobillo y asiente.

—Borré el "0", pero puedes comprobar que ha aparecido de nuevo en la cicatriz. Es muy ingenioso. Todo es muy ingenioso. Tomaré unas cuantas fotos —saca su teléfono y empieza a tomarlas.

—Interesantes cicatrices —dice al mirarme la mano—. ¿Ácido?

—Estás analizando los tatuajes —le digo.

—Se trata sólo de interés profesional.

—¿Cuánto tardarás en darme los resultados?

Trev me mira sin la menor expresión.

—Tengo que analizar qué químicos hay en los tatuajes. Esto debería ser sencillo, pero habrá magia en ellos, lo cual lo vuelve mil veces más complicado.

—¿Cuándo sabrás si me están rastreando?

Trev no contesta. Cierra el candado de su bolso y se levanta para irse. Le dice a Jim:

—Es poco probable que utilicen los tatuajes para rastrearlo —Trev levanta su bolso y sale caminado.

Jim cierra la puerta.

—Cero modales. Es porque es demasiado listo para tenerlos. De todos modos no le haría ningún daño hacer el esfuerzo —aspira, ingiere otro trago, y luego dice:

—Tampoco se apura nunca. Nunca. Te daré noticias cuando te vea dentro de dos semanas.

—No ha mencionado el dinero.

—Un triste defecto de nuestro Trev, ese. Piensa que está por encima de eso. Pero tiene que comer, ¿no es verdad? Como todos.

—Me imagino que no sale barato.

—Es un experto, Iván. Los expertos no salen baratos. Los expertos en pasaportes, expertos en tatuajes, expertos en cualquier cosa no salen baratos. Cobra por hora. Te dejaré saber más o menos cuánto la próxima vez que te vea.

JIM Y TREV
(SEGUNDA PARTE)

Dos semanas después, por la mañana temprano, Jim y yo estamos en los vestidores de un pequeño club de tenis. No sé si el olor proviene de Jim o del vestidor, pero imagino que los miembros de este club no lo soportarían mucho tiempo.

—Tienes mucho mejor aspecto, Iván. Hasta los cachetes están un poco más rellenos. Demacrado es cómo estabas, demacrado —no deja de mirar de reojo la puerta que está detrás de mí mientras habla.

—¿Hay algún problema, Jim?

—No debería de haberlo. No debería. ¿Seguiste bien las instrucciones?

—Por supuesto.

—Este lugar me da escalofríos. Hagámoslo rápido, ¿sí?

Tomo los pasaportes y los reviso. Los veo bien. Aparecen dos nombres y fechas de nacimiento diferentes, pero en ambos tengo dieciocho años, lo cual es plausible.

—Eso es todo, entonces —dice Jim mientras termina de contar el dinero. Lo mete en el bolsillo de la chamarra y le agarro el brazo.

—La dirección de Mercury, Jim, por favor.

Jim sacude la cabeza tristemente, pero todavía sonríe, como el profesional que es.

—Iván, viejo amigo, lo siento mucho pero no puedo revelar ningún detalle hasta que tengamos los resultados de Trev. Me encantaría ayudarte, claro que sí. Claro que sí.

—¿Y cómo le va a Trev?

—Ah, Trev se la está pasando muy bien, ese Trev. Pasé a verlo el otro día y le está encantando. Un acertijo gigante, dijo. Un gran acertijo gigante.

—¿Y cuándo tendrá la respuesta de ese gran acertijo gigante?

—No lo sabía. Apenas si me habló. Estuvo aún más callado que de costumbre. Pero me dijo que dejaría la dirección en el lugar de siempre el martes a las diez de la mañana. Tendrás que revisar cada martes.

—Supongo que por el tamaño del acertijo no será este martes.

—Nunca se sabe, Iván. Nuestro Trev es un genio. Podría estar teniendo su momento de "eureka" justo ahora. Comprueba cada semana y un martes estará ahí.

—¿Y el dinero?

El rostro de Jim se amarga tanto que frunce la boca y parece incapaz de formar palabras durante unos cuantos segundos antes de sacárselo de encima para expresar:

—Dice que lo discutirá contigo y sólo contigo —Jim se limpia la nariz con los dedos y luego los frota en sus pantalones.

La primera semana no espero que aparezca nada en la taquilla. Ya tengo una reserva decente de dinero y no soporto la idea de robar más. Compro ropa y unas botas nuevas. Me sigo entrenando. Ya hago fácilmente cien flexiones. Pero necesito salir de la ciudad. No he visto Cazadores, y cambio de lugar cada noche para dormir en un portal distinto, pero todo el tiempo estoy ansioso. Decido que después de revisar la taquilla el martes siguiente me iré a Gales o quizá a Escocia, a algún lugar remoto, y volveré el lunes siguiente.

Pero el martes siguiente encuentro un sobre encima de la taquilla. Me alejo caminando lentamente, mirando a mi alrededor. Un niño pequeño de no más de cinco años está agarrado de la mano de su madre y no me quita los ojos de encima. Me quedo inmóvil y miro a mi alrededor otra vez y luego lo vuelvo a mirar. Sigue sin quitarme los ojos de encima. No sé por qué, pero corro.

He sido demasiado complaciente. Pero aunque no me estén rastreando —y comienzo a creer que no lo hacen— sí me están buscando. Podrían tener suerte y verme deambulando por las calles. Me subestimaron y me escapé, pero no debo subestimar a los Cazadores. Como dijo Mary, "la clave está en su nombre".

En el sobre hay un boleto de tren y una nota. Con un poco de ayuda descubro que el boleto es para mañana, y sale a las seis de la mañana. El viaje no puede durar más de unas horas, lo que me dará tiempo de encontrar el punto de encuentro que se indica en la nota:

11:00
Calle Mill Hill, 42

En Liverpool hay pocos brujos porque hay una pandilla de fains que los vigilan, y los tienen entre ceja y ceja. Abu me contó que los Brujos Blancos tratan de no ir nunca ahí porque tienen una especie de acuerdo: los fains lugareños no pondrán a los brujos en evidencia mientras se mantengan lejos de Liverpool.

Me digo a mí mismo que este es un buen plan. Jim me está cuidando al enviarme a un lugar sin Brujos Blancos, sin Cazadores, pero más tarde me pongo nervioso y no consigo quedarme quieto. Me molesta que haya un cambio de planes. Jim nunca mencionó boletos de tren. Siempre habló de instrucciones.

Vuelvo caminando al callejón Cobalt. Creo que Bob se habrá ido hace semanas; espero que sí, pero hay algo que me hace querer revisar. Si el boleto de tren es porque los Cazadores descubrieron a Bob —o peor, porque lo capturaron— quiero saberlo.

Antes de llegar a mi punto de vigilancia previo desde el otro lado del edificio del Consejo, puedo ver que algo sucede en el callejón, así que me sigo moviendo lentamente al otro lado de la calle. Hay una camioneta blanca grande estacionada afuera de casa de Bob, y otro vehículo en el otro extremo que no logro ver bien, pero creo que es el mismo todoterreno que vino por mí a Escocia. Me arriesgo a echar un último vistazo y veo a un hombre salir de la puerta de Bob sosteniendo un cuadro. El hombre es Clay.

No duermo esa noche. Voy a la estación apenas unos minutos antes de la hora de salida del tren, y busco el asiento que había reservado.

El vagón no está ocupado ni a la mitad; es un tren matutino. Trato de mirar a los ojos de cada persona que pasa junto a mí. No veo Cazadores.

Estoy exhausto y dormito durante el viaje. Hay una sacudida y un aviso. Estamos llegando a Liverpool.

Son las 11:15 y con cada minuto que pasa siento la calle Mill Hill menos acogedora. No hay gente en la calle. El número 42 es una casa abandonada en una hilera de casas abandonadas. Los vidrios rotos y los grafitis lo adornan todo, pero adentro está relativamente intacto: el piso está desnudo y la única ventana rota es la que rompí para entrar.

Guardé mi mochila en un callejón un kilómetro atrás. Mis pasaportes y mi dinero están en los bolsillos con cierre de mi chamarra. Llevo una palestina y lentes de sol, aunque no está soleado. Los guantes cortados son más prácticos que los guantes convencionales y esconden el tatuaje y las cicatrices de mi mano, pero no los tatuajes de mi dedo, que he cubierto con cinta.

Me digo a mí mismo que a la primera señal extraña me iré. Pero me estoy engañando; todo es extraño y tengo que ver a Trev.

Estoy parado arriba mirando la calle cuando Trev da la vuelta por la esquina de atrás, caminando rápidamente y llevando una bolsa delgada de plástico de supermercado. Me quedo quieto, un poco alejado de la ventana y miro. Hay un chico en una bicicleta en el otro extremo de la calle y también está mirando a Trev.

Bajo mientras Trev llega a la puerta de entrada y lo arrastro hacia adentro, mientras le digo que este no es un buen lugar para encontrarse.

—Normalmente le dejo todas las direcciones a Jim. Es bueno para eso —Trev mira por la ventana y de nuevo a mí—. Jim se ha ido.

—¿Se ha ido? ¿Adónde?

—Al extranjero, creo... espero. No creo que lo haya agarrado el Consejo, pero nos descubrieron. Por eso me he mudado aquí. Jim me dijo que ni siquiera a los Cazadores les gusta venir aquí.

No le digo que vi a Clay en casa de Bob pero le pregunto:

—¿Tú también te vas al extranjero, Trev?

Intenta sonreír pero parece disgustarse mientras se acaricia el bolsillo del pecho.

—Tengo los boletos y me voy esta tarde.

—Bien. ¿Y qué pasa conmigo?

—Ah, sí, me alegro de que preguntes. Los tatuajes de tu meñique son la clave. Tan pronto como los vi tuve una idea de lo que tramaban. Verás, los tres tatuajes pequeños son un espejo de los tatuajes de tu cuerpo. El de tu uña refleja el de tu cuello, el del medio es el de tu mano, y el de abajo es el de tu tobillo. Planeaban hacer algún tipo de botella de brujo.

Me miro el dedo.

—Las botellas de brujo son extremadamente difíciles de controlar. Creo que trabajan en una versión sofisticada. Una versión muy sofisticada. Así que en vez de poner un poco de tu pelo, piel o sangre en la botella, creo que te iban a amputar el dedo para poder usarlo. Probablemente te lo cortarían en tres partes y harían tres botellas de brujo. Manipularían el tatuaje de tu dedo, y tú lo sentirías, sufrirías el dolor en el tatuaje más grande de tu cuello, mano o tobillo.

—¿Para obligarme a hacer cosas para ellos?

—Eso es lo que me he estado preguntando. No estoy seguro de cómo funcionaría. Podrían infligirte tanto dolor que no tuvieras más remedio que obedecer.

—Obedecer o morir.

—Obedecer o sufrir. Sufrir es su especialidad.

—¿Pero podrían usarlo para matarme?

—Pues sí.

Me arranco la cinta del dedo y miro los tres tatuajes diminutos. Todos llegan hasta el hueso. Saco mi navaja y me pincho el tatuaje que tengo junto a la uña, preguntándome si sentiré algo en el cuello.

—¿Nada? —pregunta Trev.

Sacudo la cabeza.

—Tiene que ser dentro de una botella, con el hechizo correcto.

—¿Cuándo lo habrían amputado?

—Me imagino que querían revisar que los tatuajes fueran profundos y hubieran sanado por completo. Unos cuantos días, no más de una semana. Luego lo hubieran puesto a prueba. Y, claro, si no funcionaba bien, te quedan nueve dedos más.

—¿Podrían hacerlo todavía? Digo, ¿si me atraparan y me cortaran el dedo?

—Oh, sí. Es permanente. Un problema permanente. No los puedes quitar.

—Pensaba que era un tipo de hierro o un dispositivo de rastreo.

—No sirven para rastrear —dice Trev—. Pero, sí, son un hierro. Creo que el tatuaje se verá, te conviertas en lo que te conviertas... quiero decir que si tienes un Don para transformarte, el hierro seguirá ahí.

—¿Y definitivamente no hay manera de quitarlos?

—Podrías cortarte la pierna y la mano, el dedo, pero todavía te quedaría el problema del cuello.

Llegan gritos de afuera. Fains.

Trev echa una mirada por la ventana y saca un trozo de papel de su bolsillo y lo mete en mi mano.

—Ahí dice cómo encontrar a Mercury.

Meto el papel en lo más profundo de mi bolsillo mientras digo:

—Gracias, Trev. Gracias por todo.

Trev extiende la bolsa de supermercado hacia mí y dice:

—Estas son todas tus muestras de piel y hueso. Debes destruirlas. Quémalas. Si el Consejo las consigue podrían hacer una botella de brujo con ellas. Una rudimentaria… pero aun así sería suficiente.

Miro en la bolsa. Están los recipientes de plástico con trozos de sangre en ellos.

—Sólo para que no quede duda. Nunca. De nadie… que me he quedado con algo tuyo —agrega.

Creo que le preocupa mi padre.

Se rompe un vidrio en la habitación de arriba.

Nos echamos al suelo y quedamos inmóviles.

Otra ventana rota… pero más lejos, de una casa distinta. Gritos.

Me asomo por la ventana.

—¡Mierda! —me agacho y le digo a Trev:

—Cazadores.

Levanto la cabeza otra vez para mirar. Una Cazadora camina por la calle y hay una pandilla de tres fains que le lanzan piedras. No parece muy molesta. Pero sólo trabajan en parejas, así que debe de haber otra en los callejones aledaños, en alguna parte.

Me agacho al suelo otra vez, mientras digo:

—Tenemos que irnos.

Corremos hacia el fondo de la casa. La puerta trasera tiene llave y está cerrada con pestillo. Los pestillos no se mueven. Rompo la ventana con mi codo, pateo el vidrio y salimos trepando. Ayudo a Trev a saltar la reja del muro de atrás, que está cerrada con clavos, y me escabullo tras él, mirando arriba a la izquierda y a la derecha.

Nada. Nadie.

Corremos.

Unas calles más allá aminoramos el paso, aunque sigo vigilando nuestra espalda.

Trev parece como si fuera a vomitar. Está lejos de preocuparse de lo que le debo, así que le doy casi todo mi dinero y le digo:

—Gracias, Trev. Si alguna vez necesitas algo... quiero decir... ya sabes...

Nos damos la mano y él se va en una dirección y yo me voy en la otra.

Trato de tocar el trozo de papel en mi bolsillo. Todavía está ahí.

Entonces me doy cuenta de que no tengo la bolsa de plástico.

Casi no puedo creer que haya sido tan estúpido, pero así es. Estoy seguro de que no se me ha caído. Creo que la dejé en el suelo cuando estaba ayudando a Trev para que saltara la pared.

CAZADORES

Podría irme sin la bolsa de plástico, esperar que sólo parezca basura, pero... pero, pero, pero. Nunca subestimes al enemigo. Si los Brujos Blancos dan con ello, con los pedacitos de mí, no necesitarán mi dedo; podrán hacer una botella de brujo con mi piel, sangre y hueso.

Vuelvo sobre mis pasos hasta la casa. La bolsa de plástico no está en el callejón, ni en el patio trasero ni en el interior de la casa. Tampoco hay señal de los Cazadores.

¡Mierda!

Desde la habitación de enfrente miro a ambos lados de la calle. Está vacía. Me siento en el suelo para tratar de elucubrar mi siguiente movimiento.

Los Cazadores descubrieron a Bob, y ahora a Jim y a Trev, pero a mí no me están localizando. Si supieran que estoy aquí habría veinte Cazadores, no dos. Probablemente no sepan qué hay en la bolsa, pero podrían averiguar que la llevaba Trev.

Vienen gritos de afuera. Subo rápidamente a la ventana para asomarme, y me agacho un segundo después para recuperar el aliento y poner mi cabeza en marcha. La Cazadora está de vuelta, así como los tres fains lanzadores de piedras.

La Cazadora lleva consigo la bolsa del súper. Todavía debe de estar buscando a Trev.

Corro al piso de arriba para tener una mejor vista de la Cazadora. Es delgada y alta, y está recogiendo piedras para responderles.

—¿Es amiga tuya?

Me doy la vuelta.

Una chica robusta, que viste sudadera con capucha, está de pie en el fondo del cuarto.

—No, pero debe venir acompañada. No está sola. Lo más seguro es que…

—Su compañera está atrás. Ya la he visto —la chica se cruza de brazos y me mira de pies a cabeza—. Pensaba que eras uno de ellos, pero eres distinto. ¿Qué eres?

—Diferente.

—Pues ellos no me gustan y tú tampoco me gustas.

Terminan los gritos y vuelvo a mirar por la ventana. Uno de los fains está en el suelo, completamente inmóvil, inconsciente o muerto. La chica robusta está junto a mí y también mira.

—¿Está aquí por ti?

Miro a la Cazadora. Está arrinconada contra la casa de enfrente y le silba una señal a su compañera.

—No —técnicamente es cierto porque creo que deben de haber estado siguiendo a Trev—. Mira, me voy… pronto. Sólo necesito que me devuelvan esa bolsa de plástico.

—Así que, ¿es a ti a quien están buscando? ¿Debería de entregarte?

Sigo mirando a la Cazadora y hago una mueca, pero no me doy la vuelta.

—Podrías intentarlo.

La otra Cazadora aparece y le tiran más piedras.

Sacudo la cabeza.

—No podrán deshacerse de ellas lanzando piedras.

—Mi hermano viene en camino. Tiene una pistola.

—Ellas tienen pistolas.

El muchacho fain sigue tirado en la calle, sin moverse.

—¿No deberías pedir una ambulancia para tu amigo?

—Lo haría si pensara que fuera a llegar.

Aparecen otros dos fains pero todos se quedan guardando las distancias. Las dos Cazadoras se acercan al chico que está en el suelo. En realidad parecen estar bastante nerviosas. No quieren tener la atención de los fains. Si alguien saca un teléfono para filmarlas, se van a largar de ahí. No puedo dejar que se vayan con mis cosas.

Me aprieto bien la bufanda y salgo de la puerta de enfrente en cuestión de segundos. Agarro dos ladrillos y me dirijo hacia las Cazadoras. Están junto al fain que yace tendido boca abajo. Espero parecer su amigo cabreado.

—¿Qué le han hecho a mi amigo? —añado unas cuantas maldiciones.

Las Cazadoras se quedan quietas, mirándome y sin terminar de creer que vaya a hacer algo. Pero me sigo acercando. La que está más lejos saca su pistola y acelero mientras grita: "¡Alto!".

Como si eso me fuera a detener.

Golpeo a la primera con un ladrillo en un costado del rostro y utilizo su cuerpo para escudarme mientras cargo contra la otra.

Un disparo, otro, y le quito la pistola de la mano con una patada y esta se desliza al otro lado de la calle. La Cazadora a la que golpeé con el ladrillo está inconsciente en el suelo. Me acuclillo. La otra Cazadora se coloca en la misma posición y saca un cuchillo.

No me había dado cuenta hasta ahora de lo buena que es Celia. Esta chica es una Cazadora, una luchadora de las mejores, pero parece lenta y preveo fácilmente lo que va a hacer. Le arrebato el cuchillo de la mano con mi segundo movimiento.

No la apuñalo pero le rompo los dos brazos, como Celia me enseñó. La tengo en el suelo, mi rodilla contra su espalda, y podría romperle el cuello con facilidad. Le tuerzo la cabeza. Odio a los Cazadores. Mi respiración está agitada, pero siento su pelo sedoso en mis manos y no quiero matar a nadie.

—¡Qué buenos movimientos! —la chica robusta tiene la bolsa del súper en una mano y la pistola en la otra. Me está apuntando con la pistola.

Me detengo, alzo los brazos para indicar que me rindo. Los fains me rodean y ninguno parece amistoso.

—Son tuyas —le doy un empujón a la Cazadora que está en el suelo con la punta de mi bota y miro de reojo a la que sigue inconsciente.

Hay dos fains inclinados sobre el chico que ya está en pie con una cortada en la frente. Son siete los fains que están a mi alrededor, desde un chico adolescente flaquito hasta dos tipos grandes y tatuados. Viene otro por la calle con dos bull terriers blancos que tensan sus correas. El hermano de la chica, con su pistola, probablemente no ande lejos.

—Ahí están mis cosas —señalo a la bolsa de plástico.

Ella vacila pero extiende la bolsa hacia mí.

—No tienes razón para quedarte, no tienes razón para regresar.

Agarro la bolsa, diciendo:

—Ya no.

Me pregunto qué le pasará a las Cazadoras, pero dejo eso en manos de los fains. Tengo que abrirme camino entre la banda que me rodeó. Me dirijo en dirección opuesta a la del chico que está con los perros, camino rápido y después comienzo a correr.

No me detengo hasta regresar a la estación de tren. Ahí es donde dejé a Nikita.

ARRAN

Nikita estaba vigilando la casa de Bob cuando Clay estuvo allí. Me vio y me siguió. No me di cuenta hasta que estaba parada frente a mí. Le compré un chocolate caliente.

El verdadero nombre de Nikita es Ellen. Sus ojos son asombrosos, como el mar, un mar transparente y turquesa, con corrientes de azul y verde que se mueven en ellos. Es una Mestiza. Su madre era una Bruja Blanca y su padre es un fain. Desde que su madre murió, Ellen quedó fuera de la comunidad de los brujos y básicamente relegada por ellos. Su pariente materno más cercano es su Abuela, que hace como si la chica no existiera. Vive con su padre en Londres y dice que va a la escuela "la mitad del tiempo". También dice que tiene dieciséis años, pero no me convence, parece más joven.

Me contó que Jim se fue a Francia y que ella quería irse con él, pero le dijo que no. Le hablé un poco sobre mí. Y sobre Arran, Deborah y Abu, y Annalise. Accedió a ayudarme a hacerle llegar un mensaje a Arran.

Ellen me está esperando como acordamos. Mientras yo me reunía con Trev, ella buscó información sobre Arran en la red. No halló mucho, pero la página de su vieja escuela tiene un artículo breve sobre un premio que ganó y sobre cómo se fue a estudiar medicina a Cambridge. Tomamos el primer tren para salir de Liverpool que va en esa dirección. Ya es tarde cuando llegamos a Cambridge, y le digo a Ellen que se tiene que quedar en un albergue a pasar la noche. No parece muy contenta cuando ve que voy a dormir a la intemperie, pero lo bueno de Ellen es que se da cuenta rápidamente de que hay ciertas discusiones que no va a ganar.

A la mañana siguiente nos encontramos a las nueve. La recepcionista del albergue le dio a Ellen un folleto sobre Cambridge y un mapa pequeño. Ellen dice que va a echar un vistazo al colegio y ver cuántos Cazadores hay por ahí. Está convencida de que habrá algunos vigilando a Arran. Acordamos reunirnos de nuevo por la tarde.

—Vi a un Cazador. Cambió de turno con su pareja a las cuatro de la tarde, así que parece que están vigilando a Arran veinticuatro horas al día, con turnos de doce horas cada uno. Si creyeran que intentarías verlo tendrían a muchos más.

Asiento. No lo voy a intentar. No quiero darle más problemas de los que ya le he dado.

Ellen piensa que el mejor momento para poder ver a Arran es el desayuno en el comedor de la universidad. Cree poder entrar a escondidas y sentarse con él como acompañante suyo. Los Cazadores pasarán el rato fuera del edificio y Arran no está a la vista la mayoría del tiempo.

Le doy un dibujo pequeño que hice.

—Sabrá que viene de mi parte.

—De acuerdo. Pero voy a tener que tomarte una foto también.

Oh.

—Sólo se la voy a mostrar en mi celular. Para que te pueda ver. Tu aspecto de ahora. Podríamos hacer un video.

Niego con la cabeza.

—Una foto.

—Podrías hablar con él por teléfono.

Niego con la cabeza. No podría.

Espero en un parque donde acordamos reunirnos. Tengo náuseas.

Ellen es lista. No lo echará a perder.

Pero tengo náuseas.

Es mediodía cuando la veo caminar hacia mí. Está sonriendo. Una sonrisa grande.

—Salió muy bien. Parecía un poco confundido al principio, pero luego le mostré tu dibujo y se puso muy feliz. Se pasó el rato acariciándolo con la mano. Quería que le mandara tu foto a su teléfono, pero le dije que era demasiado peligroso. Así que la miró mientras hablamos.

—Está disfrutando de sus estudios. Encontró su Don, que es curar, pero no es muy fuerte. Extraña la casa y a Deborah. Deborah está viviendo en casa de Abu. Tiene un novio que se llama David. Se quieren casar.

—¡Casar!

—Ella quiere tener hijos. Arran dice que David es estupendo. No tiene nada que ver con el Consejo o los Cazadores. Es un Brujo Blanco de Gales. Trabaja de carpintero. Arran dijo que te agradaría. Deborah trabaja en una oficina en la ciudad. Arran dice que es feliz ahí. Me dijo que te dijera que tiene un Don increíble.

—¿Cuál es?

—Pues, en realidad no lo entendí pero tiene que ver con ser muy buena para el papeleo. No estoy segura de si estaba bromeando.

No creo que él bromeara, pero lo del papeleo no tiene el menor sentido.

—Dice que tu Abuela murió hace tres meses, cuando Arran volvió a casa para las vacaciones. Se fue a dormir, diciendo que estaba cansada. Murió por la noche.

—Le preguntaste, ¿verdad? ¿Fue suicidio?

—Le pregunté. Y confesó que no lo sabía. Dijo que Deborah pensaba que podría haber tomado alguna de sus propias pociones.

Sé que Deborah tiene razón.

—Arran dijo que después de que te llevaron, el Consejo llamaba a menudo a tu Abuela a Londres para interrogarla. Dijo que ella nunca contestaba nada.

—¿Nunca lo hicieron con Arran?

—Dijo que no, pero no es muy bueno para mentir.

—¿Y con Deborah?

Ellen asiente.

—Dice que unos Cazadores registraron la casa hace unos meses. Deborah les escuchó decir algo sobre los "incompetentes del Consejo". Tuvo la sensación de que te habías escapado.

—Me preguntó qué te hicieron y dónde te tuvieron. Le dije que no lo sabía, sólo que estás bien.

—Gracias. ¿No le hablaste de los tatuajes?

—No. Dijiste que no lo hiciera —toma un respiro y trata de sonreír—. También le pregunté por Annalise —el tono de Ellen no es prometedor—. No ha hablado con ella nunca desde que te fuiste. Ni siquiera en fiestas o bodas permiten que él o Deborah se acerquen a ella. Supo que tuvo una pequeña ceremonia de Entrega.

Cumplió diecisiete en septiembre.

—Ella va a la escuela todavía, ¿no es así?

—No le pregunté eso. Me dio la sensación de que no le gusta hablar de ella.

—Sí, bueno. Desaprueba lo nuestro.

—¿Por qué?

—Piensa que estoy buscando problemas. Su familia es muy Blanca, blanca brillante. Tan puros como los más puros. Involucrados con el Consejo… Cazadores.

—No suena como si fuera tu tipo.

—Ella no es como su familia.

Es mi tipo, totalmente mi tipo.

—¿No estás pensando en volver a verla?

Lo pienso mucho, aunque sé que sería estúpido.

Ellen dice:

—Le conté a Arran dónde vivo en Londres. Dijo que quizá deberíamos vernos. Pensé que podría pasarte sus mensajes. Yo sería la intermediaria.

No lo sé. Probablemente sería mejor si no me vuelvo a poner en contacto con ellos nunca. Pero si alguien lo puede hacer es Ellen.

—Ellen, no te quiero meter en problemas con el Consejo —le respondo.

—¡Ja! Demasiado tarde para eso.

Ella saca su celular.

—Tomé una foto de Arran. Y un video corto.

Me convenzo de que no voy a llorar, frente a Ellen no, y al principio estoy bien. Arran se ve un poco mayor, pero su pelo sigue igual. Está pálido pero tiene buen aspecto. Intenta sonreír aunque no lo logra del todo. Me cuenta un poco lo que está haciendo en la universidad, y sobre Deborah y David, y luego me dice cómo me ha extrañado y que me quiere ver pero sabe que es imposible. Espera que yo esté bien, de verdad bien, no sólo física sino también interiormente, y dice que siempre creyó en mí y que sabe que soy una buena persona, y espera que me pueda escapar, que debo tener cuidado de en quién confío, y que debo seguir solo, él y Deborah estarán bien y estarán contentos sabiendo que soy libre, y así es como me recordará, feliz y libre, siempre.

Después debo alejarme a caminar un ratito. Y tengo tantas ganas de ver a Arran, de verdad, y estar con él, y sé que no puedo. Nunca podré hacerlo.

Después agradezco a Ellen por ayudarme. No estoy seguro de qué otra cosa hacer. Le ofrezco un poco de dinero pero no quiere nada, así que comemos pescado frito con papas y nos sentamos en el parque a comerlo. Le digo que tiene que volver con su padre y se queja, pero no mucho.

Escoge una papa frita y me pregunta qué es lo que voy a hacer a continuación.

—Conseguir mis tres regalos.

—Entonces vas a buscar a Mercury.

Y me pregunto por Ellen.

—¿Qué hacen los Mestizos, Ellen? ¿Tienen Entregas? ¿Les dan los tres regalos?

—No tienen Entregas a menos que el Consejo lo permita, cosa que muy rara vez ocurre, y también significa que tienes que trabajar para ellos a cambio de que permitan la ceremonia. Nunca trabajaría para el Consejo; nos desprecian. Todos los brujos lo hacen. Pero he sabido de algunos Medios

Sangres que en el pasado tuvieron sus Entregas con su padre o madre brujo y encontraron su Don. A mi Abuela le aterra tanto el Consejo que no quiere ni verme; nunca me ayudará.

—¿Entonces? ¿Qué vas a hacer? ¿Si no consigues los tres regalos de tu Abuela o del Consejo?

—Todavía no lo sé. Siempre está Mercury. Pero definitivamente ella es mi último recurso.

—¿Qué sabes de ella?

—Es una infeliz. Se rumorea que esclaviza a las niñitas. Así que no voy a ir corriendo a pedirle ayuda todavía. No confíes en ella —Ellen escoge una papa gorda.

—No soy una niñita.

—A los niñitos no los esclaviza. Se los come —Ellen se mete la papa en la boca.

—¿En serio?

Ellen asiente y traga.

—Eso es lo que he escuchado —escoge otra papa y levanta la mirada hacia mí—. Crudos no. Primero los cocina.

QUINTA PARTE

Gabriel

GINEBRA

A eropuerto de Ginebra. El viaje hasta aquí fue estresante: entender cómo tomar un avión, volar y, lo peor de todo, hacer fila en el control de pasaportes. Aunque mi pasaporte pasó perfectamente.

Las instrucciones en el trozo de papel que me dio Trev dicen que esté en las puertas giratorias de vidrio el martes a las once de la mañana. Hay gente que entra y sale por las puertas de vidrio. Gente de todas las edades: personas de negocios con maletines de ruedas, azafatas con maletines de ruedas, pilotos con maletines de piel negra de ruedas, vacacionistas con enormes maletas de ruedas. Todos se mueven con rapidez, sin apurarse realmente, no es que estén de mal humor, sólo tratan de llegar adonde van.

Y luego estoy yo, usando lentes de sol, una gorra, una palestina, guantes cortados, una chamarra militar verde y gruesa, *jeans* y botas, y cargando mi maltrecha mochila.

No sé qué hora es pero llevo horas aquí: las once pasaron hace mucho.

Un movimiento en la cafetería de mi derecha me llama la atención. Un joven con lentes de sol me dice que me acerque con un gesto.

Me abro paso poco a poco por los estrechos huecos que hay entre las mesas, y me paro frente a él. No levanta la vista, sino que le da vueltas a su café y se lo bebe de un trago. Coloca la taza en el plato mientras se levanta, me agarra del brazo y, moviéndose con rapidez, me guía por las puertas giratorias hasta el interior del siguiente edificio, la estación de tren.

Bajamos por una escalera eléctrica hasta el andén número cuatro y entramos directamente en un tren. El interior es sombrío. El tren es de dos pisos y subimos, allí me suelta el brazo. Nos sentamos en una butaca estilo sofá con una mesita redonda frente a nosotros.

Mi contacto parece tener uno o dos años más que yo, la edad de Arran, supongo. Su piel es aceitunada, y tiene el pelo ondulado que le llega a los hombros, color café oscuro con mechas más claras. Sonríe con los labios juntos, como si acabara de escuchar un chiste buenísimo. Usa lentes de espejo tipo aviador con marcos plateados, casi idénticos a los míos.

El tren arranca, y pocos minutos después aparece un inspector de boletos al final del vagón. Mi contacto se baja y lo sigo. Nos paramos junto a las puertas. Es delgado, una pizca más alto que yo, y no genera ese siseo de teléfono celular.

Creo que podría ser un Brujo Negro. Quiero verle los ojos.

El tren se detiene un minuto después. Es la estación central de Ginebra. Mi contacto sale rápidamente, yo camino un paso detrás de él.

Caminamos alrededor de una hora, siempre rápidamente, pero volviendo sobre nuestros pasos con frecuencia; empiezo a reconocer algunos escaparates de las tiendas y vistas del lago. Finalmente entramos en un área residencial de condominios altos y nos detenemos en la puerta de uno viejo, muy parecido a los otros por los que hemos pasado. Aquí la calle está silenciosa, hay algunos coches estacionados, no hay tráfico ni peatones. Mi contacto pulsa un código de números en el sistema de entrada, mientras me dice:

—9-9-6-6-1... ¿de acuerdo?

Y le respondo:

—9-9-6-6-1, de acuerdo.

Suelta la puerta y la deja columpiarse con fuerza contra mi cara, y la tengo que detener de un palmetazo. Camino a zancadas detrás de él subiendo las escaleras, subiendo y subiendo, y subiendo, y subiendo, y subiendo...

Seguimos hasta el sexto piso, el último, donde las escaleras acaban en un pequeño descansillo. Hay una puerta de madera.

Tampoco hay llave sino un código numérico.

—5-7-6-3-2... ¿de acuerdo?

Entra y cierra la puerta con fuerza detrás de él.

Me quedo mirando a mi alrededor. El barniz en la puerta se está pelando, el descansillo no tiene nada, el yeso está agrietado, una telaraña vieja ennegrecida cuelga holgadamente en el rincón. Un silencio vacío también se queda suspendido. No hay siseos.

Abre la puerta.

—5-7-6...

—Lo sé.

Su sonrisa ha desaparecido, pero todavía lleva puestos los lentes de sol.

—Entra.

No me muevo.

—Es seguro.

Abre la puerta por completo, la sostiene con la espalda, y repite:

—Es seguro —habla calladamente. Su acento es extraño. Creo que debe ser suizo.

Cruzo el umbral y la puerta se cierra con un clic detrás de mí. Siento cómo me mira. No me gusta que esté ahí, detrás de mí.

Deambulo por el cuarto. Es grande, con una cocineta en la esquina derecha que tiene algunos muebles de cocina, un fregadero y un horno. Mientras me paseo por el lugar, paso entre la chimenea y un sofá pequeño y viejo. No hay alfombra, sino parqué de madera teñido de marrón oscuro, casi negro, y tres tapetes de distintos tamaños, todos con algún tipo de diseño persa. Las paredes están pintadas de un color cremoso, pero no hay cuadros ni otra cosa aparte de una larga mancha de humo en el cuerpo de la chimenea. Parece que esta podría ser la única fuente de calor, y la fogata de pizarra contiene una rejilla de metal y unos troncos ennegrecidos. Junto a ella hay una gran pila de leña, un periódico y una caja de cerillos. Cuando me muevo a la izquierda, llego a una ventana pequeña con vistas al lago y las montañas al fondo. Veo agua azul, y una cordillera de montañas verdes grisáceas. Frente a la ventana hay una mesa de madera y dos anticuadas sillas francesas.

—Dejé abierta la ventana cuando salí. El fuego siempre llena el cuarto de humo.

Va a la chimenea y comienza a hacer el fuego.

Yo miro.

Enciende un montón de periódicos y se apaga.

—Quiero ver a Mercury.

—Sí. Por supuesto.

Pero no deja de jugar con el fuego.

—No tengo la sensación de que ella esté aquí.

—No.

Voy a una de las otras dos puertas y la abro. Compruebo que ha dejado de hacer el fuego y que me está mirando. Dentro del pequeño cuarto contiguo hay una cama, una silla y un ropero antiguo de madera.

—Ese es mi cuarto —dice, y pasa junto a mí para cerrar la puerta del armario. No hay mucho que ver. No ha hecho su cama y hay un libro en la silla.

Me recargo contra el marco de la puerta y le digo:

—¿Es un buen libro?

Me devuelve una de sus sonrisas mientras sale del cuarto por la otra puerta.

—Este es el baño —lo dice con precisión, como si lo hubiera estado practicando. Es más grande que su cuarto, con una tina central independiente, un lavabo blanco grande y un inodoro con una cisterna encima y una cadena. Azulejos negros y blancos cubren las paredes y el piso.

Me giro para mirar el departamento y digo:

—¿Se supone que debo quedarme aquí o algo así?

—Hasta que Mercury esté lista para verte.

—¿Y eso cuándo será?

—Cuando piense que es seguro —nunca suena seguro de sí mismo, pero creo que podría ser por su acento. Todo me suena a pregunta.

—Necesito verla pronto. Tengo una fecha límite.

No contesta.

—¿Trabajas para ella?

Se encoge de hombros.

—Me pidió que te recibiera y que me quedara contigo hasta que esté lista para verte.

Me froto la cara con las manos y miro alrededor de la habitación:

313

—No puedo dormir aquí adentro.

—Te enseñaré la terraza.

Camina alrededor de la tina hasta una ventana de guillotina y la desliza hacia arriba. Saco la cabeza y luego subo por ella. Hay una pequeña terraza rodeada por cuatro tejados con tejas grises. La superficie es de un tamaño parecido al de mi jaula, y digo:

—Me gustaría tener unas pieles de oveja.

Asiente y sonríe, como si supiera justo a lo que me refiero, y dice que cree poder conseguir algunas.

Estoy solo en el departamento. Mi sonriente amigo ha salido. Curioseo en todos los muebles y en su cuarto, pero no hay mucho que ver.

Reviso el tejado trepando por la empinada pendiente que hay a un lado de la terraza. El tejado desciende vertiginosamente por el lado más lejano, nada evitaría una caída de seis pisos hasta la calle. Camino por la cresta del tejado. En un lado hay un hueco estrecho que lo separa del siguiente edificio, pero sería imposible saltar a los tejados de los edificios vecinos, ya que son más altos. La parte trasera del edificio es como la del frente. No hay escalera de incendio. La terraza es una trampa.

Pero no tengo muchas opciones. Falta menos de un mes para mi cumpleaños y no tengo otro lugar adonde ir. Debo conseguir mis tres regalos o moriré, ya estoy seguro de eso. Necesito a Mercury.

La terraza resulta ser un buen lugar para dormir, aislada del viento y del ruido de la calle. He sacado dos tapetes para dormir sobre ellos, y con mi saco de dormir también estoy calientito. El cielo está despejado y hay luna llena, así que de ninguna manera voy a entrar hasta que amanezca.

La luna está alta cuando mi contacto me despierta. Me ha traído las pieles de oveja. Seis de ellas. Son gruesas y están limpias, y cuando las extiendo me parecen perfectas.

Mi contacto se sienta de cuclillas al otro lado de la terraza, frente a mí. Sus piernas son largas y puedo ver que los músculos de sus muslos son gruesos. Tiene los brazos cruzados y la cabeza ligeramente inclinada. Todavía tiene puestos los lentes de sol, y tiene el pelo colocado detrás de las orejas.

Cierro los ojos. Cuando los abro unos minutos después ya se ha ido. Se mueve silenciosamente. Eso me agrada de él.

Ha amanecido. Me acomodo y empiezo a observar el lugar, cómo el cielo se aclara con el amanecer y se vuelve más oscuro a medida que avanza el día. Los sonidos de la ciudad son un rugido inconsistente y apagado. Hay un ligero siseo en el edifico. Mi estómago comienza a hacer ruidos y percibo un olor a pan.

En la cocineta, mi contacto está recargado con la espalda contra la unidad, y con los lentes de sol todavía puestos.

—¿Desayuno?

Eso no me lo esperaba de un Brujo Negro.

—Tengo *croissants*, *brioche*, bollos… mermelada. Jugo de naranja. Estoy preparando café, pero también hay chocolate caliente.

—¿Cómo te llamas? —pregunto.

Despliega una sonrisa enorme, con muchos dientes blancos y regulares.

—¿Cuál es el tuyo?

Deambulo hasta la silla y miro por la ventana. Extiende la comida sobre la mesa. El café está fuerte y con mucha leche, y lo sirve en un tazón. Se sienta frente a mí y remoja el *croissant* en su café, y yo hago lo mismo. Nunca antes había comido un *croissant*. Está bueno. Celia no estaría de acuerdo.

Me mira continuamente, aunque lo único que yo veo es mi reflejo en sus lentes de espejo. Sus dedos son largos y huesudos, pálidos en realidad, teniendo en cuenta su piel aceitunada. Cuando termina su *croissant*, rompe un bollo en dos y arranca un trozo más pequeño. Corta una rebanada de mantequilla dura y fría, y la coloca en el pan. Un oblongo perfecto de mantequilla sobre un trozo irregular de pan. Se lo mete en la boca y mastica, con los labios juntos, y es como si todo el tiempo intentara no sonreír.

—Pareces satisfecho contigo mismo —le digo.

—Es un placer conocerte —se pone la mano sobre los lentes y los toma como si se los fuera a quitar, pero no lo hace—. Eso suena muy inglés, ¿no? Es un placer conocerte, Nathan.

Y me encabrono al instante.

Se ríe.

—Pero eres gracioso. Muy gracioso. Me agradas. Frunces el ceño como… como debe fruncirse —se vuelve a reír.

Corto una rebanada de mantequilla. Después otra. Después otra.

—¿Por qué no te quitas los guantes?

—¿Por qué no te quitas los lentes de sol?

Se ríe. Después me roba uno de mis trozos de mantequilla y lo pone en su pan. Cuando termina de comer dice:

—Soy Gabriel —lo pronuncia raro.

—¿Gabrielle?

Se vuelve a reír.

—Sí, Gabriel.

Coloco un trozo de mantequilla sobre el pan y la pruebo. Está buena, cremosa.

—¿Cómo es que sabes mi nombre?

Sonríe.

—Todos saben tu nombre.

—No, no todos lo saben.

Sorbe su café y lo revuelve y sorbe otra vez.

—Está bien. Tienes razón, no todos. Pero sí todos los Brujos Negros de Europa, algunos Brujos Negros de Estados Unidos, casi todos los Brujos Blancos de Europa... y casi todos los Brujos Blancos de todos lados. Aunque lo saben pocos fains, muy pocos fains —se encoge de hombros—. Así que... no, no todos lo saben.

Entonces veo a esta persona famosa de lentes de espejo que me devuelve la mirada, sin fruncir el ceño pero con un aspecto bastante miserable. Desvío la mirada, por la ventana, a las montañas distantes.

—¿Es tan difícil ser Nathan?

Todos los Brujos Blancos que he conocido han sabido quién soy. Con sólo mirarme y... es como si tuviera un gran letrero en la cabeza. Parece que va a ser igual en el mundo de los Brujos Negros.

Me vuelvo a mirarlo.

—Preferiría ser desconocido

—Eso no va a pasar —se está alisando el pelo hacia atrás para quitárselo de la cara, pero por lo menos ha dejado de sonreír —no cuando tu padre es quien es.

Y su padre y su padre y su padre y su padre...

—¿Quién es tu padre? —pregunto—. ¿Alguien de quien haya oído hablar?

—No, definitivamente no. Y mi madre... tampoco. Dos Brujos Negros muy buenos, pero no famosos. Cuando digo buenos quiero decir... respetables... para ser Brujos Negros. Mi padre ya vive en Estados Unidos. Tuvo que irse después de que matara a mi abuela, la madre de mi madre —se encoge de hombros—. Debería de explicar que fue en defensa propia; mi Abuela atacaba a mi padre. Es complicado... ella lo responsabilizaba de la muerte de mi madre —vuelve a girar su taza vacía de café—. De todos modos, no son famosos.

—Pero violentos.

—Tanto en la violencia como en la fama, tu linaje le gana al mío.

GABRIEL

Se supone que no debo dejar el departamento salvo para dormir en la terraza. Estoy durmiendo bien, aunque con las pesadillas de siempre.

Algunas tardes duermo adentro, en el sofá. La mayoría del tiempo estoy solo. En cierto sentido, eso es peor que la jaula. Por lo menos allí podía correr. Aquí sólo doy vueltas sin hacer nada.

Todos los días pregunto:

—¿Cuándo podré ver a Mercury?

Y todos los días Gabriel responde:

—Quizá mañana.

Ya le he dicho que necesito mis tres regalos y que falta menos de un mes para mi cumpleaños. Pero me sigue preguntando otras cosas, cosas sobre mí: dónde estuve los últimos años, si tuve contacto con el Consejo, con Cazadores. No le digo nada, todo eso es privado.

Veo a Gabriel por las mañanas. Trae la compra, desayunamos y después recogemos. A veces me recuerda a Celia y sus tareas. Siempre lava y yo seco. Todos los días dice: "Yo lavo hoy. No se te vayan a mojar los guantes". Lo dice con un tono de profunda preocupación. Cuando le enseño el dedo sólo se ríe.

No me he quitado los guantes ni la bufanda. Duermo con ellos puestos... Vivo en ellos. Si Gabriel viera mis tatuajes o las cicatrices de mis muñecas me haría un montón de preguntas, y no quiero eso.

Después de lavar los platos, se queda un rato por ahí, más tarde deja el departamento y apenas lo veo hasta el día siguiente en el desayuno. No creo que haya dormido en la habitación desde que llegué, pero no puedo estar seguro. Nunca hace la cama, a veces se acuesta ahí a leer.

Gabriel comienza con sus preguntas el primer día después del desayuno, pero sólo me concentro en secar los platos. Cuando se da cuenta de que no le voy a contar la historia de mi vida, prueba con distintos temas: primero los libros. Está leyendo un libro muy bueno, Kerouac, quién sabe qué sea.

—¿Tienes uno favorito?

Estoy ocupado secando un plato, lentamente, una vuelta y otra, secándolo muy bien, y no contesto. Así que Gabriel me nombra sus libros favoritos. No logra decidirse por uno. Nombra unos cuantos franceses de los que nunca he oído hablar, luego unos ingleses de los que tampoco he oído hablar —aunque sí he oído hablar de *Cumbres borrascosas*—, y luego comienza con autores estadounidenses. No estoy seguro de si está pavoneándose o si siempre es así.

Cuando finalmente se calla la boca, pongo el plato totalmente seco sobre la pila de platos totalmente secos y digo:

—Nunca he leído un libro.

Tiene la mano izquierda en el recipiente de lavado con burbujas alrededor de su muñeca. Deja de lavar.

—Pero sí tengo un libro favorito. Solzhenitsyn. *Un día en la vida de Iván Denísovich*. ¿Lo has leído?

Sacude la cabeza.

Me encojo de hombros.

—¿Cómo puede ser tu libro favorito... si nunca lo has leído?

Y quiero gritarle:

—Porque la mujer que me tenía encadenado en una jaula era una lunática que amaba a los rusos, estúpido suizo mimado de mierda —quiero vociferar y gritar. Y lo siguiente que pasa es que los platos están todos hechos añicos en el suelo y no sé cómo me enojé tan rápidamente. Estoy respirando agitadamente y Gabriel está de pie ahí, con las burbujas que se le escurren por los dedos.

Al día siguiente, desayunando sobre platos nuevos, Gabriel no habla; está leyendo a Solzhenitsyn.

Como pan, tomo café, miro por la ventana.

—¿Puedes leer bien con los lentes de sol puestos? —digo.

Me hace una señal obscena.

Cuando estamos lavando y ya ha dejado el libro, hace otro intento conmigo, esta vez sobre arte. Habla y habla de Monet y Manet y cosas así. No sé de qué me está hablando. Todos los Brujos Negros no pueden ser así, ¿verdad?

Le digo:

—No necesito una cátedra sobre arte. Necesito salir de este estúpido departamento y ver a Mercury. Tengo una fecha límite —también añado alguna que otra maldición por ahí.

Cuando se va, recuerdo un libro que alguna vez me dio Arran. Tenía dibujos de Da Vinci. Casi se me había olvidado ese libro. Eran dibujos buenos. Encuentro un lápiz en un cajón pero no hay papel, así que arranco una hoja en blanco del libro de Gabriel.

Después de que termino el dibujo, lo quemo. Pero sale mucho humo del fuego.

En el desayuno del tercer día dice que ha terminado de leer *Un día en la vida de...* y que le ha gustado. Luego me pregunta por qué me gusta a mí.

Y por supuesto que hay un millón de razones. ¿Espera algún tipo de respuesta elaborada o algo así?

—Entonces —pregunta —¿por qué te gusta?

—Porque sobrevive —le digo.

Gabriel asiente.

—Sí, a mí también me gustó eso.

Mientras lavamos habla sobre escalar. Le gusta muchísimo escalar. Deja de lavar y comienza a trepar los muebles de la cocina. Es bueno... preciso y veloz. Dice que su lugar favorito para escalar es Gorges du Verdon, que está en Francia.

Me pregunta cuál es mi lugar favorito.

—Gales —le digo.

Cuando se va, arranco otra hoja en blanco de su libro y lo dibujo escalando por la cocina.

Es el cuarto día y Gabriel ya ha comenzado con la poesía. Tengo que darle un diez por su esfuerzo, pero si lo que busca es armar las piezas de la historia de mi vida, la poesía no le va a ayudar mucho. Digo... ¡poesía! Después comienzo a reír. A reír de verdad. Somos Brujos Negros, escondiéndonos de los Cazadores, los Brujos Blancos nos temen... y estamos lavando platos y hablando de poesía. Me doblo por la cintura de tanto como me río. Me duele la barriga.

Gabriel me mira. No se ríe conmigo, creo que no sabe qué es lo que me resulta tan gracioso, pero sonríe. Logro calmarme pero sigo soltando risitas de vez en cuando como un niño, mientras Gabriel me habla de algún gran poeta. Hasta recita un poema. Está en francés, así que no entiendo mucho, pero no me río de eso.

Le pregunto por su acento. Su madre era inglesa y su padre es suizo. Gabriel nació en Francia y vivió un año en Estados Unidos con su padre y su hermana menor. Su inglés es excelente, pero su estadounidense es mejor, y habla inglés con un acento francoamericano muy extraño. Dice que volvió a Suiza después de recibir su Don. No me ha dicho cuál es su Don y no le pregunto.

Esa tarde no puedo más. Salgo a hurtadillas, bajo al lago y me dirijo fuera de la ciudad hacia las colinas. Cuando regreso no logro encontrar el camino correcto y tengo que bajar al lago para orientarme. La gente se apresura para volver a casa o a los bares y cafés. Todos tienen un celular que sisea y la ciudad suena como un silencioso retumbar motorizado en mi cabeza. Camino por el sendero que rodea el lago. Las montañas ya se esconden tras las nubes bajas, y aunque sé que están ahí, no las puedo ver; incluso el enorme lago se ve disminuido hasta parecer un estanque por el banco de niebla que lo cubre. Los barcos del muelle son figuras desdibujadas en la niebla. Escucho dos voces, hombres que hablan francés. Se callan.

Me vuelvo y veo una figura vestida de negro que me mira y, con la mayor lentitud con la que me puedo obligar a hacerlo, mientras un galón de adrenalina me insta a escapar, me voy caminando a paso tranquilo. Suena un silbido: la llamada de un Cazador a su compañero. Ahora corro.

Me quedo en las calles aledañas y encuentro la entrada a un bar, y me quedo en la esquina, donde puedo asomarme por la ventana a la calle. La calle está muy concurrida por fains. Finalmente salgo y me abro paso con cuidado hasta el departamento, pero no vuelvo a ver al Cazador.

Regreso justo antes de que anochezca y voy directamente a la terraza.

Sé que me han visto. Estoy seguro de que los he dejado atrás, pero ahora ya saben que estoy aquí. De alguna manera supieron que era yo.

Sueño. Todavía estoy corriendo en ese maldito callejón, pero ahora es distinto; por primera vez en el sueño, me acuerdo de mirar al final de la calle. Miro y miro y hay edificios comunes y corrientes y fains comunes y corrientes y un autobús y algunos coches, pero todavía no puedo alcanzarlos. Escucho a los Cazadores detrás de mí, gritando: "¡Atrápenlo! ¡Arránquenle los brazos!", y me entra el pánico y corro más rápidamente y gritan a mis espaldas, tan cerca, y no puedo correr más rápido… y luego me despierto.

Gabriel está de cuclillas mirándome.

Le digo, nada amablemente, que me deje solo y después me recuesto y cierro los ojos. No estoy seguro de si debería de contarle lo que ha pasado hoy. Se supone que no debo dejar el departamento, pero quizá si le cuento lo de los Cazadores me llevará con Mercury. Decido contárselo. Pero cuando abro los ojos Gabriel se ha ido.

Día cinco. Estoy buscando la manera de contarle a Gabriel lo de los Cazadores mientras lavamos los platos. Me pasa una taza para secar y mientras la agarro, la sostiene un momento antes de soltarla, así que tengo que tirar de ella para quitársela, y dice:

—Suiza es un país estupendo. Hay pocos Brujos Blancos, en Ginebra no hay ninguno, y aquí los Brujos Negros son de confianza. Pero están los Mestizos que te traicionarían si te vieran. Los Cazadores los usan.

Esa es la manera que tiene Gabriel de decirme que sabe que salí del departamento.

Seco la taza.

—Ginebra es una ciudad maravillosa. ¿No te parece? —me pregunta.

Esa es otra manera de decirme que sabe que salí del departamento.

Lo maldigo.

—Se supone que no debes salir del departamento —y esa es la manera final que tiene de decirme que sabe que salí del departamento.

—Entonces llévame con Mercury.

—¿Cómo sé que no eres un espía? ¿Cómo sé que no fuiste a reunirte con algún Cazador?

Me quedo mirándolo. En sus lentes de sol veo esa figura solitaria que me devuelve la mirada fijamente.

—¿Cómo lo sé, si no me hablas?

Lo vuelvo a maldecir y salgo a la terraza.

Cuando vuelvo a entrar al departamento, Gabriel ya no está.

No sé qué hacer con Gabriel, pero no quiero compartir la historia de mi vida con él, eso es seguro. Decido contar el paso del tiempo con cinco palitos, como lo hacen en las películas de prisiones. Marco cuatro cortas líneas verticales en la pared junto a la ventana, y hago una profunda incisión diagonal sobre ellas.

Me quedo mirando por la ventana un rato y hago algunas flexiones. Después hago abdominales y unas cuantas flexiones más. Miro otra vez por la ventana y después de eso es hora de hacer un poco de boxeo de sombras. Luego a examinar el panorama otra vez.

De todos modos no creo que el hecho de que yo le diga algo a Gabriel marque alguna diferencia. Podrían ser puras mentiras. Debe saberlo.

Me tumbo en el sofá. Después me levanto. Luego me vuelvo a tirar.

De ninguna manera le diré a Gabriel algo verdadero sobre mí.

Me levanto. Necesito algo que hacer.

Decido arreglar el fuego, y eso significa que debo pararme con la cabeza metida por la chimenea. Hay que mejorar el tiro, pero no sé cómo arreglarlo, así que simplemente lo limpio; limpio el hollín lo mejor que puedo, encuentro una pizarra que sobresale de los ladrillos y la muevo un poco, y después encuentro un ladrillo flojo y una lata grande y plana escondida arriba de un hueco estrecho que hay encima de este.

Una vez limpia la chimenea y con la pizarra de vuelta a su lugar, el fuego arde, pero estoy negro de hollín. Necesito lavarlo todo. Me meto a bañarme con la ropa puesta. La tina es una bañera antigua de patas de garra y bola; es profunda pero no muy ancha. Tan pronto como me meto, el agua se pone gris. Me quito la ropa y la echo a la terraza para ver qué hacer después. Tengo una muda de ropa. Hasta tengo dos pares de zapatos.

Me doy otro baño. Hay un cepillo pequeño para las uñas y me tallo los pies y las manos pero el hollín está en la piel y no se quita.

Me sumerjo y aguanto la respiración. Lo puedo hacer más de dos minutos, casi tres si primero respiro correctamente. Pero no estoy en tan buena condición como lo estaba bajo el régimen de Celia.

Me seco, me pongo *jeans* limpios, y reviso mis tatuajes. Siguen igual. Las cicatrices de mi espalda se ven peor, pero no lo están. Siempre me sorprende lo profundas que son. La línea de cicatrices de mi brazo derecho es apenas visible, blanca sobre la piel que ahí es más pálida, pero mi muñeca sólo puede describirse como un espeluznante desastre. No obstante, mi mano funciona perfectamente, y mi puño es sólido.

Cuando me inclino sobre el lavabo y me miro al espejo, mi rostro se ve igual, sólo que de alguna manera, más miserable, más gris. Parece viejo. No parece que tenga dieciséis años. Tengo ojeras grises bajo los ojos. Las láminas negras y vacías que se mueven en mis ojos parecen más grandes. La negrura de mis ojos no es como la negrura de la chimenea; es de un negro aún más negro. Muevo la cabeza a un lado, preguntándome si podré ver algún destello, pero en vez de eso veo a Gabriel de pie en el umbral mirándome fijamente, y sus lentes de espejo reflejándome.

—¿Cuánto tiempo llevas ahí? —pregunto.

—Has hecho un buen trabajo con el fuego —da un paso para adentrarse más en el baño.

—Lárgate —me sorprende lo enojado que estoy.

—¿Has encontrado algo?

—Te he dicho que te largues.

—Y yo te he preguntado si has encontrado algo —por primera vez suena a Brujo Negro.

Me doy la vuelta y doy zancadas hacia él, coloco mi mano izquierda alrededor de su cuello y lo empujo por el hombro contra la pared. No se resiste. Lo sujeto ahí y le digo:

—Sí, he encontrado algo —y lo único que veo es mi reflejo devolviéndome la mirada. Mis ojos son negros y plateados, pero solamente por la luz del baño. No lo quiero lastimar.

Logro aflojar mi agarre sobre su cuello y después vuelvo a caminar al lavabo.

—¿Las has leído? —tose un poco mientras habla.

Me inclino hacia delante sobre el lavabo, agarrando los lados. Me concentro en mirar hacia abajo por el desagüe, al hollín y la negrura, pero puedo sentir sus ojos sobre mi espalda.

—¿Las has leído?

—¡No! ¡Ahora lárgate! —bramo y levanto la mirada del espejo.

—Nathan —da otro paso hacia mí y se quita los lentes de sol. Sus ojos no son los de un Brujo Negro.

Es un fain.

¡Un fain!

¿Así que qué fue todo aquello sobre ser el hijo de dos Brujos Negros muy respetables?

Le grito:

—¡Lárgate! —y lo golpeo y está en el suelo, la sangre corre por su rostro, y estoy maldiciendo y usando las peores palabras que se me ocurren y está acostado de lado, hecho un ovillo, y le doy un pisotón en las rodillas y odio que me haya mentido y odio haber pensado que él era un buen tipo cuando es sólo un fain mentiroso, y tengo que salir caminando hasta la cocina antes de hacerle daño realmente. Después vuelvo a caminar hacia él y me inclino, le agarro el pelo y le grito. Le grito con fuerza. Porque todavía puedo verlo mirando mi espalda fijamente. Y odio que me mire fijamente. Lo odio. Y golpeo su cabeza contra el suelo y no sé por qué lo estoy haciendo, sólo que estoy muy enojado. Todavía estoy temblando cuando vuelvo a salir del baño.

Camino de un lado a otro alrededor del sofá pero tengo que regresar por mi camisa.

Gabriel gruñe un poco. Está hecho un desastre.

Me deslizo hasta caer sentado en el suelo junto a él.

Estamos sentados a la mesa, junto a la ventana. Gabriel está exprimiendo un trapo en un recipiente de agua, rosada por su sangre. Su ojo izquierdo está tan hinchado que lo tiene cerrado. El derecho es color café claro con unas cuantas manchitas de dorado verdoso pero sin destellos. Definitivamente un ojo fain. Pero me ha dicho que no estaba mintiendo: es un Brujo Negro con cuerpo de fain.

—¿Así que no puedes sanarte nada?

Sacude la cabeza.

Dice que su Don es que puede transformarse para ser como otra persona. Es el mismo Don de Jessica, pero él es distinto a ella, su opuesto.

—Me agrada la gente —me explica. Es interesante. Puedo ser hombre o mujer, viejo o joven. Puedo descubrir lo que es ser distintas personas. El único problema es que una vez que me volví fain, para ver cómo era, no pude transformarme de nuevo.

—¿Entonces estás atrapado?

—Mercury piensa que podré volver a ser yo mismo otra vez. Dice que es más que físico, o por lo menos algo más que mi cuerpo, lo que me hace capaz de transformarme. Dice que me ayudará a encontrar el camino de vuelta… Pero no tiene ninguna prisa —coloca el trapo en el agua y lo remueve, y luego lo exprime otra vez y lo vuelve a poner en su ojo.

—Llevo dos meses con ella —me mira—. Te quiere conocer —da golpecitos con el trapo contra su labio cortado, que también está hinchado—. Pero es suspicaz, y con toda razón. Has pasado toda tu vida con Brujos Blancos —se encoge de hombros—. Eres mitad Blanco y la carnada perfecta, justo el tipo de cebo que usaría el Consejo o los Cazadores.

—Pero ellos no me han enviado.

—Y de ser así, no es probable que lo admitieras.

—¿Así que cómo se lo demuestro?

—Ese es el problema. Es imposible de demostrar —se toca la boca con las puntas de los dedos—. Alguien dijo alguna vez que la mejor manera de descubrir si puedes confiar en una persona es confiar en esa persona —sigue tocando su boca, pero está sonriendo un poco.

—¿Confías en mí? —le pregunto.

—Ahora sí.

—Entonces llévame con Mercury.

Vuelve a remover el trapo en el agua.

—No me puedo quedar más tiempo en este departamento. Me volveré loco... o te mataré.

Vuelve a ponerse el trapo en el ojo.

—Mañana.

—¿De verdad?

—Sí.

—¿Hoy no?

Sacude la cabeza.

—Mañana.

Agarro la lata y la pongo en la mesa frente a Gabriel, recargado contra el respaldo de la silla frente a él.

—No las he leído.

Quita la tapa y saca con cuidado la carta de arriba, que tiene mis huellas encima llenas de hollín. Está doblada una vez y tiene una palabra escrita afuera con caligrafía grande y en cursiva. Saca la siguiente carta, que está manchada también con mis huellas negras y tiznadas. Sacude la cabeza.

—¿Qué son? —pregunto.

—Sólo son cartas de amor de mi padre para mi madre, de antes… cuando estaban enamorados.

—¿Y por qué las escondiste?

—Hay algo más aquí. Si Mercury logra ayudarme va a querer que le pague. Le pagaré con esto.

No le pregunto qué es. Un hechizo, posiblemente, o quizá instrucciones para una poción.

Vuelve a meter las cartas en la lata y presiona la tapa suavemente hacia abajo, usando el peso de sus hombros y de su pecho, pero muy suavemente.

—No las he leído… No sé leer.

Espera a que le diga más.

—No puedo dormir adentro… o si lo hago, me siento mal… enfermo. Yo no sirvo para quedarme adentro. Los aparatos eléctricos me provocan ruidos en la cabeza. Pero puedo sanar rápidamente. Y, por sus ojos, puedo ver si alguien es brujo.

—¿Cómo?

Me encojo de hombros.

—Los veo diferentes.

Acaricia la lata con su mano pero después la empuja a un lado.

—Así que… ¿mis ojos? ¿Son de brujo o de fain?

—De fain.

No responde de inmediato pero al fin se encoge de hombros y dice:

—Mi cuerpo ya es de fain.

Extiende lentamente su mano hasta la mía y toca mi tatuaje con las puntas de sus dedos.

—¿Qué es esto?

Y le hablo de los tatuajes. Apenas se mueve, no habla, sólo escucha. Es bueno para escuchar. Pero le digo que los tatuajes son solamente un hierro. Quiero decirle más. Quiero confiar en él pero recuerdo la advertencia de Mary: "No confíes en nadie".

—Mercury me advirtió que no podrías dormir adentro. Y me dijo que usara lentes de sol.

Así que conoce a Marcus y supuso que yo tendría las mismas habilidades.

EL TEJADO

Gabriel dice que iremos a ver a Mercury por la mañana. Vio a dos Cazadores en Ginebra y quiere saber si siguen en la ciudad. Le digo que así es, y que ellos me han visto y que creo que me reconocieron. No añade mucho más sobre eso pero quiere echar un vistazo por su cuenta e insiste en que espere en el departamento.

Cuando sale del departamento me siento como si estuviera en una cárcel, y en la terraza no me encuentro mucho mejor.

Me despierto por la noche. Está lloviendo aunque no muy intensamente, sólo es una llovizna. Me imagino que veré a Gabriel en el lugar desde el que me observa siempre. No está ahí. Me vuelvo a dormir y tengo el sueño de siempre del callejón. Despierto empapado de sudor. Es bien entrada la madrugada. La luz del sol está atrapada en la terraza. El vapor se levanta del techo húmedo. Huele a café y pan.

Gabriel está sentado a la mesa contemplándome al tiempo que yo miro el desayuno. Ha traído el menú de siempre.

Quiero ver a Mercury, no desayunar. Gabriel le unta mantequilla a su pan, mastica, remueve su café. Yo camino de un lado a otro.

—He visto a unos cuantos Cazadores —dice.

Paro de caminar.

—¿Unos cuantos?

—Nueve.

—¡Nueve!

—Vi a una y la seguí durante unos minutos. Después vi a otro. Y a otro. No me prestaron atención. Para ellos sólo soy otro fain. Pero a ti creo que sí te reconocieron. Sólo habría nueve Cazadores para alguien de importancia.

—Le di la vuelta a la ciudad, fui a ver a un contacto de Mercury, Pilot. No sabía nada. Volví esta mañana y vi a otro Cazador mientras caminaba hacia acá. Se me ocurrió intentar algo y choqué contra su hombro. Me disculpé. Me respondió con una disculpa en un francés mediocre.

Se ríe.

—No reconocen a los brujos por sus ojos, como lo haces tú. Mercury dice que a los Cazadores los entrenan para detectar a los Brujos Negros. Notan las pequeñas diferencias, la manera en que caminamos, la manera en que nos paramos, cómo nos movemos en relación con otras personas. Pero debo de haber perdido eso.

—Supongo que si has visto a nueve Cazadores, es probable que haya más.

—Definitivamente.

Y sin embargo Gabriel parece relajado: se pasea por ahí, choca con un Cazador y después se va con paso tranquilo para disfrutar con calma su desayuno.

Levanta la mirada y dice:

—No te preocupes. Si supieran de este lugar, hace horas que yaceríamos ensangrentados en el piso de alguna celda —engulle la última gota de café y dice—: Sin embargo, creo que deberíamos ir a ver a Mercury ya.

Trato de sonar tranquilamente irónico y digo:

—No. Tómate tu tiempo. Cómete otro *croissant*.

Se levanta y me sonríe.

—No, no quiero llegar tarde. Mercury nos espera. Tiene muchas ganas de conocerte.

Me llama a la terraza y después toma mi mano, entrelazando nuestros dedos, y me lleva al lugar donde se acuclilla siempre.

—Agárrate de mi mano. Con fuerza.

Desliza su otra mano por el aire, la mano izquierda, como si tratara de sentir algo.

—Hay un pasadizo por aquí. Tienes que encontrar la entrada; es como una hendidura en el aire. La atravesamos y bajamos por el desagüe. Es difícil respirar ahí, así que lo mejor es que aguantes la respiración hasta salir al otro lado.

En la base de los tejados hay una estrecha canaleta de metal que recorre los cuatro lados, y en la esquina está el tubo del desagüe. Gabriel parece encontrar la fisura e introduce su mano en el tubo.

Y la introduce más.

Siento mi cuerpo distinto, ligero, y me deslizo por el hueco hacia arriba, siguiendo a Gabriel, y después bajo en espiral por la tubería con él. Es una oscuridad que gira. Damos vueltas y bajamos como si fuera un desagüe, ganando velocidad a medida que la espiral se vuelve más estrecha, hasta que empiezo a girar tan rápidamente que me da miedo soltar a Gabriel, pero sus dedos son fuertes y están cerrados alrededor de los míos. Luego vamos desacelerando en espiral hacia arriba y puedo ver más allá del cuerpo de Gabriel, arriba de mí, hacia la luz, y siento que me están succionando hacia afuera y que mi cuerpo se detiene.

Me siento pesado otra vez y con la respiración entrecortada, tumbado boca abajo sobre una pendiente dura. Me alegro
de no haber desayunado, porque mi estómago no está contento con esta experiencia. Me doy la vuelta para incorporarme. Estoy sentado sobre un tejado de pizarra negra cortada
irregularmente. Frente a mí hay una pequeña extensión de
césped, y más allá se levanta una ladera cubierta de árboles
tan empinada que tengo que echar la cabeza hacia atrás para
ver el cielo azul. Siento que mi cabeza y mi cuerpo giran en
círculos a velocidades distintas.

—Tenemos que quedarnos en el tejado hasta que llegue.

Gabriel ha subido rápidamente y está sentado a horcajadas en el tejado. Lo sigo moviéndome con cautela.

La cabaña está en alto, sobre el costado de un ancho valle
en forma de "u" que descansa abajo hacia la derecha. El valle
está bordeado de árboles, un bosque. En lo más alto, a mi
izquierda, hay nieve y un glaciar. Las cimas de las montañas
que rodean el valle están cubiertas de nieve, y al otro lado del
valle hay otro glaciar suspendido entre ellas. El valle entero
es una enorme fortificación.

No hay sonidos de pájaros pero se escucha el canto de
los grillos, y más a lo lejos, un rugido constante y distante. El
sonido no está en mi cabeza y no es el zumbido de un equipo
eléctrico. Ese rugido no da tregua y me doy cuenta de que es
un río al fondo del valle. Sonrío. No lo puedo evitar. Ese río
debe ser grande, poderoso.

El tejado está hecho de gruesas losas de pizarra. Hay una
chimenea de piedra de donde sale humo encrespado. La cabaña está en el lado superior de una pradera rodeada de árboles. La única otra cosa que hay en la pradera, bajando mucho
más la pendiente, es un enorme tocón de árbol talado.

—Esta es la cabaña de Mercury. Está protegida por un hechizo que impide ser invadida. Sólo puedes bajar del tejado cuando la estás tocando a ella.

—¿Dónde estamos?

—En otra parte de Suiza. A veces vengo en tren o escalo hasta aquí. O simplemente uso el pasadizo. Puedo regresar por ahí —y gesticula hacia un espacio que está encima del tubo del desagüe—; Mercury hizo esa fisura. Su Don es el control del clima. Es un Don fuerte. Es el único que tiene, pero aprendió otras cosas y las personas a las que ayuda le han dado otras más… así aprendió a hacer los pasadizos.

El pestillo de la puerta se mueve. Los dos nos giramos y un soplo helado nos golpea cuando Mercury aparece.

Es alta y su piel es traslúcidamente pálida, casi gris. Sus ojos son dos hoyos negros pero con láminas plateadas que pasan sobre ellos. Creo que me está mirando pero no puedo estar seguro.

—Pensaba haber olido algo rico —dice. La brisa entra tibia ahora. Húmeda y pesada—. Nathan. Al fin.

Su voz casi no le pertenece a ella sino al clima; es como si saliera de la brisa que pasa alrededor de su cuerpo hasta el mío. Camina hacia el fondo de la cabaña. Está construida en el costado de la colina, para que el tejado quede por ese lado a sólo treinta centímetros del suelo. Extiende su mano hacia mí, llamándome con los dedos. El viento gira ahora a mi alrededor, jalándome para ponerme de pie y dándome empujoncitos hasta Mercury.

Alcanzo la mano de Mercury.

¡Al fin!

Es como tocar la mano de un esqueleto.

SEXTA PARTE

Cumplir diecisiete

LOS FAVORES

Pestañeo y abro los ojos. Todavía es de noche. Gabriel duerme cerca de mí. Estamos en el bosque arriba de la cabaña de Mercury. La cabaña es especial, puedo dormir adentro, pero sólo lo he intentado dos veces. Siento demasiada claustrofobia por la noche en este lugar, aunque no me dan náuseas. De todos modos prefiero estar aquí entre los árboles. Rose duerme en la cabaña. No sé dónde duerme Mercury, si es que duerme.

La primera noche, Gabriel me dijo:

—La cabaña es una casa de huéspedes. Creo que la verdadera casa de Mercury está muy lejos.

—¿Un castillo de piedra encima de un risco escarpado?

—Eso sería más de su estilo. La he visto subir caminando hacia el glaciar. Supongo que hay otro pasadizo allá arriba que la lleva a su verdadera casa. También he visto salir en esa dirección varias veces a Rose.

Rose es la asistente de Mercury y debe tener poco más de veinte años. Es morena, con curvas y hermosa, pero no es una Bruja Negra. Es una Shite[3] —es el nombre que ella

---

[3] *Shite* es una variante británica para decir *shit*, mierda.

le da a los Brujos Blancos— pero la crió Mercury. Rose tiene el Don de convertirse en una neblina que provoca el olvido, según Gabriel, cosa que para mí no tiene ningún sentido, y dice que es mejor experimentarlo que explicarlo. Rose usa su Don para conseguirle cosas a Mercury.

Casi no he hablado con Mercury. Llevo más de una semana aquí y no ha regresado a la cabaña desde el día en que llegamos.

Le dije que necesitaba su ayuda. Le expliqué que iba a cumplir diecisiete años en apenas dos semanas. Fui muy cortés. Y lo que he recibido a cambio ha sido nada.

Nada.

Gabriel dice que me verá dentro de un tiempo.

Pero cada día… nada.

Sé que está jugando conmigo. Y…

—¿Estás despierto? —farfulla Gabriel.

—Mmm.

—Deja de preocuparte por Mercury. Te dará tus tres regalos.

Gabriel siempre parece saber lo que estoy pensando y siempre trato de no dejarle saber que tiene razón.

—No estoy preocupado. Estaba pensando en qué haré después de conseguir mi Don.

—¿Y qué vas a hacer?

—Buscar a mi padre. Si quiere que lo encuentre, estoy seguro de poder hacerlo. Y entonces, de alguna manera le demostraré que nunca podría matarlo. Pero no creo que quiera que lo encuentre y no sé cómo voy a demostrarle nada.

—¿Entonces?

No le he dicho nada más sobre mí a Gabriel: ni sobre los tatuajes, ni sobre la visión de mi padre, ni sobre el Fairborn.

342

—Voy a desarrollar mi Don. No quiero quedarme amarrado como un perro.

—Sí, ser un fain ya es lo suficientemente malo. ¿Y qué más?

—¿Qué te hace pensar que hay algo más?

—La manera en que te pones tan... hay una palabra para decirlo... ¿Depre? Sí, creo que se dice así. A veces te pones depre.

¡Depre!

—Creo que no es la palabra correcta. Es más un estado reflexivo.

—No, creo que la palabra correcta es depre.

Sacudo la cabeza.

—Me gusta una chica.

—¿Y?

—Y probablemente sea muy estúpido de mi parte. Es una Bruja Blanca.

Estoy esperando a que él me diga que es algo verdaderamente estúpido, y que acabaré muerto o probablemente haré que ella acabe muerta, pero no dice nada.

A la mañana siguiente estamos sentados en la hierba junto al tocón del árbol talado, en la pradera que hay abajo de la cabaña de Mercury. Aquí, la tibieza del sol parece magnificarse.

—Podríamos hacer una caminata —digo, entornando los ojos hacia el valle.

—De acuerdo.

No nos movemos.

—O podríamos ir a escalar —sugiere Gabriel, y se saca de la boca un pasto que muerde, pero no hace nada más.

Caminamos y escalamos todos los días.

—¿Y nadar? —pregunta.

Hay un lago pequeño pero hoy no quiero caminar, escalar ni nadar. Quiero que venga Mercury y me diga que me dará mis tres regalos.

—Sabes que sólo falta un poco más de una semana para mi cumpleaños.

—¿Sabes?, puede ser que ya te lo haya dicho antes: deja de preocuparte.

—Y si no recibo mis tres… —dejo de hablar, pues acaba de aparecer Rose desde el bosque de abajo y camina hacia nosotros, dando pasos largos y lentos. Su vestido ligero se pega a sus curvas. Cuando llega hasta nosotros se tira sobre la hierba cerca de mí.

—Hola —dice.

—Hola, Rose.

Rose suelta una risita. No parece ser una chica risueña, pero lo hace a menudo. También se sonroja con mucha frecuencia y no parece ser el tipo de chica que se sonroja. Es un poco desconcertante.

Rose mira a Gabriel.

—Tienes que ir a Ginebra, ver a Pilot, evaluar cuántos Cazadores hay y darle el reporte a Mercury esta noche —eso suena más a Rose.

Después arranca un poco de hierba y dice:

—Nathan, Mercury dice que le encantaría darte los tres regalos para tu cumpleaños.

Al fin.

—Dice que sería un honor.

¡Un honor!

—¿Espera algún tipo de pago a cambio? ¿O con el honor le basta?

—No quiere dinero —contesta Rose—. Un favor. Una señal de agradecimiento y respeto. Es natural agradecerle a quien los da. Una muestra de cortesía.

—¿Y qué favor quiere de mí?

Rose esboza una amplia sonrisa y se sonroja.

—Quiere dos favores de ti.

Así que definitivamente no basta con el honor.

—¿Qué dos favores quiere Mercury?

—Te lo dirá esta noche.

—¿Va a querer los favores primero? ¿O después de la Entrega?

—Dice que uno debe entregarse antes de la ceremonia.

Así que uno debe ser relativamente fácil, pero no sé qué podría ser. No tengo nada que pueda darle.

—El otro lo debes dar después, tan pronto como puedas hacerlo.

—¿Y qué pasaría si nunca pudiera hacerlo?

Rose suelta una risita pero desliza un dedo sobre su garganta.

Gabriel regresa por el pasadizo a Ginebra y voy a dar una larga caminata para mantenerme ocupado. Cuando volvemos a reunirnos en la cabaña por la tarde, estoy emocionado. Me voy a reunir con Mercury. Tengo que ser un Brujo Negro. Tengo que ser el hijo de Marcus.

Mercury me saluda formalmente con tres besos, pero los da tan lentamente que es como si me inhalara en vez de besarme. Sus labios no me tocan pero puedo sentir el frío que exudan.

—Siempre hueles tan bien, Nathan —dice.

Después me ignora y le pregunta a Gabriel qué ha visto en Ginebra.

Los Cazadores parecen estar usando Ginebra como base, y Pilot dice que están explorando la zona, buscando pistas, buscando al hijo de Marcus. Mercury parece estar satisfecha de que la cabaña esté lo suficientemente alejada de ellos y de que el departamento sea todavía seguro.

Después de comer dice:

—¿Ves mis ojos diferentes, Nathan?

—Nunca antes había visto unos ojos como los tuyos —mirarla a los ojos es como mirar dentro de cavidades huecas, completamente negras pero con centellas distantes que ocasionalmente sueltan un destello.

—¿No has conocido a muchos Brujos Negros?

—No —me vuelvo hacia Rose—. Pero he conocido a Brujos Blancos.

—Sí, Rose es una Bruja Blanca única. Excepcionalmente talentosa y muy capaz.

Rose se sonroja en el momento justo.

Mercury prosigue:

—Por nacimiento, Rose es una Bruja Blanca, pero ahora es como una hija para mí. Es una verdadera Bruja Negra de corazón. Sin embargo tú, Nathan, físicamente eres un Brujo Negro en todos los sentidos, pero me pregunto por tu corazón. ¿Es el de un verdadero Brujo Negro?

—¿Cómo puedo saberlo? Como he dicho, no he conocido a muchos Brujos Negros.

Mercury se estremece y después suelta una risa salvaje que suena como un eco en una caverna.

—Tenemos una buena combinación aquí esta noche.

Me recargo hacia atrás en mi silla y miro a Mercury. Es espeluznantemente flaca, pero no débil, nada en ella es débil. Hasta su piel gris, casi transparente, parece a prueba de balas.

Es delgada como una barra de hierro, y quebradiza, y quizá se esté descascarillando por aquí y por allá, pero también es tan fría y despiadada como una barra de hierro. Su pelo es una masa de color gris áspero, negra y blanca, un remolino que es un estropajo de trenzas y nudos sostenidos por largos pasadores que saca de vez en cuando para hacerlos girar entre sus dedos.

Lleva un vestido gris largo que parece estar hecho de seda o de harapos, pero parte de este flota cuando se mueve, o sin ninguna razón aparente, como si estuviera bajo el agua y a la deriva.

Me encantaría descubrir qué sabe de mi padre, pero esta noche me concentro en mi Entrega. Comienzo por decir:

—Muchas gracias por tu amabilidad, Mercury. Por cuidarme y por darme un lugar donde quedarme —lo digo con la mayor cortesía posible.

Ella inclina su cabeza ligeramente en señal de aprobación. Su vestido bailotea un poco más.

—Y gracias por ofrecer darme los tres regalos.

De nuevo inclina la cabeza pero mientras la levanta dice:

—Tu cumpleaños es pronto.

—Dentro de ocho días.

Ella asiente.

Sigo adelante con mi discurso.

—Quisiera presentarte una muestra de mi gratitud. ¿O quizá dos muestras, una antes de la Entrega y otra después?

—Me parece apropiado. Sí. Una pequeña muestra antes.

—Sería un placer. ¿Hay algo…?

Silencio.

Le encanta jugar estos juegos.

El silencio se prolonga un poco más antes de que diga:

—Algo de información.

Espero un poco. Le devuelvo un silencio y finalmente pregunto:

—¿Alguna información en particular?

—Por supuesto.

Mercury tiene los codos sobre la mesa; sus dedos se frotan uno contra otro y aparece un pasador largo girando entre ellos.

—Déjennos. Ustedes dos, fuera —no mira ni a Gabriel ni a Rose mientras da sus órdenes, sino que mantiene su mirada hueca clavada en mí. Al salir ellos, el viento sacude la puerta y las ventanas.

Mercury le da vueltas a su pasador en la punta de su dedo.

—El primer favor es sencillo... una nimiedad. Quisiera que me dijeras todo lo que sabes sobre esos tatuajes que tienes.

—¿Y el otro?

—Ese es ligeramente más difícil... pero quizá no para ti.

Entierra el pasador en la mesa y lo mueve hacia adelante y hacia atrás hasta que se suelta de nuevo.

—No puedo aceptar a menos que sepa de qué se trata.

—No tienes muchas otras opciones, Nathan.

Mercury vuelve a apuñalar la mesa.

Cruzo los brazos y espero.

Los músculos de su boca se aprietan más y después me esfuerzo por no dar un salto hacia atrás cuando suelta una carcajada salvaje, su risa. El viento aúlla y Mercury se inclina sobre la mesa hacia mí. Sus manos se levantan y el pasador reaparece, girando entre sus dedos. Habla y su aliento es hielo sobre mi rostro.

—¿Por qué lo quieres muerto?

Siento curiosidad más que enojo.

Mercury se recuesta atrás en su silla y creo que me mira, aunque sus ojos son sólo abismos negros en su cráneo.

—Me arrebató la vida de alguien. La vida de alguien que apreciaba. Y mi intención es arrebatarle una vida a él. Pero como la única que aprecia es la suya, esa es la que me llevaré.

—¿A quién mató?

—A mi hermana. A mi hermana gemela, Mercy. La asesinó brutalmente. Le devoró el corazón.

Mercy no está en la lista de personas que mi padre ha matado.

—Siento lo de tu hermana, pero matar a Marcus no revivirá a Mercy, y Marcus es mi padre.

—¿Eso es un "no"?

—Tengo la sensación de que si digo que sí, pero después no logro cumplir con mi obligación, habrá consecuencias.

—Por supuesto. Para ti, para tu familia, para tus amigos. Detesto a los que no cumplen un trato. Deben pagar el precio más alto.

—Entonces creo que es posible que tu precio sea demasiado alto.

Estira un dedo hacia mí y acaricia el tatuaje de mi mano.

—Tu padre no es ningún héroe, Nathan. Es vanidoso y cruel, y… si alguna vez llegaras a conocerlo, te darías cuenta de que no le importas nada.

Alejo mi mano y me levanto. Me muevo para situarme junto a la hoguera.

—Quizá haya otra cosa que aceptarías en su lugar.

Me examina.

—Puede ser —se levanta y se acerca a mí, y acaricia con su dedo el tatuaje de mi cuello—. Sí, quizá haya otra cosa. Tus servicios durante un año.

—¿Servicios?

Vuelve a soltar un cacareo.

—Siempre necesito asistentes.

No sé si podría soportar estar con ella una semana; ni se diga un año. No me gusta nada esto, pero ¿qué esperaba? No tengo nada más que darle.

—No mataré a nadie, si eso es lo que quieres.

Mercury da un paso hacia atrás y extiende sus manos un poco.

—Bueno, entiendo que te sientas así ahora —su vestido revolotea—. Pero con el tiempo… tu actitud cambiará —y mientras dice esto, la miro a los ojos y veo a Kieran de rodillas frente a mí, y yo con una pistola en la mano. Parpadeo y miro a otro lado, pero ya he sentido mi dedo jalar el gatillo.

Vuelve a soltar su cacareo.

—Matar está en tu sangre, Nathan. Estás hecho para eso.

Niego con la cabeza. Además, si voy a matar a alguien, yo escogeré a quién.

—Quizá no quieras los tres regalos después de todo.

—Trabajaré para ti un año. No mataré a nadie.

—Estaré encantada de recordarte estas palabras cuando haya pasado un año.

—Por favor hazlo. Y te diré lo que quieras saber sobre mis tatuajes la mañana de mi cumpleaños.

Un soplido frío me abofetea el rostro.

—Estamos solos… este es un buen momento.

—Estoy seguro de que podremos encontrar tiempo para estar solos en mi cumpleaños.

Hay un momento de calma, sin viento, con nada más que frío en el aire. Me pregunto si ella podría matarme por congelación; probablemente sí.

No le voy decir todo lo que sé sobre mis tatuajes y ciertamente tampoco sobre el señor Wallend. Pero necesito calcular cuánto puedo revelar para satisfacerla.

Se dirige a la puerta y sin mirarme dice:

—Dale un mensaje a Gabriel. Una joven busca que la ayude. Gabriel tendrá que acudir mañana al punto de encuentro en Ginebra.

EL ÁGUILA Y LA ROSA

Falta una semana para que cumpla diecisiete años. He encontrado a Mercury y me dará los tres regalos. ¿Por qué no me siento bien?

Gabriel se ha ido a Ginebra. Me dijo que volvería al final de la tarde. Hace calor. El sol está resplandeciente. Un estupendo día para nadar. La caminata hasta el lago dura una hora pero me detengo en el camino para sentarme y mirar el valle. Estoy tratando de decidir qué contarle a Mercury sobre mis tatuajes, pero no hago progreso alguno.

Me acuesto y miro el cielo. El fragor del río parece fuerte. Muy en lo alto planea un pájaro. Es un águila. Un águila grande. La observo durante mucho tiempo, después me levanto y corro hasta el lago. Estoy mareado, casi me tambaleo en el camino. Un chapuzón me despertará. En realidad, el lago no es más que un estanque grande rodeado de bosque y a un lado una zona de hierba alta. Me desvisto y me zambullo en el agua.

Nado unas cuantas brazadas y me siento entumecido. El agua del lago proviene de la nieve derretida. Me acuesto de espaldas y miro el azul continuo del cielo, y veo de nuevo el águila, que no está tan alto esta vez.

La contemplo durante un rato, haciendo círculos más y más altos, y dejándose caer más bajo, y luego haciendo círculos más altos, para dejarse caer mucho más abajo, de manera que logro ver cada una de sus plumas en las puntas de sus alas. Con el sol detrás, parece negra. Y me hundo bajo la superficie y me doy cuenta de que estoy frío por dentro, realmente frío. Bajo el agua está turbio y hay lodo y algas. Distingo la superficie que está sobre mí. La puedo ver pero parece estar muy lejos de mí... cada vez más y más lejos. Me he quedado abajo demasiado tiempo... me esfuerzo por volver a subir pero trago un poco de agua.

Estoy en la superficie de nuevo. Tengo agua en la nariz pero tomo una bocanada de aire.

—Relájate —es Rose. Está en el agua detrás de mí—. ¡Relájate!

Miro arriba, al águila. Está de vuelta, más abajo, todavía ahí suspendida sobre mí. Abro los brazos, flotando.

—Llevas demasiado tiempo aquí dentro. Te voy a remolcar afuera —Rose me arrastra a la orilla, rítmica y lentamente, por el pelo.

¡Por el pelo!

No creo que sea la técnica correcta.

—Deja de quejarte. Siempre he querido hacer esto... rescatar a alguien.

Sonrío. Se me mete agua en la boca pero la escupo. Estoy entumecido pero puedo sentir el cuerpo de Rose con mi hombro. Un pequeño parche de calor.

—Ya te puedes levantar.

—No, llévame hasta la orilla.

Me tira del pelo, remolcándome un poquito más, y después me salpica unas gotas de agua en la cara.

—Creo que ya es suficiente.

Encuentro el equilibrio en el suelo de lodo y me levanto. El agua me llega a la cintura.

Rose se levanta también. Su vestido mojado se transparenta y se adhiere a sus curvas, de modo que tengo que desviar la mirada.

Suelta una risita.

—¿Te estás sonrojando, Nathan?

Salgo andando del agua y la dejo que lo adivine.

Me dejo caer pesadamente sobre la hierba pero estoy temblando.

—Necesitas secarte. ¿Puedo usar tu camiseta? —aunque ya la está utilizando para secarme el agua de la espalda.

Espero los comentarios sobre mis cicatrices pero no dice nada. El sol está fuerte, pero por dentro me siento extremadamente frío. No puedo parar de temblar.

Rose se acuesta conmigo para darme calor. Es extraño, estar tan cerca de otra persona. Estoy seguro de que Rose me rajaría la garganta si Mercury se lo pidiera, pero no es eso lo que le ha pedido. Le ha pedido que me cuidara. Me doy la vuelta para alejarme de ella y de su vestido.

Rose tiene un poco de pan y queso en su bolso y lo comemos juntos.

Le doy las gracias por rescatarme aunque no lo necesitara realmente.

Suelta una risita.

—Sólo lo he hecho para encelar a Gabriel.

—¿Conmigo? —no pensaba que Gabriel estuviera interesado en Rose.

—No —suelta una risita y sacude la cabeza.

No tengo la menor idea de qué está tramando.

—Le encantaría tener la oportunidad de rescatarte. Demostrarte cuánto... ya sabes... —Rose vuelve a soltar una risita—. Demostrarte cuánto te ama.

—¿Qué?

—Está enamorado de ti. Completamente enamorado de ti, Nathan.

Rose sólo me está provocando.

—Es mi amigo.

—Totalmente. Perdidamente. Locamente. Y, ¡ay!, desesperadamente también.

—Es mi amigo.

—Ah, pero quiere ser mucho más que tu amigo, Nathan.

Niego con la cabeza. Gabriel es Gabriel. Le gusta estar conmigo, sin duda. Me gusta estar con él. Escalamos y nadamos y hablamos. Eso es lo que hacen los amigos, o al menos eso pensaba yo.

Me dio un regalo unos días antes. Un cuchillo. Lo saco y lo miro. Es hermoso. Tiene la empuñadura negra, envuelta en piel, y una vaina de cuero negro trenzado. La hoja tiene la forma de un cuchillo de cazador. Parecía casi nervioso de dármelo. Noté que realmente quería que me gustara. Me gusta.

—El amor es extraño —dice Rose. Toma el cuchillo y lo mira—. Gabriel moriría por demostrarte cuánto te ama.

Rose mira su reflejo en la navaja.

—¿Y por quién morirías tú, Rose?

—Todavía no conozco a esa persona —me devuelve el cuchillo—. ¿Y tú?

Pienso en ello pero no le contesto.

Ella dice:

—Eres como tu padre.

—¿Has visto a Marcus?

356

—Una vez. Hace diez años, cuando yo tenía doce. Eres como él. Exactamente igual. Hablas como él. Hasta tus silencios son como los suyos.

—¿Recuerdas eso de cuando tenías doce años?

—Era memorable... y no soy la típica y estúpida Shite.

—No, sin duda no lo eres, Rose. ¿Fuiste a ver a Marcus o vino él a ver a Mercury?

—Vino a ver Mercury. Le pidió un favor. Se negó, por supuesto.

—¿Porque Marcus había matado a Mercy?

Silencio. Está dejando que lo deduzca yo solo.

—¿Cuál era el favor, Rose?

Suelta una risita.

—Quizá te lo cuente... quizá no.

Se acuesta de lado para mirarme.

—Me encanta molestarte, Nathan. Te puedo provocar tan rápidamente. Es muy divertido verlo.

—¿Marcus era así? ¿Se enojaba rápidamente?

—No lo vi más que unos minutos. Me pareció bastante calmado. Mercury estaba bastante más furiosa en ese momento.

—¿Y el favor era?

—¿No puedo alargarlo un poco más... hacerte esperar un poco más?

—Estoy seguro de que puedes hacerlo.

Se vuelve a reír.

—El favor que le pidió a Mercury fue que criara a su hijo. A ti. Ella se negó. No le gustan mucho los niños pequeños.

—Excepto en estofado.

Rose se vuelve a reír.

Mercury dijo que a mi padre sólo le importa él mismo. Miente en todo. Pero Marcus debe saberlo también, así que...

—¿Por qué le pidió ayuda a Mercury?

—Creo que ella piensa que tomó la decisión equivocada. Le gustaría tener algún control sobre Marcus. Pero en ese momento estaba demasiado enojada por lo de Mercy.

—¿Pero por qué se lo pidió a ella?

—Pensaba que Mercury debía ayudarle. Después de todo, son parientes.

—¿Mercury es mi pariente?

—Su hermana gemela, Mercy, era la madre de Saba.

¿Cómo?

—¿Marcus mató a su propia abuela?

—No es tan raro. Pero Mercury no se lo va a perdonar jamás. Ella amaba a Mercy. Así que no hay manera de arreglarlo. Puede que Mercury no muriera por la persona que amaba, pero mataría por ella. Me provoca risa. Los Brujos Negros siempre están matando a sus parientes, esposas, amantes. Los Shites deberían dejarlos solos y pronto ya no quedarían Brujos Negros.

Vuelvo a subir la vista al cielo. El águila ya no está. Mercury es mi tataratía... y mi padre me ha estado vigilando, ha estado atento toda mi vida.

CONFIAR EN GABRIEL

Vuelvo a la cabaña y espero a Gabriel sobre el césped. Estoy emocionado por lo que sé de mi padre, contento... incluso eufórico.

Se lo quiero contar a Gabriel. Pero el final de la tarde se convierte en anochecer y después en noche cerrada. Olvido mi dicha y pienso en los Cazadores. Ginebra está repleto de ellos y Gabriel es demasiado relajado. Podría cometer un error muy fácilmente o ser traicionado por la persona con quien se supone que se debe encontrar, o por uno de los Mestizos sobre los que está continuamente advirtiéndome.

Casi es mediodía del día siguiente cuando Gabriel aparece sobre el tejado de la cabaña. No sonríe, parece que no hubiera dormido.

Le digo que tiene un aspecto terrible.

Ahora sonríe.

—Y tú también.

Salto sobre el tejado y me siento junto a él.

—Hay una expresión perfecta para describir cómo me siento —dice.

Se desploma hacia atrás.

—Hecho polvo.

—¿Trataste de chocarte con más Cazadores?

—No, pero la cosa se complicó. Tuvimos que dar un rodeo… un rodeo importante. Quería pasar la noche con Pilot —ella vive en las afueras de Ginebra— pero con sólo ver a la chica que me acompañaba me dijo que no. La chica es una Bruja Blanca, tan pura como las más puras, y que dice estar escapando del Consejo. Pero no sé qué creer. La chica también estaba aterrada, lo cual no ayudó. Básicamente fue un desastre.

—¿Entonces dónde está la chica ahora?

—En el departamento. Aunque no estaba seguro de llevarla allí. No confío en ella para nada —Gabriel sacude la cabeza—. No quiere hablar conmigo, dice que sólo hablará con Mercury y, como sabes, no puedo ayudarla hasta que me diga más. Ella no lo hace. Y yo no lo hago. Dimos vueltas y vueltas durante mucho tiempo. Física y verbalmente.

—Suena muy oportuno que alguien esté escapando del Consejo y necesite la ayuda de Mercury cuando me están buscando. ¿Crees que la mandó el Consejo o los Cazadores?

—No lo sé. No puedo descifrarla. Me ha agotado. Necesito olvidarla un rato y relajarme. Tengo noticias de Pilot para Mercury. Después podemos ir a nadar.

Esperamos a Mercury en el tejado. Le cuento lo que Rose me dijo sobre cómo Marcus mató a Mercy y después le hablo del águila. Y es ahí cuando aparece Mercury. Debe de haberlo estado escuchando todo.

Mercury quiere saber más sobre el águila. Como yo, creo que se pregunta si es Marcus.

No le respondo sino que le pregunto:

—¿Crees que Marcus me observa?

Espero a que se ría. Me siento ridículo tan pronto como lo digo.

—A él sólo le importa él mismo, Nathan —dice ella—. Si te está vigilando es para sus propios fines.

Entiendo entonces que si Marcus piensa que lo voy a matar, querría mantener el ojo puesto sobre mí. Pero soy su hijo, su único hijo. Y si yo tuviera un hijo lo cuidaría y querría conocerlo también. Querría verlo en carne y hueso, tocarlo y abrazarlo. Pero Marcus nunca ha venido a verme, a abrazarme y...

—¿Conociste a la chica, Gabriel?

—Sí. Está en el departamento. No confío en ella, pero es el único lugar donde la podía dejar. Pilot me dio otro mensaje para ti. Me dijo que Clay estaba en Ginebra. Dijo: "Clay tiene el Fairborn".

Mercury se carcajea con esa risa aulladora suya y prácticamente da brincos sobre el tejado y nos agarra las manos. Las tejas suben volando y parecemos flotar en el aire sobre una ráfaga de viento antes de que nos baje al suelo.

Cuando aterrizamos, Mercury me acaricia la mejilla.

—He oído hablar de una visión sobre el Fairborn y tú, Nathan. Y creo que tú también la has oído —me pellizca la barbilla y me mira a los ojos.

—Definitivamente.

Me acaricia la mejilla de nuevo antes de mirar a Gabriel y decir:

—Será interesante ver cómo cambia Nathan con ese cuchillo en la mano.

Gabriel parece confundido.

—Nathan te puede explicar lo de la visión. Y esta noche discutiremos cómo podemos arrebatarle el Fairborn a Clay y colocarlo en mis manos; no... en las de *Nathan*.

Estamos acostados en la musgosa orilla del lago. Llegamos corriendo, nadamos y ahora dejamos que los rayos del sol nos sequen y nos calienten. Pero mi cabeza está en otro lado.

Gabriel dice:

—Esta mañana fui a la casa donde Pilot dijo que se estaba quedando Clay, para comprobarlo yo mismo. Pilot a veces se equivoca. Pero no se equivocó. Clay está ahí.

—¿Cómo sabes que es él?

Gabriel se encoge de hombros.

—Tienen esa apariencia, ¿no crees? Arrogancia. Él es el más arrogante de todos. El rey de la arrogancia.

Es él.

—Tiene novia —dice Gabriel.

—¿Hablas en serio? —recuerdo su cachiporra y haber estado en el suelo, tratando de protegerme la cabeza con los brazos.

—E incluso más sorprendente… es atractiva. Alta, delgada y joven… joven para Clay, ya sabes a lo que me refiero. A algunas mujeres les gusta la belleza, a otras el dinero, a otras el poder. Es obvio que a ella le gustan los —se encoge de hombros— … viejos arrogantes.

Gabriel está tratando de hacerme reír pero no le veo nada gracioso a Clay.

—No es tan viejo —aclaro—. Es poderoso. Tiene cierta posición en la sociedad. Es astuto… inteligente —y brutal.

—Así que se trata de un excelente partido para una Bruja Blanca.

Me incorporo y miro el pozo, tiene la superficie de color azul profundo que refleja el cielo, con un color verde limón por debajo, a causa de las algas que crecen en el agua. Me recuerda a Ellen. Se lo cuento a Gabriel.

—Conocí a una Mestiza en Londres. Tenía unos ojos increíbles. Un poco como el lago, esa mezcla de azul y verde, sólo que los suyos tenían turquesa y... —se me acaban las cosas que decir. Los ojos de Clay eran como el hielo.

Gabriel se incorpora también.

—¿Qué pasa?

—Estuve con Clay. Dos veces —recuerdo su aliento en mi cuello.

Quiero contarle a Gabriel sobre el Fairborn y mis tatuajes y el entrenamiento de Celia y la advertencia de Mary. Pero no sé cuál sería la primera palabra... por dónde empezar... ¿Por dónde comienzo con todo esto?

—Cuéntame sobre esa Mestiza. Suena interesante —dice.

—Lo es. Te agradaría. Es lista.

Y una vez que comienzo a hablarle sobre Ellen, se vuelve más fácil y le cuento sobre Bob y Mary, las Evaluaciones y Clay, y todo.

Cuando termino, Gabriel dice:

—Mary dijo que no deberías confiar en nadie. Pero confiaste en Ellen y estás confiando en mí.

Me encojo de hombros. Pero sí, confío en él.

Se inclina hacia a mí y me abraza. Resulta un poco incómodo.

Gabriel está convencido de que Mercury va a querer robar el Fairborn. Entonces me emparejará con el cuchillo y nos pondrá a ambos en contra de Marcus. Él dice que si trabajo para ella durante un año, usará todos sus poderes para manipularme y que mate a Marcus. Él piensa que forma parte del placer que le provocaría, ponerme en contra de Marcus, tener poder sobre su hijo.

—Tienes razón en creer en tu padre —dice Gabriel.

Él ya no quiere la ayuda de Mercury, pero yo le recuerdo:

—Sin embargo yo sí la necesito. Sólo quedan seis días para mi cumpleaños. Necesito los tres regalos.

—Sí, es un problema —agrega—. Necesitamos un plan.

Pero es difícil idear un plan. Coincidimos en que tenemos que destruir el cuchillo, o lanzarlo dentro del lago donde nunca pueda ser recuperado, pero Mercury estaría furiosa y buscaría vengarse si lo hiciéramos. Y aun así, sería posible que mi padre no creyera qué habíamos hecho. Podríamos tratar de darle el cuchillo, pero está claro que conllevaría el doble peligro de encontrarlo y entregárselo, cuando no confía en mí.

Decidimos seguir adelante con cualquier plan que se le ocurra a Mercury para robar el Fairborn, pues estará mejor en sus manos que en manos de los Cazadores. Sólo podemos esperar que después de recibir mis tres regalos y trabajar para Mercury tenga la oportunidad de destruirlo. Como plan, no es gran cosa.

Esa tarde, Mercury está de humor para celebrar. Rose fue a Ginebra y ya ha regresado. Nos cuenta que vio lo mismo que Gabriel. Clay se está quedando en una casa de los suburbios de Ginebra. Hay por lo menos veinte Cazadores en la zona que rodea la ciudad, lo cual, en mi opinión, no es nada para celebrar. Pilot se ha ido a España.

Mercury no se sienta, permanece de pie y camina de un lado a otro, pero la tela de su vestido bailotea de júbilo. No parece importarle cuántos Cazadores haya. Quiere el Fairborn y piensa que Rose lo puede robar.

Gabriel dice:

—Eso es si Clay lo tiene. Pilot se ha equivocado muchas veces.

—Pilot me dijo que hay un grupo de personas que se rotan vigilando el Fairborn —dice Rose. En este momento le toca a Clay. A donde él vaya, va el Fairborn.

—No va a ser fácil quitárselo a Clay.

—No, no va a ser fácil —coincide Mercury— pero es algo que queda muy dentro de las capacidades de mi maravillosa, adorada y genial Bruja Blanca Rose, quien tiene el talento de sustraer lo que sea, sin importar cuánto lo protejan.

Rose se sonroja y suelta una risita.

Mercury dice:

—Mañana, Rose y Gabriel van a la casa, encuentran el Fairborn y me lo traen.

Así de sencillo.

—¿Y cómo…? —comienzo.

Gabriel pone su mano en mi brazo.

—Está bien. Tendremos cuidado. Mercury tiene razón. Rose es muy buena. Engaña hasta a los Cazadores con su neblina. Pero no correremos riesgos. Si la casa está protegida por hechizos de protección, no lo intentaremos. Sería imposible, incluso para Rose.

—Pero a los Shites no les gusta usarlos por si hieren a algún fain —agrega Rose. No querrían matar a un ladrón fain. Llamaría demasiado la atención sobre ellos. Limpiar un rastro de fain es una lata.

—Así que simplemente vas a entrar caminando en una casa llena de Cazadores, robarás el cuchillo y saldrás caminando otra vez —digo.

—No me verán —dice Rose.

—Es demasiado peligroso —le digo a Gabriel.

—Te estás volviendo más fain que yo —dice—. Tendremos cuidado.

Mercury se vuelve a reír.

—Entonces yo también voy —afirmo.

—No. Tú te quedas aquí —dice Mercury.

La maldigo y se ríe. Se escucha el estallido de los truenos sobre la cabaña y los pasadores para el cabello giran por toda la habitación.

—¿Y la chica? —pregunta Rose.

—Ah, sí. La chica… —Mercury mira a Gabriel—. ¿Cómo dijiste que se llamaba?

—Annalise. Annalise O'Brien.

Y cuando Gabriel dice su nombre, nada tiene sentido. Annalise no puede estar tratando de encontrar a Mercury. No puede necesitar la ayuda de Mercury.

Gabriel me pregunta qué pasa.

Cuando no contesto me clava la mirada.

—¿La conoces?

No sé qué decir.

—¿Ella es la chica que te… gusta? —y entonces veo el disgusto en su rostro.

—Tengo que verla. Es una amiga —le digo a Mercury.

—Qué tierno —Rose se sonroja.

Mercury me mira fijamente también, en sus ojos hay un destello salvaje.

—¿Una amiga? ¿Que aparece justo cuando se acerca tu cumpleaños, justo cuando Ginebra se llena de Cazadores?

Mercury le dice a Rose:

—Vas a ir por el Fairborn mañana por la noche —se levanta para irse y se dirige a la puerta, pero después se vuelve y le dice a Gabriel—: Asegúrate de que Nathan no vea a la chica. Todavía no. Tengo que pensar en ella.

A mí me dice:

—Si vas, Gabriel pagará por no haber logrado detenerte —entonces Mercury parte.

Rose dirige la mirada de Gabriel hacia mí y se sonroja diciendo:

—El camino del amor verdadero nunca fue fácil —suelta una risita y se estira para agarrar la mano de Gabriel —pero yo estoy en el Equipo Gabriel.

Gabriel se desprende de la mano de Rose y me mira.

—Sabía que había algo raro todo el tiempo que estuve con ella, Nathan. Es una espía. Está trabajando para el Consejo.

Niego con la cabeza.

—No lo es.

—Ha venido a capturarte, a espiarte o a matarte. La están usando para llegar a ti.

—Te equivocas.

—¿Me equivoco? Es una Bruja Blanca. Blanca pura. Apuesto a que la mitad de su familia son Cazadores o miembros del Consejo.

—Eso no quiere decir que sea como ellos.

—Ah, claro que no. Es *distinta* —su voz es burlona—. Y ella cree que eres especial, te entiende, sabe que en realidad no eres malo, no le importa que tu padre sea el Brujo Negro más buscado, no le interesa él, sólo tú. Ella ve tu yo verdadero. Tu yo más amable y gentil. Y ella ondea su rubia cabellera y despliega su brillante sonrisa y...

Pero ya me he largado de allí.

Corro. Es la única cosa que me puede sentar bien, corro hasta que no puedo más. Me duermo en el bosque, mal, aunque estoy exhausto. Me quedo ahí gran parte del día, caminando, mirando el cielo. Sólo quedan cinco días para mi cumpleaños y siento que todo se está saliendo de control. Sólo puedo imaginarme que Annalise está aquí porque las cosas se pusieron mal en casa con su familia. Y para que ella se arriesgara a venir hasta Mercury deben estar realmente mal. Pero ella no está aquí para su Entrega, cumplió diecisiete en septiembre.

Al final de la tarde regreso a la cabaña. Los preparativos para robar el Fairborn de una casa repleta de Cazadores están en marcha.

Cuando entro, Gabriel sigue con lo que está haciendo, que es limpiar una pistola, lo cual me sorprende.

—¿Sabes cómo usar eso? —le pregunto. No puedo evitar sonar enojado, aunque pienso que no debería estarlo.

—Viví en los Estados Unidos más de un año, ¿no? —su voz es suave, bromista.

—¿Pero alguna vez le has disparado realmente a alguien?

Deja de limpiar la pistola y levanta la vista pero no me responde.

Y casi veo al Brujo Negro que hay en él.

—¿A quién mataste?

Mantiene los ojos fijamente clavados sobre los míos y dice, para que sólo yo pueda escucharlo:

—A un espía.

—¿Esa es tu especialidad, entonces? ¿Matar espías?

—Nathan, no sigas —comienza a limpiar la pistola de nuevo.

—Conozco a Annalise desde hace mucho. No es una espía. Confío en ella.

—Esos son los que escogen.

—¿Así que eso es todo? ¿No hay nada que ella pueda hacer que te convenza de lo contrario? Todo lo que haga será sospechoso por ser quien es.

No responde, sólo sigue limpiando la pistola.

—Y si Mercury te dijera que le dispararas a Annalise, ¿lo harías?

No levanta la vista de la pistola pero por lo menos deja de limpiarla.

—¿Lo harías? —mi voz es silenciosa pero vacilante.

Niega con la cabeza, pero me mira a los ojos mientras dice:

—Si estuviera seguro de que te está traicionando, la mataría, me dijera Mercury lo que me dijera.

—¿Así que no estás seguro?

—No al cien por ciento. Pero, Nathan, si hay algo para lo que soy bueno es para captar a la gente, y hay algo en ella que no está bien.

—O quizá sólo quieras ver eso, pero en realidad no puedes encontrar nada malo en ella, porque no lo hay. Porque ella nunca me traicionaría. Porque en realidad es una buena persona. Pero tú no quieres creerlo. ¡Quieres que sea una espía! —y me doy cuenta de que estoy gritando y temblando de rabia.

—Nathan. Sé que esto es difícil para ti —se acerca a mí y me rodea con los brazos. No lo abrazo, pero tampoco le pego.

Rose sale de su habitación, nos ve y me lanza un beso.

La maldigo y me siento en la esquina.

La vestimenta de Rose es tan poco apropiada como siempre: un vestido gris, largo, arremolinado y pegadito, parecido al de Mercury. Su pelo está inmaculado, recogido elegantemente sobre su cabeza. Parece que va a un baile de *Halloween*, sólo que tiene los pies descalzos. Le muestra a Gabriel sus pasadores, que tienen las puntas decoradas con calaveras. Las calaveritas negras son para abrir las cerraduras de las puertas, las calaveritas rojas para abrir cajas de seguridad o cerrojos

más complejos, y la calavera blanca grande es... se sonroja...
para matar Shites.

Mercury entra con el viento. Sonríe a su manera.

—Antes de que vayas por el Fairborn, quisiera que nos
trajeras a la amiga de Nathan.

Gabriel parece inseguro.

—Si la han enviado para espiarnos, la quiero en mis manos e incapaz de emitir advertencia alguna.

Pero sé que realmente quiere a Annalise para tener control sobre mí.

—Cuando tú y Rose estén listos para irse, traiganla aquí.
No le den oportunidad de hacer nada.

Gabriel y Rose repasan su plan. Después cenamos en silencio. Hasta Rose parece seria.

Cuando cae el sol, Gabriel sube al tejado y entra por el
pasadizo.

Espero en el césped.

No tengo que esperar mucho.

Gabriel y Annalise aparecen, tomados de la mano. Gabriel
suelta la suya como si tuviera la peste. Annalise está tirada
sobre el tejado con los ojos cerrados.

Gabriel llama a Rose y ella aparece, me besa la mejilla, da
un brinco hacia el tejado, pasa sobre el cuerpo de Annalise y
llega hasta los brazos de Gabriel, pero él tiene puestos los ojos
en todo modo momento sobre los míos. Escucho la risita de
Rose mientras desaparecen por la hendidura.

ANNALISE

Annalise y yo estamos sentados juntos. Muy cerca. Siempre pareció mucho más madura que yo pero ahora parece mucho más joven. Su rostro ha cambiado, está más alargado y delgado, aún más deslumbrante. Lleva puestos unos *jeans*, una camiseta y un suéter azul pálido, pero sus pies están descalzos.

Me pregunto cuándo vendrá Mercury. Me está dejando pasar un rato con Annalise. Debe haber un motivo detrás.

Tomo la mano de Annalise con la mía y le pregunto qué ha sucedido.

Parpadea y las lágrimas caen por sus mejillas.

—Tengo serios problemas, Nathan.

Le limpio las lágrimas con las puntas de mis dedos, casi sin tocarle la piel.

—Después de que Kieran te atacara, le habló a mi padre sobre nosotros. Mi padre estaba enojado, pero dijo que no me castigaría. Sólo tenía que volver a ganarme su confianza. Tenía que hacer todo lo que me decía, hasta el menor detalle. Y no tenía otras opciones, así que traté de ser buena. Pero nunca han confiado en mí, no importa cuán bien me comportara. Mi padre o uno de mis hermanos me acompañaban siempre si salía de casa. No me permitían ver a ninguno de mis viejos amigos. Estaba sola, pero era tolerable. Luego, después de mi Entrega, el Consejo pidió verme. Me interrogaron sobre ti. Mi tío Soul también estaba. Me trató como si fuera una traidora. No contesté sus preguntas sobre ti, les dije que lo había olvidado. Pero fue aterrador. Me volvieron a llamar el día que te vi en el edificio del Consejo. Luego, unas noches después, vino mi tío a casa y lo escuché diciéndole a mi padre que habías escapado y que yo tendría que regresar para que me volvieran a interrogar. No estaba segura de qué hacer, pero sabía que no podría aguantar más. Pensé que si tú habías escapado entonces quizá sería posible para mí hacerlo también. Así que me di a la fuga.

Me mira a los ojos y la plata que hay en los suyos gira lentamente.

—Pensé que podría encontrarte... Bueno, no pensé mucho más allá de eso. Pero quería encontrarte. Siempre quise hacerlo. Y escuché que Mercury ayudaba a los Brujos Blancos por un precio. Lo único que tenía era dinero. No puedo creer que te haya encontrado... que de verdad estés aquí.

Le limpio las lágrimas de nuevo, esta vez pasando mis dedos sobre sus mejillas, sintiendo la suavidad de su piel. Ella trata de sonreírme y extiende su mano para acariciarme el pelo y quitarlo de mi rostro.

—Tus ojos son como los recordaba. No han cambiado —sus dedos ya están en mi mejilla y antes de que pueda pensarlo volteo para besarlos, y después presiono su mano contra mi boca y le beso la palma.

Acaricia el tatuaje de mi mano con sus dedos y mira el de mi cuello, y acaricia ese tatuaje también. Pero no me hace preguntas. Y la plata de sus ojos da una voltereta y atrapa la luz de la luna y brotan más lágrimas.

Permanecemos juntos y Mercury sigue sin llegar.

—Te ayudaré, Annalise. Pero creen que eres una espía. No confían en ti.

—¿Pero tú sí?

—Por supuesto —y la abrazo, es tan frágil y está temblando—. Hablaré con Mercury... la convenceré.

Annalise asiente.

—Tenemos que esperarla aquí sobre el tejado. No debes dar un paso para bajar del tejado a menos que estés tocando a Mercury.

—¿Si no?

—Gabriel me dijo que se cae en un sueño parecido a la muerte.

—Gabriel no confía en mí. No le agrado.

—Eres una Bruja Blanca, él es un Brujo Negro.

—Pilot no me quiso en su casa.

—Mercury tiene más... interés en los negocios.

Annalise asiente.

—Escuché a Pilot decir que Clay está en Ginebra.

Y con eso una brisa cálida sopla sobre nosotros.

Espero a que Mercury aparezca pero no lo hace. Creo que me está tratando de dar a entender que quiere saber más.

—¿Sabes algo sobre ese cuchillo especial llamado Fairborn? —le pregunto—. Creo que Clay podría tenerlo.

Annalise frunce el ceño.

—Sí, escuché a mi padre hablar de él con Kieran. Es importante, pero no sé por qué. Hay distintas personas que se rotan para protegerlo. Sólo aquellas en quienes el Consejo confía más. Mi padre lo tuvo un tiempo el año pasado. Mi tío también lo tuvo y Clay es uno de los que lo protege.

Annalise me aferra la mano; la suya está húmeda.

—No estarás pensando en ir por el cuchillo, ¿o sí? —se gira para mirar mi rostro.

Me encojo de hombros.

—Sería una locura. Habrá Cazadores por todos lados.

—Si alguien fuera… invisible, digamos, y pudiera entrar a hurtadillas en el cuartel de Clay…

Annalise niega con la cabeza.

—Habrá hechizos de protección para impedir que se entre en la casa.

—¿Como el que tiene este tejado?

—Sí, Clay tendrá un hechizo para proteger la casa. El hechizo no te mataría; sólo te dejaría incapacitado. Kieran nos contó la historia de un fain que una vez trató de forzar la entrada a la barraca de un Cazador, y lo encontraron deambulando en un letargo etílico. Le hicieron cosas… se rieron de él…

—¿Todas las puertas y ventanas tendrán hechizos?

—Habrá una puerta que utilicen sus Cazadores; esa será la única segura. Si usas otra puerta o entras por una ventana, el hechizo te atrapará.

La brisa tibia me besa la mejilla. Me imagino que Rose podrá hacerlo.

—También escuché a Kieran contarle a Niall y Connor acerca de otros hechizos que usan los Cazadores. La puerta de entrada, la que usan los Cazadores, tendrá un hechizo de contraseña. Dices la contraseña antes de cruzar el umbral y se levanta el hechizo de protección durante un breve lapso de tiempo. Puede haber distintas palabras para entrar y salir. En realidad no estoy segura…

La brisa se enfría. Rose no sabe acerca de estos hechizos. Quizá se den cuenta…

La brisa se vuelve más fuerte y fría.

Me levanto cuando aparece Mercury. No parece contenta. El viento se recrudece y me empuja hacia atrás, por la pendiente del tejado.

Annalise está de rodillas, su pelo se agita incontroladamente.

—Annalise. Qué chica tan encantadora —la voz de Mercury es fría—. Vamos, conozcámonos mejor.

Mercury se para en el césped cerca del tejado y extiende su mano hacia Annalise. Annalise se vuelve hacia atrás para mirarme, y trato de acercarme a ella pero el viento me detiene. Annalise se levanta y toma los dedos de Mercury. Pero justo cuando da un paso para bajar del tejado otra ráfaga empuja de lado a Annalise. Sus dedos se estiran pero no alcanza a Mercury y el viento la empuja hacia el suelo. Y el viento me retiene, me mantiene quieto, aunque lucho contra él y trato de alcanzar a Annalise, pero ya es demasiado tarde.

No escucho lo que dice Mercury porque estoy gritando y el viento sopla con fuerza en mis oídos. Annalise está tirada inmóvil sobre el suelo; sólo su pecho se mueve agitadamente, y tiene la boca abierta y jadea para respirar.

Mercury se para sobre Annalise, mirándola. Y yo grito sin parar.

Y el pecho de Annalise ya no se mueve. Está completamente quieta. Tiene los ojos abiertos y le grito a Mercury.

Mercury desliza su mano por el rostro de Annalise, cerrándole los ojos.

El cuerpo de Annalise está pálido sobre el suelo oscuro.

El viento no da tregua, golpeándome mientras maldigo a gritos a Mercury.

La voz de Mercury es parte del viento que toca mi rostro.

—Debes advertirles a Rose y Gabriel acerca del hechizo de contraseña. Aún podría haber tiempo de ayudarlos.

—¿Pero qué pasa con Annalise? —grito, señalando su cuerpo.

—Está dormida. No muerta. Regresa a salvo y la despertaré.

No está muerta. No está muerta. Gabriel dijo que era como un reposo parecido a la muerte.

—Si muere, Mercury…

—Suficiente. Vete.

EL FAIRBORN

Mercury se ha mostrado tan profesional como siempre. Ha dibujado un mapa para mostrarme cómo hallar la casa de Clay. He escuchado todos los planes, así que sé que la casa queda a una hora a pie del departamento. Llego corriendo en poco más de veinte minutos. Suponiendo que Rose y Gabriel no se hayan entretenido, me llevan más de una hora, pero todavía deberían estar vigilando la casa, esperando a que se quede en silencio.

Me tengo que concentrar en ellos porque, si no lo hago, lo único que veo es el cuerpo de Annalise tirado en el césped; parecía muerta, su pecho estaba quieto, sus ojos abiertos.

Casi he llegado. Me tengo que concentrar.

La casa está en un barrio tranquilo, en una calle secundaria con grandes residencias en medio de amplios jardines privados. Detrás de la casa hay una ladera boscosa. Examino los caminos de alrededor y del bosque de atrás.

Hay alguien en la orilla del bosque. Me está dando la espalda. Está mirando la casa.

En ese momento, todo mi entrenamiento con Celia me viene de golpe. Es fácil, automático, de la misma manera que para Gabriel lo es leer. Piso lento y en silencio, con mi cuchillo en la mano. La figura comienza a darse la vuelta cuando doy mi último paso y agarro su cuerpo, la navaja contra su garganta. Poesía en movimiento.

El cuerpo de Gabriel está tieso contra el mío. Mantengo el cuchillo presionado contra su piel.

—Pillado —le siseo en el oído.

—¿Nathan? ¿Qué haces aquí?

—¿Dónde está Rose?

—Vigilando la parte delantera de la casa. ¿Qué sucede?

—Mercury me ha enviado. Necesito decirle a Rose algo sobre los hechizos de la casa. Algo importante que me dijo Annalise.

No contesta, así que lo suelto y lo alejo de mí con un empujón.

—¿Qué te dijo?

Se lo cuento y asiente.

—Entonces debemos comunicárselo a Rose.

Damos un rodeo hasta llegar al frente de la casa. Todavía es temprano, no es medianoche. Rose está en el jardín de una casa que hay al otro lado de la calle. No se ríe cuando le explico la situación, pero tampoco se quiere dar por vencida. Piensa que lo puede hacer. Todos los Cazadores entran y salen por la puerta de enfrente. Seguirá al próximo Cazador que llegue y escuchará la contraseña.

Ya estoy otra vez en la parte de atrás de la casa, recargado contra un árbol a la orilla del bosque. No hay barda, pero hay una zona de césped que termina justo antes de los árboles.

Rose y Gabriel están en la parte del frente.

La casa está dividida en dos departamentos: el de arriba, en el primer y segundo piso, lo ocupan varios Cazadores; en el de abajo está Clay. Por lo que puedo observar, Clay tiene una oficina y un cuarto en la parte de atrás. Veo a varios Cazadores que se mueven por el departamento; si están entrando y saliendo, no están usando para ese propósito la puerta de atrás o las ventanas.

El clima es cálido pero está nublado, y una fina llovizna ha comenzado a caer.

Le pregunté a Rose qué debía hacer si algo salía mal.

Me sonrió.

—Escápate si puedes. Corre. Si no puedes correr, mata a todos los que puedas. Mataron a tus ancestros y harían lo que sea para matarte a ti, Nathan. Mátalos a todos —me besó la mejilla y me dijo con dulzura—: Cuando los hayas matado a todos, entonces ya no tendrás que correr más.

Pero yo no quiero matar a nadie. Y si llego al punto de tener que matar o que me maten, sin duda pelearé, pero trataré de no matar. Aunque por otro lado, si se tratara de Clay o Kieran...

¿En qué estaba pensando?

Rose aparece junto a mí. Pasó por el jardín usando su neblina, su Don. Se evapora como la neblina y también lo hace mi recuerdo de ella. Incluso cuando la miras, la olvidas. Es extraño... confuso. Pero si te toca, piel contra piel, la confusión desaparece, y cuando lo hace se torna visible. Es difícil trabajar con ella, por la neblina, y tampoco puedes estar agarrándole la mano todo el tiempo. Dice Gabriel que la mejor manera de trabajar con ella es no mirarla: saber qué hará pero desviar la mirada para otro lado mientras se cubre de neblina, para que tus pensamientos permanezcan claros.

—¿Cuántos cazadores hay ahí adentro? —pregunta Rose.

—Arriba hay cuatro —y ninguno de ellos tiene la corpulencia de Kieran—. Creo que Clay está en su oficina.

—Esperaré aquí hasta que se vaya a la cama, después daré la vuelta por el frente para entrar. Me escondí y escuché la contraseña: "Lluvia roja".

¡Bien!

—Por cierto, creo que hay un sótano —le digo—. Hay una rejilla en el suelo, a la izquierda de la casa. Se encendió una luz hace rato. Creo que Clay estaba ahí abajo.

—Buen lugar para guardar armas.

—Quizá. Si yo fuera Clay… —¿qué haría?— … guardaría el Fairborn cerca de mí. Pero tiene pistolas que almacenar para sus tropas, supongo; pistolas, balas, lo que sea. Así que quizá…

—¿Algo más?

—Si estoy atrás, ¿cómo sabré que ya has salido?

—No esperes aquí. Cuando entre, da la vuelta hasta el frente y espérame allí con tu novio.

—¿Sabes lo irritante que eres, Rose?

Se ríe suavemente.

La doy un codazo y señalo a la casa. La luz de la oficina se ha apagado. Unos segundos después, se enciende la luz del sótano.

—¿Se desprenderá de sus armas por la noche? —se pregunta Rose.

Yo conozco la repuesta.

—No. Es un Cazador. Nunca duerme sin ellas.

—Bajo su almohada entonces.

—Tengo la sensación de que duerme con las botas puestas y con el Fairborn amarrado a su muslo.

—Me gustan los desafíos.

La luz del sótano se apaga y se enciende la del dormitorio. Una sombra. Dos sombras. Clay y su novia se mueven por la habitación, se abrazan, se besan y se separan. La sombra de Clay desaparece y la luz de la oficina se vuelve a encender.

—Y yo que pensaba que se iba a poner romántico —dice Rose.

Miro la sombra en la habitación de Clay, la manera en que se mueve, y lo familiar que me resulta.

Es mucho más tarde cuando se apaga la luz de la oficina. Clay regresa a la habitación y también se apaga esa luz.

—Nos vemos en el otro lado —dice Rose y brinca con ligereza por el jardín a plena vista desde la casa. La cubre una neblina e incluso me pregunto si la he visto. Supongo que ha ido al frente de la casa y que está entrando sin que la vean.

Voy al bosque para llegar hasta la parte delantera haciendo un círculo amplio, cruzo entre dos casas lejanas y me dirijo de nuevo hasta Gabriel. Me muevo con lentitud. No hay prisa, aunque en realidad no tengo idea de cuánto vaya a tardar Rose. Pero quiero asegurarme de no cometer ningún error estúpido. Tengo la sensación de que los Cazadores que están cerca de la casa están relajados. Al menos bajan la guardia un poquito, sin imaginarse jamás que alguien —un brujo— trataría de forzar la entrada.

Gabriel está en el jardín frente a la casa de Clay. No habla pero me mira de reojo cuando me acerco a él. Él vigila la casa. Yo vigilo a nuestras espaldas.

No pasa nada.

No pasan coches, no entran ni salen Cazadores. Ya deben ser las dos de la mañana.

Entonces Gabriel me da un codazo. Me doy la vuelta para ver que se abre la puerta de adelante y salen dos Cazadores de la casa. Tengo una sensación confusa, me pregunto qué está pasando, pero pienso que es mejor desviar la mirada y me encuentro observando el perfil de Gabriel que voltea, me mira, sonríe y después murmura:

—Rose está con ellos.

Asiento. Rose lo ha hecho bien entrando y saliendo sin ser detectada. Pero siento palpitar mi corazón. ¿Tiene el Fairborn?

—Vámonos.

Pero antes de que demos un paso se oye un grito desde el interior de la casa. No puedo descifrar lo que dice pero creo que es Clay. Y entonces escucho:

—Encuentra a quien lo tenga… ¡Ya!

Nos agachamos y corremos rápidamente por el jardín hasta la parte trasera de la casa, saltamos la barda y llegamos a un callejón.

Gabriel corre hacia la izquierda hasta la esquina.

—Aquí es donde dijimos que nos reuniríamos.

Yo vigilo el camino por donde veníamos mientras Gabriel observa la otra calle.

Escucho una risita suave y me doy la vuelta.

Rose está recargada contra Gabriel. Los dos sonríen. Tan emocionados como niños que han robado caramelos de una dulcería. Rose levanta un cuchillo largo. Con mango negro y funda negra.

—Fácil para alguien de talento —le dice Gabriel a Rose—. Pero creo que Clay se ha dado cuenta de que el Fairborn no está…

—Vámonos —digo y me dirijo de vuelta al callejón.

Corremos a toda velocidad cuando nos encontramos frente a frente con una Cazadora. Parece tan sorprendida como nosotros. Se detiene, vacila y después grita:

—¡Aquí están!

Soy el que está más cercano a ella y en ese momento casi la alcanzo. Saca la pistola de su funda y estoy tres pasos más cerca. Levanta la pistola mientras me lanzo sobre ella, mi brazo derecho va directamente a su garganta y el izquierdo a su pistola. Escucho un disparo, caigo sobre ella y parece que caemos en cámara lenta. Mi mano está en su cuello y me mira. Es joven, poco mayor que yo, los destellos de sus ojos se retuercen frenéticamente y después escucho un crac, es el sonido de su cráneo, y los reflejos de sus ojos desaparecen.

Estoy sentado sobre ella a horcajadas.

Hay una rejilla metálica detrás de su cabeza, sobre la que rezuma sangre. Cuando me levanto veo que su cuello está inclinado en un ángulo extraño. Quiero creer que la rejilla de metal la mató, pero yo tenía la mano en su cuello y su cuello está roto y todavía no puedo creer que fuera tan joven y la haya matado. Logro levantarme pero es difícil. Me duele el costado.

Suena un disparo y después otro y otro. Me dejo caer de cuclillas y volteo para ver a Rose tirada boca abajo en el suelo y a Gabriel arrodillado junto a ella. Tiene el brazo estirado, la pistola apunta al cuerpo de otro Cazador tirado en el suelo del callejón, un poco más atrás. Nadie se mueve.

Rose está muy quieta. Al igual que la Cazadora que tengo junto a mí.

Gabriel se agacha y toma el Fairborn de la mano de Rose. Tiene que desenroscar sus dedos y coloca su mano de vuelta en el suelo, y para ese momento ya estoy junto a él. La cabeza de Rose está de lado; sus ojos no desprenden destellos y su espalda es un amasijo de sangre.

Gabriel me aparta de ella y corremos, dando la vuelta a la esquina, y se oyen más disparos. Hay otra Cazadora más adelante, Gabriel le dispara y pasamos por unos jardines y sobre una barda y luego tengo que parar.

He matado a una mujer. No era mi intención, pero tiene el cuello roto y también Rose está muerta y estoy temblando. Mis manos están cubiertas de sangre, la sangre de la chica, y me froto las manos en la camisa pero hay más sangre. Hay mucha sangre.

—Oh, no, Nathan —dice Gabriel.

Alzo la vista a su rostro y veo que está mirando fijamente mi estómago, tira de mi camiseta y tengo las rodillas como si estuvieran hechas de gelatina.

—Mierda, Nathan.

Bajo la vista. Una mancha oscura se está extendiendo sobre mi camiseta. La sangre parece negra.

—Estoy bien —lo digo sin pensar.

No me siento bien.

—Lo puedo sanar —digo. Siento el zumbido y me enderezo. Respira. Cálmate—. Estoy bien.

Me disparó en el costado izquierdo, en la parte baja de la caja torácica.

—Voy a estar bien —las manos me siguen temblando. Por alguna razón, esto no lo consigo sanar.

—¿Estás seguro? —Gabriel suena muy preocupado.

—Sí. Vámonos.

Y nos vamos y estoy bien durante cinco minutos pero regresa el dolor en las costillas. Lo sané, y volvió, el dolor me incapacita. Esto no es normal. Tengo que volver a parar.

—Es una bala de Cazador, no una bala de fain. ¿Todavía la tienes adentro? —pregunta Gabriel.

—Creo que sí.

—Tenemos que sacarla. Debe estar envenenada.

—No hay tiempo. Lo puedo sanar ahora. La sacaré cuando lleguemos al refugio de Mercury.

—Tiene mal aspecto, Nathan.

—Estoy bien. Por ahora me preocupa más recibir un balazo en la espalda.

Y salgo corriendo pero noto que voy lento. Me está costando trabajo seguirle el paso a Gabriel. De hecho no lo estoy logrando; ha aminorado por completo. Giramos en la esquina y un *jeep* se dirige hacia nosotros. Un Cazador salta hacia afuera disparando, y Gabriel le dispara a él, corremos y no le puedo seguir el paso. Sé que Gabriel debe haber acertado, porque si no ya me habrían atrapado.

Atravesamos más jardines hasta llegar a un callejón. Gabriel me espera, después me ayuda a cruzar una pared alta.

De un brinco, baja y se para frente a mí, y me tengo que recargar contra la pared para buscar apoyo.

Habla bajito:

—Nathan, no puedes correr lo suficientemente rápido. Te atraparán si intentas correr. Voy a alejar a los Cazadores y los mantendré ocupados para que puedas encontrar el camino de vuelta al pasadizo. Pero debes tener cuidado. No corras ningún riesgo. No me esperes en el departamento. Sólo pasa por la hendidura directamente a casa de Mercury.

Sé que tiene razón; no puedo correr más rápido que los Cazadores, y tengo un mal presentimiento. Recuerdo lo que dijo Rose: que a Gabriel le encantaría tener la oportunidad de salvarme. Pero atraer a los Cazadores, a tantos Cazadores, a otra parte es un suicidio.

Niego con la cabeza.

—Es la única manera —me dice y me da el Fairborn. Cuelga de una tira de cuero que me coloca alrededor del cuello.

—Gabriel. Es demasiado peligroso.

—Tendré cuidado.

—No sabes ser cuidadoso.

Sonríe, después me besa la mejilla, dice algunas palabras, y aunque son en francés, sé lo que significan y lo aprieto contra mí.

—¿Cuántos días faltan para tu Entrega? —pregunta.

—Cuatro. Lo sabes.

—No me lo perderé.

Luego trepa por la pared y se va.

Espero y espero antes de atreverme a irme. Escucho algo que podría ser otro disparo o quizá el escape de un coche, pero en la distancia. Sé que en realidad no es un coche. Y después escucho las sirenas de la policía. A los Cazadores no les gustará eso. Suenan distantes también, pero hay muchas de ellas.

Tengo que dirigirme al departamento.

DE NUEVO CON MERCURY

No sé dónde estoy. No consigo ni encontrar el lago. Veo el cuerpo de Rose una y otra vez, y siento el cuello de la Cazadora, y su sangre tibia, y todo está mal, y no debería haber pasado. El plan estaba lejos de ser un plan; era una locura. Y debería haber llegado al departamento hace siglos.

Estoy de rodillas sobre el empedrado mojado otra vez. Me siguen flaqueando las piernas.

Descanso con la frente apoyada sobre la piedra mojada y trato de sanar, pero mi sanación no funciona y no hay zumbido. Es como si se hubiera agotado.

Ya clarea pero todavía es temprano. Silencioso. Sin gente. La lluvia ha cesado.

Me levanto. Necesito azúcar. El alimento y la bebida son mi prioridad, después sanaré mejor y pensaré mejor, y podré encontrar el departamento y a Gabriel.

En la calle un hombre está subiendo las cortinas de seguridad de su pequeña tabaquería. Entra y lo sigo de cerca, me acerco más hasta que lo empujo contra la pared. No sé qué decir en francés, así que lo digo en inglés y pongo mi mano sobre su boca para que no pueda hacer ruido. Me mira a los ojos y sé que me entiende. No puedo perder el tiempo amarrándolo. Celia me dijo que la realidad no era como el entrenamiento. Me enseñó a controlar la respiración. Concentrarme en lo que tengo que hacer. Hacerlo bien. Dejarlo inconsciente. Lo hago bien.

Me paro junto al refrigerador y tomo una bebida energética. Luego otra. Me ayudan. Ya puedo sanar mejor.

Tomo la pequeña mochila desgastada del hombre, y la lleno de bebidas y dulces azucarados.

Ahora tengo que encontrar el departamento. Me dirijo cuesta abajo, hacia el lago. Cuando lo encuentre, podré llegar al departamento. Siento las piernas más fuertes.

Finalmente encuentro la esquina de nuestra calle. El edificio está frente a mí.

No hay nadie alrededor pero siento que algo está mal.

Estacionado de mi lado de la calle hay un coche azul, y también uno color rojo oxidado que he visto antes. A la izquierda, pasando la entrada al edificio, hay una camioneta. Creo que la he visto antes, ¿pero dónde? No es una camioneta de Cazadores… ¿así que por qué estoy titubeando? No hay nada inusual. Si corro estaré dentro del departamento en un minuto y en casa de Mercury en dos. Pero algo parece distinto.

Permanezco de pie en un portal, bien atrás. La lluvia ha comenzado de nuevo. Se oye el sonido lejano del tráfico.

Espero.

No pasa nada. Nada. Y me pone los nervios de punta. Gabriel no está aquí y Rose está muerta y el cuello de esa chica era tan delgado. Y no puedo pensar que hayan atrapado a Gabriel y lo que le harían. No puedo pensar en eso.

Más lluvia.

Un coche baja bruscamente por la calle.

Alguien sale de uno de los edificios, levanta su paraguas y, taconeando, se aleja caminando rápidamente.

Estoy sudado. Hace calor y la lluvia sigue cayendo. Se escucha el sonido de un coche en la calle que está a mis espaldas. Y luego lo veo… un movimiento, una sombra en un portón, después de la entrada de nuestro departamento.

Todo está como antes otra vez, sólo que ahora sé qué algo está mal. Sé lo que es la sombra. Se trata de una Cazadora, con la pistola levantada e inmóvil de nuevo. Su teléfono está siseando, débilmente pero allí está. Eso es lo que percibía.

No hay nada que pueda hacer salvo esperar. Quizá siguieron a Gabriel hasta aquí y no tuvo otra opción que entrar al pasadizo con los Cazadores siguiéndolo de cerca. No lograrían descifrar cómo pasar a menos que vieran exactamente dónde está, y aunque lograran pasar por la hendidura, Mercury se desharía uno a uno de ellos mientras estuvieran atrapados en el tejado. Eso significaría que Gabriel está a salvo en la cabaña y que no puede arriesgarse a regresar para advertirme.

Pero él dijo que los desviaría en otra dirección.

¿De qué otra manera podrían saber que debían venir aquí?

Si lo capturaron y torturaron… ¿cuán rápidamente les hablaría del departamento?

Un coche da la vuelta y entra por el extremo más lejano de la calle. Un *jeep* negro, el que vi en la casa de los Cazadores. Clay estaciona el *jeep* en medio de la calle y sale. No parece contento. Llega hasta la Cazadora escondida y luego entra en nuestro edificio. La Cazadora se sube al *jeep* de Clay, se echa rápidamente en reversa por la calle y se va. Un minuto después, regresa de vuelta a su posición. La calle queda en silencio otra vez.

Tengo que irme.

Estoy cubierto de sangre; los fains me detendrán si me ven.

Necesito encontrar un lugar donde descansar y limpiarme. Me voy, aunque no sé adónde.

Veinte minutos después, la veo. Está al fondo de un callejón, parcialmente escondida por una pequeña camioneta, pero puedo ver de inmediato que es ella. Y sé que debería caminar sin detenerme, pero están Rose y Gabriel y un montón de otras cosas que me impiden hacer lo sensato. No sé dónde está su compañera, pero no pienso quedarme mucho.

Me sano antes de acercarme a ella, me aproximo lo más silenciosamente posible y desenvaino el Fairborn.

En ese segundo, las cosas cambian.

Es como si el Fairborn estuviera prácticamente vivo en mis manos. Es parte de mí, pero también yo soy parte de él.

Alcanzo a la Cazadora y la agarro para darle la vuelta, poniéndole el Fairborn en la garganta.

—¿Buscabas a alguien? —pregunto.

Se encoge. Incluso ahora detesta que la toque, pero supera la sorpresa en menos de un segundo y comienza a transformarse en un hombre enorme. Pero yo soy su hermanastro menor y estoy listo para sus trucos, y el Fairborn también lo está. Apuñalamos el hombro de Jessica y golpeamos su cuerpo semimetamorfoseado contra la pared. Apuñalamos su otro hombro y ella suelta un chillido. Si su compañera está cerca, llegará en menos de un minuto.

Jessica está completamente transformada en hombre, pero sus brazos cuelgan sin vida, y yo tengo la fuerza y el Fairborn para retenerla contra la pared.

Jessica se vuelve a transformar rápidamente, en Arran.

La voz de Arran me suplica:

—Por favor no me lastimes, Nathan. Sé que no me quieres lastimar.

—Cállate.

—Sé que eres una buena persona. Siempre lo he sabido. Por favor. No me lastimes.

Y sé que debería salir corriendo. Pero es tan maravilloso ver a Arran. Sólo quiero verlo. Pero no es Arran; es Jessica y es una bruja malvada. Tengo la punta del cuchillo contra el ojo de Arran. Y el Fairborn se lo quiere sacar.

—Nathan, por favor. Eres una buena persona.

Sé que sería un buen plan sacarle el ojo. Nunca podría ocultarlo con sus transformaciones. Pero no quiero hacerlo. No a Arran, aunque sepa que no es Arran sino Jessica, pero ni siquiera quiero hacérselo a ella... sin embargo el Fairborn quiere cortar...

Estoy temblando de nuevo, intentando meter el cuchillo en la vaina. Jessica me da un empujón, débil pero eso basta, levanto el Fairborn y entonces le raja el rostro.

Me he escondido en una casa pequeña de los suburbios. No tiene alarma y no hay nadie adentro. Creo que se han ido a trabajar. Me baño. El cuerpo me sigue temblando, estoy tiritando.

Mi herida de bala es una cicatriz limpia y redonda, pero si toco cualquier parte cercana a ella siento que podría desmayarme. Ni siquiera siento la tentación de tratar de sacar la bala. Además, las bebidas energéticas y los dulces parecen estar funcionando lo suficientemente bien.

Me sirvo un plato enorme de cereales y plátano, y luego otro, mientras pienso en cómo regresar con Mercury. Tengo una vaga idea de dónde está su cabaña. Gabriel dijo que a veces iba en tren y a veces escalaba. Los Cazadores seguramente estarán en la estación de tren y vigilando las carreteras, pero quizá pueda tomar un autobús. Debe haber uno que me saque de Ginebra a algún lugar desde donde pueda tomar un tren. Faltan cuatro días para mi cumpleaños. La cautela es más importante que la velocidad.

Necesito un mapa.

Hay una computadora pero no tengo la menor idea de cómo usarla. En los cajones encuentro un mapa de carreteras de Suiza, pero necesito un mapa de senderismo para encontrar el valle de Mercury. Voy a tener que comprar uno. Lo único bueno que me ha pasado es que la pequeña mochila que le quité al dueño de la tabaquería, tenía su monedero y el dinero de la caja registradora adentro. Normalmente no le robaría dinero a alguien como él, pero no era mi intención hacerlo, no sabía que estaba ahí, y la situación en la que estoy tampoco es normal.

Me miro en el espejo antes de salir. La casa debe pertenecerle a una pareja de mediana edad. Su ropa es un poco grande. No puedo encontrar lentes de sol, así que me pongo la gorra de béisbol roja de él, con una cruz blanca, y envuelvo la bufanda estampada de ella dos veces alrededor de mi cuello. ¡Guantes! Encuentro un par de guantes de piel y les corto las puntas de los dedos.

Antes de irme quiero ver el Fairborn con atención. También quiero sentirlo. Tan pronto como lo desenvaino, parece querer cortar algo. La hoja es distinta; no es de metal brillante sino de un gris apagado, casi negro. Es como si el cuchillo estuviera vivo pero parece muerto. No quiero que Mercury le ponga las manos encima, no quiero que los Cazadores lo tengan y yo tampoco lo quiero. Podría dejarlo aquí, en el fondo de una alacena, y probablemente quedaría olvidado y perdido, sin causarle peligro a nadie. Pero lo llevo conmigo. Lo enterraré en alguna parte. No se lo puedo dar a Mercury, no puedo dejar que sepa que lo tengo. Pero ella tiene a Annalise. Una cosa después de otra. Vete de aquí. Encuentra un lugar donde enterrar el Fairborn. Ve con Mercury. Recibe tus tres regalos.

Me abro camino hasta la carretera principal y llego a una parada de autobús.

El autobús ha sido una buena idea. Se detuvo en la estación de ferrocarril de un pueblo a media hora de Ginebra. Compré un mapa en una tienda de campismo cerca de la estación. El mapa es maravilloso. Suiza está lleno de valles, pero el valle de Mercury es único, con el glaciar y los pueblos que se extienden junto al río de este a oeste, así que es fácil ubicarlo en el mapa. El tren me llevará hasta cierto punto, desde ahí hay que tomar otro autobús y luego caminar, pero estaré de vuelta en casa de Mercury esta noche, tarde. Compro una bolsa de bebidas energéticas, dulces y fruta, y me subo al tren. Está muy concurrido. Encuentro un asiento y mantengo la cabeza agachada.

¡Mierda! ¡Mierda! ¡Mierda!

Una Cazadora está caminando por el andén. Observa el tren. Se sube. Me bajo. Así, como si nada.

Es temprano por la mañana, pero todavía está oscuro. Estoy en un bosque, en alguna parte. La Cazadora no puede haberme visto o ya estaría preso o muerto. No puedo correr más rápido que ellos así. No puedo correr. Estoy cubierto de sudor, temblando y tiritando, y mi costado se ha hinchado. Me ha salido un bulto del tamaño de un huevo en la costilla. Por lo menos tengo las bebidas energéticas. No me puedo arriesgar a regresar a la estación. Podría pedir aventón, pero si me paro a la orilla de la carretera más de diez minutos, los Cazadores me atraparían. De todos modos no podría subirme a un coche por más que me esforzara, me sentiría atrapado. Además, tengo un mapa. Sé adónde voy y tengo tiempo para regresar. Son sólo dos días de caminata hasta el valle de Mercury y faltan tres días para mi cumpleaños. Puedo hacerlo. Puedo regresar con Mercury, recibir mis tres regalos y ayudar de alguna manera a Annalise.

Está aclarando. Ya he cubierto mucho terreno. Mantengo el paso constante. Camino por el bosque, cerca de la carretera. Ahora puedo descansar. Me siento tieso como un anciano. Pero puedo permitirme un par de horas de descanso.

Ya ha atardecido. Se me ha pasado el día entero mientras dormía. Pero estaré más fuerte ahora que es de noche y he descansado. Sólo me quedan dos bebidas energéticas pero espero poder comprar más. Me relajo entre los árboles. Puedo alterar el paso, caminar rápido cinco árboles y pasar cinco más lentamente. El bulto del tamaño de un huevo ya tiene el tamaño de un puño.

Cada vez hay más luz y no puedo caminar más.

Descansa un poco. No te duermas.

¡Maldición! ¿Qué hora es? Mediodía, quizá. Sigo quedándome dormido. Tengo que seguir adelante.

Seguir adelante. Estoy mareado.

Hay un pueblo. Compraré unas bebidas energéticas. Necesito azúcar.

También necesito saber qué día es.

¿Qué día es?

Me siento raro... mareado...

Estoy de vuelta entre los árboles. Camino a paso constante. El azúcar me ha hecho bien. Pasado mañana es mi cumpleaños.

¿Es así? Lo comprobé. ¿O no lo hice? Alguien me lo dijo. ¿O lo imaginé? No, tomé una bebida. Lo comprobé. Vi un periódico. Sí, así fue.

Se me ha vuelto a olvidar.

Es un buen día para caminar. Soleado.

Voy un poco lento. Pero está soleado.

Si camino todo el día y toda la noche volveré con Mercury antes de mi cumpleaños. Creo que es así.

Simplemente sigue caminando.

¿Qué día es?

Estoy mojado. Sudor.

El bulto sigue ahí.

Tengo el pecho adolorido. Todo está adolorido.

No lo toques, sólo camina.

Voy lento pero está soleado.

Soleado. Soleado. Soleado.

¿Qué es eso? Alguien está entre los árboles, más adelante. He visto a alguien.

¿Quién es?

Una chica.

Luz del sol. Largo cabello rubio. Corre como una gacela.

—¡Annalise! ¡Espera!

Corro pero me tengo que detener casi de inmediato.

—¡Annalise!

Recárgate contra un árbol, descansa un minuto.

Annalise se ha ido. Me hundo hasta el suelo.

Desearía que regresara por mí.

—¡Annalise!

Llega una risita desde el otro lado del tronco.

¿Rose?

Me arrastro para mirar y Rose está acostada en el suelo, riéndose, y luego me doy cuenta de que no puede reírse porque está muerta y aunque sé que no debería intentarlo, trato de levantarle la cabeza para comprobarlo. Lo hago, no lo puedo evitar, y se transforma en la Cazadora y siento su sangre y su cuello roto en mi mano.

Me vuelvo a despertar, jadeante. Sudoroso. Temblando otra vez.

Está oscuro. Tengo que seguir. Ya he dormido demasiado. Me levanto y las piernas me flaquean.

Ya hay luz. El sol está brillando entre los árboles. Y vuelvo a escuchar la risita de Rose.

—¿Rose?

Se asoma por detrás de un árbol y dice:

—Feliz cumpleaños mañana, Nathan.

¿Mañana es mi cumpleaños?

Oigan, todos, ¡casi tengo diecisiete años!

¿Pero dónde está todo el mundo?

¿Dónde está Gabriel?

—Rose, ¿dónde está Gabriel?

Ni siquiera se oye su risita.

Hay silencio otra vez.

¿Y dónde estoy?

¡Mi mapa! ¿Dónde está mi mapa?

He tomado algunas bebidas, ¿no es verdad?

Tengo el Fairborn, eso sí. Sí, tengo el Fairborn.

Y hay un riachuelo. No necesito bebidas. Hay un riachuelo. Este es un buen lugar para parar. Un buen lugar.

Echémosle un ojo al bulto.

No está bien.

Amarillo, muy amarillo, con una cicatriz pequeña y muchas venas rojas.

Nada bien. Nada bien.

Si lo toco…

…

¡Mierda!

Rose ha vuelto. Está bailando a mi alrededor. Se inclina sobre mí y mira el bulto de mi costado.

—¡Guácala! De verdad, tienes que sacarte eso.

—¿Dónde está Gabriel?

Se sonroja pero no contesta, y le grito:

—¿Dónde está Gabriel?

Silencio.

Está oscureciendo.

Miro el bulto. Creo que sigue creciendo.

Pronto seré tan sólo un gran bulto.

¿Qué día es?

No puedo pensar. No puedo.

—Rose, ¿qué día es hoy?

Nadie contesta. Luego recuerdo que Rose está muerta.

El bulto está lleno de veneno… Gabriel dijo que era veneno… me está envenenando…

Tiene que salir.

Sólo tienes que cortarlo.

Sostengo el Fairborn. Quiere hacerlo.

Hay luz. Estoy tirado en el suelo junto a un riachuelo. Estoy adolorido pero no tanto como antes.

¿He cortado el bulto?

No lo recuerdo.

Bajo la mirada y mi camisa está abierta y cubierta de sangre seca y porquería amarilla seca. Mucha porquería amarilla. Pero no veo ningún bulto.

El agua del riachuelo está rica y me siento mejor. Mi cabeza está despejada. Tomo mucha agua, todo un riachuelo. Mi herida ya no está tan mal y he sacado lo que quedaba del pus amarillo. Todavía está un poco hinchada pero nada grave. Mi cuerpo no está tan adolorido. Quizá el veneno se haya ido, pero la bala sigue adentro, así que quizá salga más veneno. Pero lo peor debe haber pasado pues me siento mucho mejor.

No sé qué día es hoy pero creo que es mi cumpleaños.

Debe de ser. Tengo diecisiete.

¡TENGO DIECISIETE AÑOS!

Me siento bien. Puedo lograrlo. Ya no necesito el mapa. Reconozco las montañas.

Parto, y de repente me doy cuenta de que no tengo el Fairborn. Tengo el cuchillo que me dio Gabriel, pero no tengo el Fairborn.

Corro y me tambaleo hacia el riachuelo para buscarlo.

Ahí es donde me corté. Ahí está todo el pus. El Fairborn debe estar ahí. Me corté con el Fairborn. Yo estaba junto al riachuelo y me apuñalé el bulto y... cuando desperté, el Fairborn no estaba.

No hay tiempo para esto. Debo encontrarme con Mercury. Olvida el Fairborn. No lo quiero. Si mantengo un paso constante me reuniré con Mercury justo después de que oscurezca.

La lluvia ha vuelto, una llovizna gruesa, y se siente más frescor. Subo por el valle a lo largo de la carretera. Es más rápido por la carretera y necesito ser más veloz. Sólo pasan algunos coches, me deslumbran sus luces, pero me quedo en el camino mientras paso tres pueblos pequeños y después continúo por la montaña. Conozco el sendero pero el camino es lento porque está empapado y resbaladizo. Aun así, estaré allí en menos de una hora.

Siento dolor en las costillas pero no tan fuerte como antes. No lo sano. Quizá lo que empeoró las cosas fue que traté de sanarme. No estoy seguro, pero puedo soportar esto. Voy a lograrlo. Recibiré mis tres regalos y ayudaré a Annalise.

Conforme voy subiendo, la lluvia se convierte en aguanieve y luego en nieve. Nieve espesa. Los copos son enormes y caen lentamente como paracaídas. Estoy en lo alto de las montañas pero incluso aquí hace demasiado frío para ser junio. La nieve en el suelo está espesa, me llega hasta las rodillas, y me está haciendo ir más lento pero sólo un poco, porque es tan ligera y pulverulenta que no doy zancadas enormes, sino que paso apenas rozándola. Miro atrás, al rastro que estoy dejando, pero no está del todo claro: la nieve es ligera y se desploma sobre mis huellas, casi como si se estuviera nivelando sola. Pienso una y otra vez que debo estar cerca de la cabaña, pero no veo luces en ninguna parte excepto a mis espaldas.

Llego al tocón, con sus extremos fracturados, astillados, tan filosos y delgados que ha quedado poca nieve sobre ellos. Debería de poder ver las luces de la cabaña.

Me apresuro y después reduzco la velocidad los últimos veinte metros. La cabaña está oscura y la rodeo por un lado hasta llegar a la puerta. Cuando estoy a punto de entrar, veo un destello en el valle, diminuto y distante, abajo y a la izquierda. Luego llega el sonido. Un disparo. Después otro. Después rayos seguidos por truenos. Mercury combate contra los Cazadores.

Los Cazadores deben haber encontrado el pasadizo, pero no pueden haber bajado del tejado si han llegado por ahí. Habrán deducido dónde está la cabaña entonces; puede que tengan la capacidad de hacerlo. Y después han subido por el valle. Deben haber estado apenas un poco adelante de mí. Y después me golpea otro pensamiento: si han capturado y torturado a Gabriel, les habrá dicho dónde está el valle…

No puedo pensar en eso. Tengo que encontrar a Mercury. Tengo que dirigirme a los disparos. Mercury debe de estar allí. Una nube se arremolina en el valle debajo de mí, en el glaciar. Sale de ella un destello de relámpagos. Es ella.

Pero primero tengo que ver si Annalise está aquí. No sé cuánto tiempo me queda. No mucho.

En la cabaña todo está ordenado y limpio. Mis cosas están como las dejé. También las de Gabriel. No ha regresado.

Reviso los cuartos.

No sé qué esperaba, pero tenía la esperanza de que por lo menos Annalise estuviera aquí. No es así. Mercury debe haberla llevado al castillo, pero no sé dónde está. ¿Acaso sigue dormida? Quizá la haya despertado… pero sé que no lo habrá hecho.

Me pongo la chamarra y miro el reloj de la cocina. Puedo deducir la hora si me esfuerzo lo suficiente.

Es más tarde de lo que pensé. Quedan poco más de diez minutos para la medianoche. Creo que es correcto.

O quizá un poquito menos. Alcanzaré a Mercury a tiempo si corro.

Echo a correr y doy dos zancadas en dirección a los disparos. Entonces algo me detiene y no puedo continuar moviéndome.

La nieve cae a mi alrededor pero también los copos caen más lentamente... hasta detenerse. Los copos quedan suspendidos en la oscuridad del aire nocturno.

Todo a mi alrededor se ha detenido y lo único que puedo hacer es caer de rodillas en señal de agradecimiento.

LOS TRES REGALOS

Mi padre.
Sé que es él. Sólo él puede hacer que el tiempo se detenga.

Y estoy arrodillado en la quietud y el silencio. Hay copos suspendidos en el aire, velos sobre velos, y el suelo a mi alrededor está cubierto de nieve y gris en la penumbra. Ni siquiera puedo distinguir el bosque frente a mí.

Entonces hay un vacío.

Él.

Una figura más oscura en la oscuridad, copos de nieve suspendidos frente a él.

Se acerca más, apartando de su camino un copo de nieve con el dedo y soplándole a otro suavemente al exhalar su aliento. Se acerca aún más, caminando, no volando, la nieve le llega hasta las rodillas.

Se detiene frente a mí, quita la nieve hacia un lado con una patada y se coloca a mi nivel, sentándose con las piernas cruzadas a varios metros de distancia.

No puedo ver su rostro, sólo su silueta. Creo que lleva puesto un traje.

—Nathan, al fin.

Su voz es tranquila y suena parecida a la mía pero más... reflexiva.

—Sí —digo, y mi voz no suena como la mía sino como la de un niño pequeño.

—Quería que nos conociéramos. Lo he querido durante tanto tiempo —dice.

—Yo también lo he querido —después agrego—: Durante diecisiete años.

—¿Tanto tiempo? Diecisiete años...

—¿Por qué has venido hasta ahora?

—Estás enojado conmigo.

—Un poco.

Asiente.

—¿Por qué no has venido antes? —sueno patético pero estoy tan agotado que no me importa.

—Nathan, apenas tienes diecisiete años. Eres muy joven. Cuando seas mayor te darás cuenta de que el tiempo puede pasar de maneras distintas. A veces más lentamente... en ocasiones más rápido —dibuja un círculo con su brazo y arremolina los copos hasta que forman una especie de galaxia extraña que asciende hasta desaparecer.

Y es asombroso. Ver a mi padre, su poder. Mi padre, aquí, cerca de mí. Pero aun así, debió venir hace años.

—No me importa cómo se mueva el tiempo. Te pregunté por qué no has venido antes.

—Eres mi hijo y espero cierto grado de respeto por tu parte... —parece tomar aire y después lo suelta con una larga exhalación que dispersa unos cuantos copos suspendidos cerca del suelo frente a él.

—Y tú eres mi padre y espero cierto grado de responsabilidad por tu parte.

Suelta una especie de risa.

—¿Responsabilidad? —su cabeza se inclina a la derecha y después se endereza de nuevo—. No es una palabra con la que esté acostumbrado a lidiar... ¿Y tú? ¿Estás de alguna manera familiarizado con el respeto?

Vacilo pero digo:

—Hasta ahora no tanto.

Aguarda, recoge un poco de nieve y la espolvorea desde sus dedos.

—Mercury iba a darte los tres regalos, supongo —me dice.

—Sí.

—¿Qué quería a cambio?

—Algo de información.

—Suena como una ganga, para ser Mercury.

—Quería otra cosa también.

—Déjame adivinar... No será difícil: quería mi desaparición. Mercury es muy predecible.

—No tengo la intención de matarte. Se lo dije.

—¿Y lo aceptó?

—Creía que yo cambiaría de parecer.

—¡Ah! Estoy seguro de que se divertiría tratando de cambiarlo.

—¿Me crees entonces? No te mataré.

—No estoy seguro de qué creer todavía.

Y yo no estoy seguro de qué decir. Nunca se le pide a nadie que te dé los tres regalos. Nunca. Y yo no se lo puedo pedir, pero si ha venido ahora, en mi decimoséptimo cumpleaños, entonces debe de estar aquí para eso. ¿Seguramente?

—¿Qué información quería?

—Cosas sobre el Consejo y mis tatuajes. No le dije nada.

—No me agradan mucho los tatuajes.

Estiro el brazo y le muestro el que tengo en la mano y el que tengo en mi dedo. Son de color negro azulado y mi piel se ve blanca como la leche en la oscuridad.

—Planeaban usar mi dedo para hacer una botella de brujo. Para obligarme a matarte.

—Qué suerte la mía que todavía tengas tu dedo. Qué suerte la tuya que no se lo contaras a Mercury. Creo que te habría cortado el dedo.

—Quería el Fairborn también.

—Ah, sí… ¿Dónde está el Fairborn?

—Rose se lo robó a Clay pero… las cosas salieron mal. Los Cazadores le dispararon y yo perdí el Fairborn.

Silencio.

Mira hacia abajo, se pellizca la nariz entre los ojos.

—E inevitablemente aquí es donde encuentro las cosas un poco más difíciles de creer. ¿Dónde lo perdiste exactamente?

—En el bosque en el camino hasta aquí —y el dolor en mi costado me apuñala y me hace temblar—. Me envenenaron o algo así.

—¿Qué pasó? ¿Estás herido? —pregunta, inclinándose hacia mí. Suena preocupado. ¡Preocupado! Y yo quiero llorar de alivio.

—Un Cazador me disparó. Me sano pero el dolor vuelve. La bala sigue adentro todavía.

—Tenemos que sacarla.

—Duele.

—Sin duda —ahora parece que se divierte—. Muéstramela.

Abro mi chamarra y mi camisa.

—Quítatelas. Acuéstate en la nieve.

Se levanta mientras me quito la camisa, camina a mi alrededor y toma el cuchillo que me dio Gabriel.

—¿Qué es esto? —y delinea sobre mi espalda con sus dedos. El tacto de su piel sobre la mía es extraño. Sus manos son tan frías como la nieve.

—Son cicatrices.

—Sí —vuelve a reír pero apenas puedo escucharlo—. ¿Quién te las hizo?

—Kieran O'Brien, un Cazador. Hace mucho tiempo.

—Algunos piensan que un milenio no es mucho tiempo —pasa su áspera palma sobre mi espalda y su tacto es extrañamente suave.

—Entonces... Acuéstate bien. Quédate quieto.

No se apresura.

Aprieto la quijada; siento mi carne como si me la arrancaran de las costillas, es como si separara la carne de un pollo de su hueso. La carne está adherida con una fuerza impresionante.

Comienzo a contar. Después de nueve, los números se vuelven blasfemias.

Y entonces el dolor se detiene.

—La bala estaba detrás del hueso. Fue difícil llegar a ella. Ya puedes sanarte.

Lo hago y veo cómo mira la rapidez con la que se vuelve a tejer mi piel.

Estoy zumbando, sano mejor con la bala fuera de mí.

Comienzo a tratar de incorporarme y mi padre me agarra el pelo, tirándome de la cabeza hacia arriba y forzándome a ponerme de rodillas. Su rodilla está en mi espalda y el cuchillo en mi garganta. Acaricia mi piel con la parte plana de la hoja, después la gira para que el filo quede presionado contra mi cuello. Todavía no me ha cortado.

—Tu vida es mía, Nathan.

La navaja está tan cerca que no me atrevo a tragar. Me estoy arqueando hacia atrás tanto que podría quebrarme.

—Sin embargo, hoy estoy de humor para dar, así que por favor acepta tu vida como un regalo de mi parte este día.

Me suelta el pelo, y mi cabeza y mi cuerpo caen hacia delante. Estoy de rodillas en la nieve preguntándome, ¿lo va a hacer? ¿Eso cuenta como un regalo? ¿Qué hora es ya?

Me doy la vuelta y está sentado con las piernas cruzadas cerca de mí. Lleva un traje pero sin corbata, con el botón de arriba desabrochado.

Me pongo la camisa y me siento con las piernas cruzadas frente a él.

Tiende la bala hacia mí.

—Para ti... otro regalo. Quizá te recuerde que debes tener más cuidado con los Cazadores.

La bala es redonda, de color verde metálico, con marcas talladas en ella.

—Ciencia fain mezclada con magia de brujos. No es elegante, pero como tantas otras cosas, aun así puede matarte.

Por la forma en que lo dice sé que se refiere a mí.

—No te mataré. Mary me contó tu visión. No te mataré.

—Ya veremos —se inclina hacia mí y baja la voz—. El tiempo lo dirá.

—Pero Mercury no se dará por vencida.

—Ella cree que la agravié. Y supongo que lo hice. Y también cree que traje a los Cazadores hasta aquí, pero puedes decirle que no es así. No le haría eso. Los Cazadores son muy capaces, Nathan. No necesitan que los ayude. Dile a Mercury que encontraron una manera de detectar sus pasadizos en el espacio. Deberá tener más cuidado en el futuro.

—Se lo diré, si la veo. Pero...

¿No quiere que me vaya con él?

Silencio. Quietud. Copos de nieve en espera.

—¿Ahora qué? —le pregunto.

—¿Entre tú y yo?

Asiento.

—No soy un gran creyente de las profecías, Nathan, pero soy un hombre precavido. Así que sugiero que te mantengas alejado de los Cazadores y tengas cuidado de no perder tu dedo, ya que dices que perdiste el Fairborn.

—Pero…

No puedo preguntarle si puedo ir con él. Es mi padre. Pero no puedo preguntárselo. Él lo diría si así lo quisiera.

—¿Por qué no viniste nunca por mí?

—Consideré que estabas bien. Tenía visiones de ti. Te iba lo suficientemente bien solo. No vi nada después de que te llevaron. Te tuvieron muy bien escondido, incluso de las visiones. Pero escapaste. Eso me complace, Nathan, por tu bien y el mío.

Mira su muñeca pero no veo reloj alguno ahí.

—Es hora de que me vaya.

Se quita un anillo, toma mi mano derecha y lo desliza en mi dedo índice.

—Para ti, el anillo de mi padre, y de su padre antes que él.

Toma el cuchillo, se corta la palma y extiende su mano.

—Mi sangre es tu sangre, Nathan.

Y su mano está ahí, su carne, su sangre. Tomo su mano con las mías, con cuidado. Su piel es áspera y fría, levanto su mano hasta mis labios y bebo su sangre. Y mientras chupo y trago, escucho las extrañas palabras que susurra a mi oído. Su sangre tiene un sabor fuerte, dulce y tibio en mi garganta, pecho y estómago; y las palabras se enredan en mi cabeza, se entrelazan con mi sangre, sin tener sentido alguno, pero envolviéndome en lo que conozco, y huelo la tierra y siento su palpitar a través de mi cuerpo, a través del cuerpo de mi padre y del de su padre antes, y del de su padre antes de eso, y finalmente sé quién soy.

Mientras le suelto la mano, alzo la mirada y veo sus ojos. Mis ojos.

Marcus se pone de pie y dice:

—Asumo mis responsabilidades como padre, Nathan.

Y mientras se aleja, los copos de nieve comienzan a caer otra vez, lentamente, lentamente. El viento se recrudece, golpeándome y levantando la nieve del suelo. Apenas puedo escuchar a Marcus decir:

—Espero que volvamos a encontrarnos, Nathan.

Los copos de nieve están cayendo más espesamente y el viento se transforma en vendaval, y la nieve nos rodea desdibujándolo todo.

Los copos de nieve vuelan contra mi rostro y él se ha ido.

El anillo pesa. Es grueso, tibio. No puedo descifrar sus formas con tan poca luz. Lo giro en mi dedo y siento su peso, y después lo beso y susurro mis agradecimientos. Soy un brujo.

He conocido a mi padre. Demasiado brevemente, pero lo he conocido. Y pienso que él debe de saber que no es mi intención matarlo. No me habría dado los tres regalos si lo creyera. Mi cabeza se siente despejada, bien. Es una sensación rara. Me doy cuenta de que estoy sonriendo.

Entonces el cielo se cubre de relámpagos y los truenos resuenan en el aire.

CORRER

Regreso a la puerta de la cabaña y Mercury está ahí, con su chifón gris, su pelo sólo está un poco más salvaje de lo habitual, pero está hecha una furia, y se arremolina y crepita con relámpagos.

—Tengo la sensación de que has conocido a tu padre —su voz ha perdido su ritmo lento y medido, y me está aullando.

—Sí.

—¿Te dio los tres regalos?

—Sí.

—Y guió a los Cazadores hasta aquí.

—No. Los Cazadores te encontraron sin su ayuda. Marcus dijo que han encontrado una manera de detectar tus pasadizos. Quería que te advirtiera para que tengas más cuidado.

Un rayo cae al suelo junto a mis pies.

—También tú debes tener más cuidado. ¿Dónde están Rose y Gabriel?

—No sé dónde está Gabriel. A Rose la mataron los Cazadores.

Mercury grita.

—Sabías que era peligroso. Tú la enviaste.

—Y aun así tú has sobrevivido. ¿Tienes el Fairborn?

Sus ojos son dos huecos negros.

—No.

—¿Pero Rose se lo quitó a Clay?

—Sí.

—¿Dónde está? ¿Lo tiene Marcus?

Vacilo pero después digo:

—Sí, él se lo llevó.

Ella vuelve a gritar y un pequeño remolino se agita a su alrededor, y después se detiene abruptamente.

—Parece ser que lo único que tengo es a Annalise.

—¿Dónde está?

—Segura. Por ahora. ¿La quieres de vuelta?

—Por supuesto.

—Tráeme la cabeza de tu padre. O su corazón. Aceptaré cualquiera de las dos cosas.

Mercury gira en una nube gris, en un minitornado, con su rostro apareciendo y desapareciendo en su centro calmado. El tornado sube volando por el valle en dirección al glaciar.

El aire se ha aplacado otra vez, la tormenta de nieve ha cesado. Todo está en silencio.

¿Podrán los Cazadores encontrar la cabaña en la oscuridad? Por supuesto, son Cazadores.

Entonces escucho el zumbido de sus teléfonos. Están aquí.

Un disparo, y otro más.

Pero yo ya estoy corriendo. Y corro incluso mejor que antes. Me siento más fuerte, más veloz, más equilibrado. La noche es negra pero encuentro mi camino con facilidad. Y sé adónde voy. Voy a encontrar a mi amigo. Gabriel.

AGRADECIMIENTOS

Comencé a escribir bastante tarde en mi vida, hace no mucho tiempo, en 2010. Rápidamente se convirtió en una obsesión que intenté ocultar a mis amigos y familiares. Antes de eso no había escrito más que alguna nota para el lechero, por lo que no tenía la menor intención de ser ridiculizada. Sin embargo, mi esposo pronto se dio cuenta de que algo extraño sucedía en nuestro pequeño estudio, en el que me encerraba todas las noches hasta las dos de la madrugada. Así que me armé de valor y le conté mi secreto.

—Estoy escribiendo una novela.

Esperé. ¿Acaso se reirá? ¿Me dirá que es ridículo?

—¡Oh! Excelente. Eso suena bien.

No fue la reacción que esperaba, pero era justo lo que necesitaba. No podría haber escrito *El lado oscuro* sin su solidaridad y apoyo.

Después les confesé mi proyecto a un par de amigos, quienes tuvieron que soportar mis tediosas conversaciones sobre escritura. Lisa y Alex supieron —y aún lo hacen— escuchar; nunca bostezaron enfrente de mí y siempre encontraron el momento adecuado para exclamar "Ah, ¿sí?". También fueron de los primeros en leer mi manuscrito.

Gracias también a mis otros lectores. Agradezco profundamente su tiempo y su franqueza. David me ofreció muchísimos consejos sobre mi novela original. Mollie fue la primera adolescente que leyó *El lado oscuro* —que haya decidido pasar su tiempo con Nathan es extraordinariamente halagador—. Gillian y Fiona, mis compañeras de la Open University, han sido protagonistas con sus amplios y sinceros comentarios.

En enero de 2013 le envié *El lado oscuro* a Claire Wilson, de la agencia Rogers, Coleridge and White, con la esperanza de que quisiera convertirse en mi agente. Y así fue. Ha impulsado *El lado oscuro* magníficamente, y me ha aconsejado y orientado en el extraño mundo de la edición de libros. Claire había rechazado mi primera novela; dijo que no era lo suficientemente provocadora, y le estoy inmensamente agradecida, ya que sin ese rechazo nunca habría escrito *El lado oscuro*.

Un nutrido grupo de personas trabaja conmigo en Puffin, y todas han sido una dicha para mí. Ben Horslen, mi editor, debería ganar un premio por su entusiasmo (y su tacto). Lo acompaña un equipo excepcional: Laura Squire, editora junior; Tania Vian-Smith y Gemma Green, y el equipo de Marketing y Publicidad; la diseñadora Jacqui McDonough; y Zosia Knopp y su maravilloso equipo de Derechos (junto con The Map). Gracias a todos en Puffin.

También me considero increíblemente afortunada de tener a Ken Wright como editor en Viking en Estados Unidos, junto con su editora asociada Leila Sales. Su equipo también es maravilloso, pero deseo agradecer en especial a Deborah Kaplan y sus diseñadores por la estupenda portada.

Mientras escribía *El lado oscuro* revisité algunos de los libros de mi adolescencia (antes de que la literatura juvenil fuera inventada), en particular *Un día en la vida de Iván Denísovich*, de Aleksandr Solzhenitsyn, que reafirmó en mí la idea de que Nathan podía soportar el tiempo que pasó encerrado en la jaula.

Quien dijo "La mejor manera de saber si puedes confiar en alguien es confiar en él" fue Ernest Hemingway.

El cuchillo Fairbairn-Sykes inspiró el nombre del Fairborn. Encontré información al respecto en Wikipedia.

Hace tiempo que no veo la película *Lawrence de Arabia*, pero la escena de los cerillos es una de las muchas que quedaron grabadas en mi mente.

En cuanto a Hamlet —para ser honesta, lo leí hace muchos años y jamás he visto la obra de teatro, sólo una adaptación cinematográfica—, la frase "No existe nada bueno ni malo, es el pensamiento humano el que lo hace parecer así" fue un elemento clave en el desarrollo de mi historia. No he destinado demasiado tiempo a la lectura de Shakespeare en los últimos años, pero sí he dedicado mucho tiempo a ser madre, y a menudo pensaba, al observar a mi hijo, sobre la cuestión de la naturaleza frente a la educación: ¿Por qué hace lo que hace? ¿Qué lo hace ser él? ¿Qué nos hace ser como somos? Estas preguntas sin duda influyeron en mi obra.

Las montañas del norte de Gales fueron una fuente de inspiración mientras deambulaba por ellas, al igual que el camino Sandstone Trail en Inglaterra y el valle Lötschental en Suiza. Si llegaste a ver a una mujer caminando por alguno de ellos, hablando sola (o con algún amigo con mala suerte) sobre fains y tres regalos, es posible que fuera yo.

ÍNDICE

PRIMERA PARTE

EL TRUCO

El truco   13

La jaula   15

Flexiones   17

Planchar   25

El truco no funciona   29

SEGUNDA PARTE

CÓMO TERMINÉ EN UNA JAULA

Mi madre   35

Jessica y la primera Notificación   37

Mi padre   43

El suicidio de mi madre   45

La segunda Notificación   47

La Entrega de Jessica   55

Un largo camino hasta los diecisiete   63

Instituto Thomas Dawes   67

Más peleas y algunos cigarrillos   79

La quinta Notificación   91

Mi primer beso   99
NB   109
Síndrome postraumático   119
La historia de la muerte de Saba   125
Mary   131
Dos armas   145
La sexta Notificación   153

TERCERA PARTE

La segunda arma

El collarín   167
El nuevo truco   171
La rutina   175
Lecciones sobre mi padre   179
Fantasías sobre mi padre   189
Reflexiones sobre mi madre   193
Evaluaciones   195
Punk   197
Un Cazador   207
Abu   215
Visitantes   217
Codificado   223

CUARTA PARTE

Libertad

Tres bolsitas de té en la vida de Nathan Marcusovich   245
Nikita   253

El callejón Cobalt   261
Dinero   269
Jim y Trev (primera parte)   273
Jim y Trev (segunda parte)   283
Cazadores   293
Arran   299

QUINTA PARTE

GABRIEL

Ginebra   309
Gabriel   319
El tejado   333

SEXTA PARTE

CUMPLIR DIECISIETE

Los favores   341
El águila y la rosa   353
Confiar en Gabriel   359
Annalise   371
El Fairborn   377
De nuevo con Mercury   387
Los tres regalos   403
Correr   411

AGRADECIMIENTOS

AGRADECIMIENTOS   413

OCEANOexprés

Esta obra se imprimió y encuadernó
en el mes de junio de 2017,
en los talleres de Impregráfica Digital, S.A. de C.V.,
Calle España 385, Col. San Nicolás Tolentino,
C.P. 09850, Iztapalapa, Ciudad de México.